U0643900

РИТУАЛ

他是龙

◇ **Марина Дяченко** ◆ **Сергей Дяченко** ◇

［乌克兰］**玛丽娜·迪亚琴科** ✤ **谢尔盖·迪亚琴科** —— 著

刘 溪 —— 译

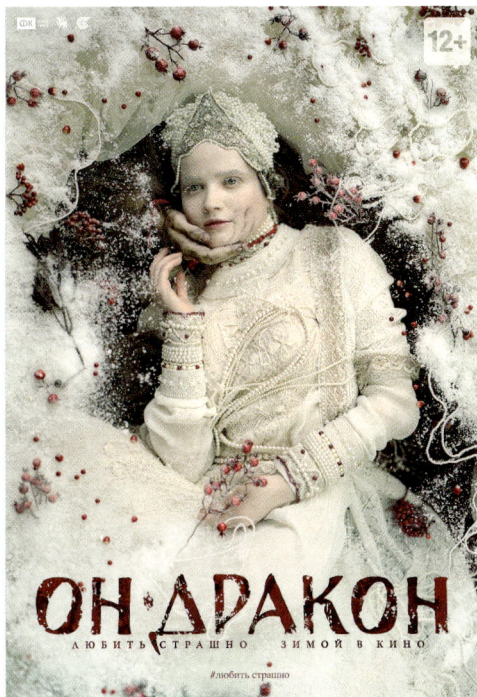

DRAGON
IS A SCARY TALE

I

甜蜜的火焰在我的喉咙里蔓延，

大地滑落，

像是偶然掉落的酒杯。

✝

阿尔姆-安恩

✝　✝　✝

　　寂静中传来他响亮的脚步声。回声敲击着高墙下的黑影，在长廊里久久荡漾。

　　而后声音变得愈发沉闷——他的肌肤仿佛隐约嗅到了腐朽的气息，便加快了步伐。

　　两侧的墙壁分开。虽然火把燃烧得依然明亮而平稳，但已然照不见墙壁。拱形的顶棚也消融于黑暗之中。

　　他无数次来过这里。但这种重又出现的、摆脱不掉的被注视的感觉从何而来呢？难道那些名字被镌刻于此的逝者们仍未永远隐秘于地下？

　　火把在黑暗中猛然照出了一根沉重而低矮的、奇形怪状的柱子。它的表面似乎被错综复杂的纹路所覆盖。

　　树叶如何得知何时该破芽而出？它该何时朝向太阳茁壮生长，又该何时枯萎变黄并飘落在世人的脚下？难道最后一片叶子不是枝丫的延伸，不是树枝和树干的延续？难道最后一片小小的叶子不是深深隐秘于世间的根的使者？

　　他用手拂过刻着古老文字的坑坑洼洼的石柱。

"全能的萨姆-阿尔大声呼喊，召唤他的同盟者，他的吼声就像受伤的天空的呻吟，他的话语就像有毒的杯盏一样苦涩。他将自己的儿子们、侄儿们和所有可与烈火战斗的同族召集到双翼之下。这是一场声势浩大的战斗。在尤克卡的攻击下，他的儿子们、侄儿们和同族们喷涌着烈火，都纷纷倒下……萨姆-阿尔环顾四周，看到了巨大而恐怖的尤克卡再一次从海水中升起……他们继续战斗，太阳遮住自己的面庞躲避恐怖，星星也逃到远处，浸漫着火焰气息的风渐渐变弱，散落在地上……萨姆-阿尔是不可战胜的，他已占据上风，但尤克卡诅咒着他的名字，狡猾而卑鄙地将萨姆-阿尔引入自己的圈套，并将他拽到旋涡的深渊处，熄灭了他的火焰，夺走了他的武器。就这样，全能的萨姆-阿尔死去了。请记住，子孙后代们，是谁的血液在滋养着你们……"

他艰难地辨认着碑文——某些地方已经褪色了，碎裂了，虽然无论是阳光、雨露还是风霜都已经几个世纪未曾沾染过这块石柱。

需要决断了，他已感到疲惫。所有的期限都已经过去。是时候做该做的事情了。"是谁的血液在滋养着你们"……

他绕着坚实的柱子徘徊。在石柱的另一侧刻着一幅巨大的、保存得十分完好的画作：海浪汹涌地翻滚着，一只面目可憎的巨兽正从深渊中跃起，在它的头顶上飞舞着一条喷火的龙。

"是谁的血液在滋养着你们……"

需要决断了。必须如此。要知道这只是一个仪式，虽然繁琐但完全无害。这只是一个仪式。

在黑暗中他走到另一根石柱旁——也是同样的巨大而形状怪异。他举起火把，仔细辨认着符号、标志和残缺的片段……

"这些天……将获得荣耀……将毁灭……利尔-伊尔之名，努尔-阿尔之子，之孙……他在狩猎中凯旋。"

凯旋……

回去的路上他步履坚定，甚至脚步匆匆。城堡的通道他自小就知道，甚至不用火把他也能在黑暗中穿行——火把只是为了照亮那些刻在石头上的古老文字。

在一间宽敞、布满灰尘的房间里，一扇窄窄的窗不情愿地透过几丝暗淡的光亮。他熄灭了火把，向一面有裂纹的大镜子前走去。

是时候做出决断了。

一股甜美的花香从他的记忆深处浮现，他的眼前变得昏暗，一阵恶心的感觉突然涌上来，他只能凭着绝望的挣扎与自己搏斗。

该死的弱点……

他用手拂过那晦暗的镜子的表面，擦去一层厚厚的灰尘。

从模糊的深处，一个黑头发、面容消瘦的男人正看着他——这是一个个子不高的，消瘦的，被什么所压抑的神情沮丧的男人。

是时候决断了。

他又用手掌拂过镜面——从镜中射出光亮，闪烁着五彩斑斓的斑点，出现了一个很大的马头，然后是马蹄……马车的车轮……

他皱着眉头俯身向前，仔细看着一幅幅变换的画面。

许多人吵闹地忙乱着……像是在等候节日的来临……帽盒子堆成了山……狂欢节，这将是帽子的狂欢节。皇家宫殿的高塔被装饰起来……打蜡工人拿着抹布，厨子在厨房里……窗帘……窗帘后面一个不知羞耻的男侍从掀起了谁的裙子……又是厨房……舞厅……姑娘们……女人们……简直是一片喧闹！

"试试吧，公主！"镜中传来模糊不清的片段。

公主……

他眯起眼睛。

一位楚楚动人的少女留着浅色的鬈发，有一双水蓝色的大眼睛，穿着绿松石色的拖地长裙……

"真是妙极了，公主！"

谁的一双手将一顶大大的天鹅绒帽子扣在了浅色鬈发之上，这是一顶华丽的蓝色帽子，在帽子顶上还有一艘装饰的小帆船。

他咬紧牙齿。记住，是谁的血液在滋养着你们。

✝ ✝ ✝

十六岁的玛雅公主又后退了一步，摆了摆她长长的鬈发并幸福地莞尔一笑。帽匠得意地笑着，两个女裁缝赞赏地点着头，而侍女则费力地托举着一面大大的椭圆镜子，含糊不清地说着什么赞美的话。

碧绿色与银色相间的裙子合体地包裹住了公主纤细的身材，一双镶嵌着宝石的小鞋子因喜悦又焦急的期待而轻盈地跳跃着，在薄雾般朦胧的面纱后面闪烁着一双清澈的蓝眼睛，而帽子……

帽匠咯咯地笑，因满意而激动得直搓双手。

在即将到来的帽子狂欢节上，小公主玛雅的帽子无疑将会成为引起轰动的焦点。这顶做工精良的帽子呈现的是大海上的风暴：在宽宽的帽檐上点缀着朵朵蓝色天鹅绒的浪花，绣着花边的波浪连绵起伏着，一朵浪花高高地耸立在帽顶，将扬起白色风帆的小渔船抬起——这只船小小的，还没有鼻烟壶大。在小船上，一个瓷质的渔夫正在与狂暴的自然搏斗——如果仔细看的话，甚至都能数清他那被无形的风吹得凌乱不堪的外套上的扣子。当玛雅摇晃头的时候，小船便忽左忽右地倾斜，风帆也摇动着，天鹅绒的大海上也闪烁着银光，每个人都屏息注视着勇敢的瓷质渔夫。

"简直妙极了，公主。"侍女说道。在宽敞的客厅里还有看得见、看不见的许多仆人，他们都赞赏地频频点头。

小玛雅还完全不懂得掩饰自己的感情，她忘记了公主应该保持矜持和高贵的姿态，她在房间里欢快、吵闹地旋转着。

比她年长两岁的姐姐维尔特兰娜也是一位公主，她的脸上露出了傲慢的微笑。维尔特兰娜的优雅与美丽一点儿也不比玛雅逊色，只是她的鬈发颜色更深，性格也更忧郁一些。此时她正在试穿一件精美无比的裙子，在黄玫瑰色裙子的腰侧绣着一个小蝴蝶结，还配有一双长长的蕾丝手套。在她的帽檐上环绕着一圈跳舞的欢乐农夫——但这些农夫不是陶瓷做的，而是绸缎的，并且里面都塞满了香料，因此散发着一种淡淡的、优雅的香气，虽然这并非真正跳舞的农夫的气息。

"维尔塔，我真是太崇拜你了！"玛雅差点儿没推倒姐姐身旁窜来窜去的女裁缝，她一下子搂住了维尔特兰娜的脖子，给了她的脸颊一个十分热情的吻，以至于瓷质的渔夫差点儿翻倒在天鹅绒的旋涡中。

"哎，玛雅。"维尔特兰娜又傲慢地笑了。

"我真是太崇拜你了，尤塔！"玛雅喊道，并转身离开维尔特兰娜，跑过去用双臂搂住自己最年长的姐姐，她正在门边的角落里试穿裙子。

她的姐姐吓了一跳，并避开了，给了玛雅一个勉强的微笑。

尤塔公主的裙子是淡粉色的，就像是初生婴儿般粉嫩的颜色。裙子似乎有些短——裙摆高高地在脚面上逛荡，露出一双内八字的大脚。尤塔木然地、闷闷不乐地凝视着镜子——镜子里也有一个同样木然而忧郁地望着她的相貌平平的瘦高个儿姑娘，她穿着这件华丽的裙子看起来就像是穿着锦缎背心的马戏团的猴子。

"别驼背，公主殿下。"女裁缝表情严肃地要求道。

尤塔目光沉重地回望她。

"给您帽子，殿下。"帽匠彬彬有礼地递上帽子。

尤塔转过身去。

这顶帽子可真不赖——它呈现的是白天与黑夜的战斗。黑夜的那面是黑色的天鹅绒，上面点缀着闪闪发光的玻璃制的星星，而在白天的那一侧粉红色的丝绸碎片在空中飘曳，在这一背景之上还摆动着射出细针缝制的光芒的金色太阳和珍珠纽扣制成的月亮。

"真是难看死了。"尤塔说。

帽匠委屈地眨了眨眼：

"可是，公主，这可是您批准的样式啊！完全……完全是一模一样的……"

一个样子活泼的、脸上长着雀斑的女仆嘴里含着一束金属别针，已经将帽子固定到尤塔粗糙的头发上。

尤塔绝望地望着镜子——帽檐遮住了她的半张脸，短短的面纱垂在尖尖的鼻子上，在花边下面则轻蔑地撇着一张薄薄的大嘴。

"也许该把面纱摘掉？"那个满脸雀斑的女仆提议道。

女裁缝眯起眼睛打量着，将蓬松的淡粉色裙摆拉平整："面纱应该更厚一些……应该戴厚厚的那种，明白吗？并且很长，直到脖子……"

机灵的女仆点了点头，差点儿笑出声来。或者这只是尤塔的错觉？

玛雅公主又蹦跳起来，高兴地拍着双手。她想要摸一摸太阳和月亮，却被金色的太阳光扎了手指，大笑起来：

"尤塔，简直太神奇了！多好呀，你的裙子多美呀！"

哪怕在 16 岁的年纪来看，小玛雅也是十分天真的。维尔特兰娜从远处望了一眼尤塔，叹了口气并将右胯上的蝴蝶结正了正。

与此同时，尤塔不停地摆弄帽子，一会儿拉得盖住额头，一会儿拽到后脑勺上，一边还咬着嘴唇，因此看起来更不好看了。侍女们在她背后不怀好意地交换眼神。尤塔在镜子里看到了她们的目光，强忍住愤怒的泪水。丑八怪。不管帽子怎么戴——都是那么丑。

"公主殿下。"帽匠以温和的语气开腔，但有人拽了拽他的袖子，他便连忙不作声了。有人在角落里发出咯咯的笑声，几个人立即发出嘘声让他安静。尤塔脸红得像煮熟的虾一样。

"别驼背，尤塔。"维尔特兰娜公主从远处提出建议。

"别咬嘴唇，别皱着额头，也别这样歪着头——这都不适合你。"

她的姐姐就像弹簧一样猛地转过身来：

"但却很适合你……很适合你……这种样子……"

她想不出接下来该说什么。侍女们惊讶地低声抱怨着，尤塔则穿着高跟鞋转身从客厅里跑了出去，砰的一声关上了门。

小玛雅睁得大大的蓝眼睛顿时便充满了泪水：

"为什么……要把自己的节日毁掉……"

"并且也毁掉了别人的。"维尔特兰娜低声说道，重又回到镜子跟前。

三个国家已经彼此相邻地存在了好几个世纪。如果相信编年史的话，那么它们之间只发生过两次战争：第一次是当孔捷斯塔里亚国的王子掠走了邻国阿克马利亚国的公主，没有经过父母的允许便娶她为妻；而第二次是几百年后，当阿克马利亚国的一个铁匠在酒馆里喝多了酒，侮辱了在他脚底下转悠的猫，而这只猫，众所周知，是上孔塔国所崇拜的动物图腾。而在其他的时间里三个国家便平静而和平地共存着，时常还缔结国与国之间的婚约，所以三个国家的皇室都有些姻亲关系。

……带有凶猛的猫脸的旗子在风中飘动。对于帽子狂欢节的准备工作暂时取代了一切其他的琐事。今年这一庆祝活动由上孔塔国来举办。尤塔在宫殿的走廊里走来走去，一次又一次碰到了自己的父亲——国王正在四处奔忙，急忙布置最后的任务，嘴里嘟哝着自己喜欢说的那句骂人话——石像鬼[1]……他那满脸通红的随从就像绕过一个令人讨厌的障碍物一样绕过尤塔。

两个邻国的皇室成员马上就要到达了，尤塔从卧室窗户看到了人们是如何慌忙地在皇宫的鹅卵石路上铺地毯，乐队是如何列队就绪，洁净如新的铜乐器是如何闪耀着光亮。玛雅的鬈发在人群欢快的拥挤中忽隐忽现，她穿着碧绿色的裙子，戴着描绘波浪澎湃的帽子——小公主精力充沛地加入到节日开始前的喧闹中。

---

[1] 类似于"他妈的"之意。——译注。

尤塔漫无目的地在宫殿里游荡，在书架旁站了一会儿，翻弄着一本已经被翻得破旧不堪的小说。尤塔扯了扯那件不幸的粉红色连衣裙并向母亲的住处走去。

王后的房间内空无一人。钢琴盖开着，上面摆着一堆帽盒，地毯上有一只被遗落的刺绣箍。尤塔下意识地捡起了它——妈妈就是用这只箍来绣龙掠走女孩的传说的。绿色的丝绸缝制的龙已经绣好，并喷射出橘黄色的火焰，而那个被俘的女孩则只是缝了几针轮廓。

不知为何，尤塔朝女侍从的房间走去。

她边走边触碰着墙上卷曲的线脚，叹了口气，并试图用舌尖够到鼻子——还好走廊里空荡荡的，没人能够判定这是否适合尤塔。不知从何处传来的隐约的谈话声使她停下脚步。尤塔听出了母亲的声音，并转过头来，想要弄清谈话声是从哪里传来的。

"……这是我们的过错。"王后叹了口气，对谁承认道。

尤塔放慢了脚步，顺着声音传来的方向来到了被厚厚的帘幕隔开的房间。在天鹅绒的墙面的后面，王后正倾听着对话者的回答：

"未必如此，陛下。您对她从未缺少过关心和疼爱啊。"

尤塔的心跳仿佛一下子停止了，而后又开始怦怦乱跳。

"占星师说，今天一天都会是极好的天气。"女侍从官似乎想要转移话题。

王后发出一声忧郁的叹息：

"哎，亲爱的……以她的脸蛋，她的身材，再加上那个糟糕的性格，坏脾气和固执倔强……我们必须要面对现实——她是永远都嫁不出去的。"

尤塔悄无声息地转身来到走廊。一个拿着帽盒子刚好经过的侍从吓得闪到了一边儿。

不，她不会哭泣。一千个石像鬼！如果她每次都因为各种原因而嚎啕大哭……

她像个盲人一样在走廊里漫步。一团泪珠滑到了她的脖颈上。

乐队的奏鸣声在外面响起——皇室的客人们终于到了。来自阿克马利亚国的国王和王后带着公主奥利维亚，年迈的孔捷斯塔里亚国王带着儿子……

尤塔低声啜泣。

她独坐在空荡荡的皇室花园的草地上，她决定再也不让任何人在节日里扫兴。她……要永远地离开。就是现在。

她开始感到些许轻松了。

这曾是她最喜欢的游戏：我要永远离开。每当尤塔心

　　　　| РИТУАЛ |

情非常糟糕的时候她便玩这个游戏。

乐队的奏乐声又响起来。尤塔站起身来，比以往更驼着背，缓步走向大门。

她要离家出走，她再也见不到母亲，父亲，维尔特兰娜和玛雅。她再也不会回到这个保存着她的童年记忆的古老花园了。

一开始尤塔的步履十分坚定，但每走一步她便更加体会到了离家出走的苦涩，最终她已然沉浸于这种感觉，感到深深的悲伤，她用不听使唤的嘴唇嘟哝道："妈妈，亲爱的，对不起"——她怀抱一棵古老的梧桐树泣不成声。她帽子上的金色光线碰撞着玻璃星星，哀怨地发出叮叮当当的响声。

眼泪又使她恢复了内心的平静。

尤塔坐到静静流淌的喷泉边上，她用攥紧的拳头拄着下巴，陷入深思。

事实上，如果你的鼻子比标准的稍微长了一点儿，嘴巴比人们习惯看到的大了一些，而身高则跟皇家卫兵的身高相匹敌——那么，仁慈的先生们，您就有足够的时间来思考了。不知为何"公主"这个词让所有人都心生欢喜，并总是想要在前面加上"美丽的"一词，而如果公主长得比想象的稍差了一点儿，那么，想想吧，她会多么容易受到委屈和品尝苦涩的失落。

一只啄木鸟在花园深处发出嗒嗒声，尤塔附耳倾听，茫然地笑了笑。如果啄木鸟能够用维尔特兰娜的小鼻子来啄树皮的话，那该多有趣！

尤塔满意地摸了摸自己的鼻子并更开怀地笑了。然而，她的笑容很快就消失了。

维尔特兰娜……朝她大喊大叫是完全没有理由的。石像鬼，我们并没有那么多的姐妹可以如此对待。

尤塔想好了今天要对维尔塔说些愉快的事儿，她便平静下来了。

许多金色的小鱼在喷泉的池子里游来游去。尤塔将手伸到温暖的、淡绿色的水中，而小鱼们则立刻游到她的手掌周围来回穿梭。尤塔很想知道，鱼儿在水中是怎么呼吸的？还在童年的时候尤塔便试过也像鱼儿一样，差点儿喘不上气……

忍受不了小鱼的挠痒，她禁不住笑了起来并从水中抬起手，撩起了一道在阳光的照射下色彩斑斓的水花雨。

是的，一千个石像鬼，她的鼻子的确像针一样细，但是，亲爱的朋友们，她却能分辨出五种玫瑰的花香，更不用说是不同奶酪和肉酱的味道了！而眼睛呢，大小并不重要，重要的是明亮……她不会再咬嘴唇了，而是去品尝美味的食物，而且也不要驼背了……那样的话，当然妈妈就不得不收回自己的话，也不会认为她脾气不好、性格固执了。一万个石像鬼，难道尤塔公主还管不住自己吗！

皇家广场上的奏乐声再次响起。尤塔突然跳起来，就像是被蜇了一样：要知道奥斯汀也许早就已经来了！

她朝喷泉的池水中瞥了一眼——鼻子和眼睛已经看不出流过泪了，便提起裙子，赶忙前往宫殿。

当她走到种满黄杨树的林荫道时，有人喊她的名字。玛雅清脆的声音仿佛充满了花园的每个角落：

"尤塔，尤塔！原来你在这儿呀！"

几个年轻的声音大笑了起来。

尤塔转过身来。

在布满海沙的小路上，维尔特兰娜正傲慢地搂着阿克马利亚国的公主奥利维亚漫步，玛雅则在她们俩周围跑来跑去。奥利维亚的女伴——奥利维亚竟然有女伴！——在女士们身后几步远的地方，孔捷斯塔里亚国的奥斯汀王子嘴里嚼着一根草叶，慢慢地走着，庄重得像是元帅拿着权杖一样拿着一把颜色亮丽的太阳伞。

尤塔一时间屏住了呼吸。她已经快半年没见到奥斯汀了——他晒黑了，好像看起来更高了，肩膀也更宽阔了。考究的白衬衫下露出他的脖颈和锁骨，还有随着他的走动来回摆动的一块拴在金链子上的石头护身符。

　　尤塔本想跑开，但她却尽可能友好地微笑，并走上前去。

　　"你去哪儿了呀？！"玛雅愉快地喊道，"又是欢迎仪式，又是乐队……还有你真该看看奥利维亚的马车！"

　　"爸爸给了我十斗金。"奥利维亚声音温柔地说。如果尤塔的妹妹们被认为是漂亮的，那么这位阿克马利亚国的公主的美貌则是举世公认的。现在她正穿着一件十分耀眼的金色裙子，阳光如瀑布般在裙子上流淌，而在她的帽子上一只贴着真正的羽毛和琥珀嘴的金色天鹅正在炫耀它美丽的风姿。

　　"你好，奥利维亚。你好，奥斯汀。"尤塔咕哝道。

　　奥斯汀咧嘴笑了笑——他黝黑面颊上的酒窝便显出来了。

　　"为什么你没来参加欢迎仪式呢，尤塔？"维尔特兰娜声音不大地问道。

　　尤塔立刻便不想跟她说什么好听的话了。

奥利维亚又以那种温柔的声音继续推测道：

"也许尤塔不喜欢客人呢……"

她的女伴不知为何咯咯地笑了。

维尔特兰娜突然恐惧地睁大了眼睛：

"啊，你的裙子！"她惊恐地低声喊道，顺着她的目光，尤塔发现了粉色丝绸上的斑点——刚刚被压碎的小草留下的痕迹。

"没什么可怕的！"奥利维亚微微一笑，"这么小的斑点是不会毁掉这么大的一件粉红色裙子的……是吧，尤塔？"

女伴又忍不住扑哧一笑。

"只是，"奥利维亚假意关切地继续说道，"只是你的帽子……也许，也该找点绿色的东西别上去才搭配吧？"

"是呀，尤塔的帽子真是很漂亮呢！"天真的玛雅高兴地插了一句，"上面有太阳和月亮……"

奥利维亚故意高高地抬起她纤细的脖子，踮起脚来，来证明她要看到瘦高个子的尤塔的帽子是多么难，并大声地说道：

"嗯，太阳我是看到了……而在月亮的位置上呢，朋友们，我只看到了一根什么绳子……我相信月亮是在尤塔公主在花园里散步的时候掉下去了。也许我们应该一起帮忙找找？"

"真是太可惜了……"玛雅小声说，她的眼眶立刻就湿润了。

"没关系，"奥斯汀热情地说，"尤塔还有足够的时间来打扮，离开场还有一个小时，不是吗？"

"快回宫殿去吧，尤塔。"维尔特兰娜建议道。

"何必费周折呢！"奥利维亚惊讶地说道，"又不会比现在好看到哪儿去……除非给她戴上一个完全不透明的面纱！"

她的女伴大声地吸了口气并艰难地忍住笑：

"是啊……还要把她包起来……全身都遮住才行！"

玛雅只是眨了眨眼睛，而维尔特兰娜沉默着，害怕破坏与阿克马利亚国公主的关系。奥斯汀被奥利维亚愚蠢的行为惹恼了，想要严厉制止她的女伴，但这时尤塔予以了还击。

"有些人喜欢带着他们的宠物狗到处走，"她以非常轻蔑的口吻说道，"恭喜你，奥利维亚：你的哈巴狗简直跟你一样！"

"她是我的女伴，"美人沉着冷静地回应道，"而你永远都找不到朋友。女伴不能比自己的女主人长得还好看。

想想吧，对于你来说要找到一个女伴是多么难！"

奥斯汀！他就在那里，他听到了这些话。

尤塔两个箭步便跳到奥利维亚跟前，一把抓起了她的头发。玛雅害怕地喊出了声，维尔特兰娜慌乱地踱步，王子则站在原地呆住了——尤塔从未见过这种场面。金色天鹅的羽毛在空中飞舞，玻璃的星星像雨滴般落下，粉红色的裙子被噼里啪啦地撕扯开。

奥利维亚的女伴突然灵巧地从后面抱住尤塔。

"快把这个怪物弄走！"奥利维亚尖叫道。

奥斯汀艰难地把又抓又挠、凌乱不堪的尤塔从两个疯狂的人手中拽出来。尤塔帽子上的太阳也没有了，像一块无用的破布一样掉到了草地上。

尤塔已经不再拘泥于礼节，她一把推开王子的手，越过黄杨树的栅栏跑走了。

狂欢节的开场不得不推迟一个半小时。

有人提议禁止尤塔参加节日庆祝，但奥斯汀王子的请愿使得尤塔免除了惩罚。

奥利维亚的金色裙子好在没被完全毁坏——宫廷的女裁缝得以把裙子完全修复。但更严重的是她美丽的脸庞上的抓痕——又长又深的抓痕不得不仔细地涂脂擦粉才能掩盖住。

一个侍女冷漠地给尤塔拿来了一件裙子和一顶朴素的不带装饰的帽子。而尤塔已经无所谓了。

在庆祝活动开始前，玛雅调皮的小脸向尤塔的卧室里窥探。尤塔的小妹妹腋下夹着一个帽子盒。

"答应我，你会接受它！"

"里面是什么？"尤塔漠不关心地问。

"答应我！"玛雅着急起来。

"好吧……"

当玛雅走了之后，她打开了盒子。

在盖子下面放着的是闪着光的波浪翻滚的天鹅绒大海的帽子。

慷慨的玛雅把自己的帽子给了闯了祸的姐姐。

狂欢节早已成为三个国家最受欢迎的节日。

阳光普照的广场已经拥挤不堪，成群的小男孩们簇拥在灯柱旁，多得无法想象的各种大小、样式和颜色的帽子在人们头上随风飘摇。聪明的市民们用铃铛、风铃和奶油馅饼装饰他们的帽子，而一个恶作剧者则在他的帽子上放了一只笼子里的小白鼠。像往常一样，从早上便吹来了清晨的微风，为了防止帽子被吹走，女士们都在下巴上系上了色彩鲜艳的缎带。

典礼以帽匠行会组成的游行队伍开场——走在前面的是皇家宫廷的帽匠，也就是那个给公主们做帽子的人。在他的头上飘扬着行会的旗帜，上面绘制着一顶睡帽。

帽匠们围绕着铺着地毯的高台列成方阵，上面庄严地端坐着三个王国的皇室成员。奥利维亚的金色裙子吸引了所有人的目光，只听到人们议论纷纷："啊，多美啊！"

尤塔坐在那里，一直低着头，不敢看向奥斯汀那边，她的后背都能感觉到他就在近旁。

上孔塔的国王发表了一番关于福利和繁荣的简短演讲，之后他把主持大局的任务交给了戴着巨大的白色礼帽的节日司仪。

司仪奉上了一个接一个的笑话，人群笑个不停。而后，在他那缠绕着常春藤的长长的手杖发出信号后，每个人都开打了钱袋，把早上抓到的困在里面的黄蜂放了出来，按照预兆，黄蜂会带来财运。几个财迷不太走运，他们失望地把已经在钱袋里被闷死的黄蜂抖落到地上——这种情况，众所周知，是预示着损失的。

接着是刺猬对决的环节。决斗在一个巨大的圆鼓上进行，人群围在四周欢呼和鼓掌，司仪接受了投注。刺猬被主人们涂上了鲜艳的颜色，发出呼哧呼哧的声音，踩着紧绷的鼓面，时不时地蜷成一团，然后迅速伸展开，瞄准对手那长长的黑鼻子。特殊的鼓点发出低沉的声音。获胜者是一只小小的、被涂成朱红色的母刺猬，她看起来十分凶狠。

最后，帽子游行的时间终于到了。装饰有渔夫和小船的天鹅绒波浪的帽子应当为自己的女主人摘得桂冠，但尤塔拒绝参加比赛。第一名当然就被奥利维亚的金色天鹅夺走了——虽然稍微有些掉毛了。

太阳还高高地挂在天空上，狂欢节的上半场已经接近尾声。晚上的庆祝活动将要来临——挥舞火炬的轮舞，帽匠协会提供的免费红酒和皇家财政部资助的烟花表演，还有所有人都参加的舞蹈和欢庆活动。

皇家成员们起身站起，绕场一周以示敬意后便返回宫殿中，以便可以在天黑之前休息。

皇家乐队高声奏鸣起来，奏乐声稍微有些参差不齐。渐渐稀少的人群欢庆地挥动着手巾，司仪放下了自己的手杖，如释重负地用绣着花边的袖口擦去了额头上的汗水。

微风吹拂而过，尤塔热烫的额头凉爽了许多——奇怪的是，下一刻这凉爽的清风便被一股强大而迅速扑过来的热浪所取代。

市民们开始抱怨起来——有人丢了帽子。

尤塔用双手抬起蓝色的天鹅绒帽子的帽檐，看了看太阳。

太阳消失不见了。尽管皇家占星师颇有信心地预言了晴空万里的天气，但广场上已然笼罩着浓重的黑影。

突然又吹起一阵急速的暴风。一股强烈的非自然界的气味扑鼻而来，广场上的人们都被呛得流下了眼泪，喉咙也干咳起来。

有几秒钟又静了下来——如此的安静，以至于都能清楚地听到从高处传来的冲破空气的呼啸声。太阳重新出现，又再次消失了，仿佛被狂奔的乌云遮住了。

"啊……啊……啊！！"

一个女人十分具有穿透力的尖叫声打破了所有人的呆滞。惊恐万分的市民们争相逃跑，互相踩踏，推翻了节日的马车。尤塔站在铺着地毯的高台上，并用尽力气抓着头上的帽子——除此之外她暂时想不到有什么更重要的了。

她看到她的父亲一只手搂着维尔特兰娜，另一只手搂着王后，想要穿过人群挤到远处的马车那里；她看到了奥斯汀是如何把玛雅塞到高台底下；看到了仍旧没有失去镇定的奥利维亚是如何也挤到那里的；看到了尘土飞扬的龙卷风是如何在广场中央旋转的，色彩鲜艳的倒下的旗帜是如何像发狂的蝴蝶一样飞舞的……

黑暗更浓了。

尤塔抬起头，她看到在自己头上的天空中盘旋着棕色的长满鳞片的腹部和正向她扑来的张开的钩爪。她顿时膝盖发软。

"快跑，尤塔！快跑！"

她感觉听到了奥斯汀的声音。

尤塔仍旧用双手抓住帽子，坚定地从原地跑开，好像永远都不会再停下来。

她在空旷的广场上拼命地跑着，盲目地乱跑，她被一波又一波袭来的气味所追踪。她被绊倒在丢掉的袋子、旗帜和铃铛上，而在她的上方盘旋着，身体遮挡住整个天空的，是一条长着翅膀的可怕的龙。

"尤塔——啊！"

她看到了奥斯汀。

他大步向她跑去，张大了嘴，但呼啸的大风淹没了他的喊声。

尤塔转过身去面向他，但奥斯汀突然位于下面。有那么一会儿，她看到了他那由于恐惧而扭曲的仰起的脸，敞开的衬衫领子和金链上的护身符，但接着广场就像盘子一样翻倒了，奥斯汀变得很小，就像是蓝帽子上的瓷质渔夫。

尤塔从上面看到了宫殿、公园、广场和街道，还有在惊恐之下四处乱窜的人们……

被飞龙的爪子紧紧抓住的尤塔公主飞得越来越远，被这一邪恶的怪兽带向了未知的地方。

这时她尖叫起来，但谁都没有听到。

II

我失败的幽灵露出了尖牙。

它是自己的医师。

也是自己的刽子手。

✝

阿尔姆-安恩

✛ ✛ ✛

高空中刺骨的寒风拍打着尤塔的脸，塞住了她的喉咙，让她喘不过气来。蓬松的裙子像是松弛的风帆在风中鼓动，疯狂地拍打着她在风中抖动的腿。她先是丢了一只鞋，然后另一只也掉下去了。龙的爪子像钢箍一样紧紧地攥着她，用力地挤压着她的肋骨，阻止她挣脱。

蔚蓝的天空令人目眩，太阳炙热地闪烁又熄灭了光亮，懒洋洋地就像是不想要沉到地上去。天空中，尤塔绷紧了喉咙大声尖叫，并继续拼命挣扎着。

田野就像是黄色与黑色碎片拼成的马赛克拼图，"拼布被子"——在尤塔的意识中突然闪现了这一画面。河水像一条蓝色的蛇一样蠕动着，远处的海面上有一道蓝色的弧线。

大风吹散了刺鼻的龙的气味。她扭着脖子，看到了在自己上空的棕色鳞片和均匀扇动着的蹼状翅膀。

天空又一次扑面而来，白色的悠然自在的云，地平线，然后又是天空……尤塔痉挛地扭动着，想要从紧紧握住她的腰的爪子里挣脱出来。她使出浑身解数，踢了踢那只肌肉发达的爪子，但那条龙根本不理会她。

尤塔咬紧牙关，深吸了一口气，让自己的身体松弛下来。

她虚弱地瘫倒在紧握住她的爪子里，她紧闭双眼并在心中默念：15，16……

爪子颤动了一下。

看来龙觉得祭品已经窒息了，便放松了紧握的爪子。

只是放松了一点点儿。

但这一点儿空隙对于尤塔来说已经足够了。她用尽最后的力气，拼命地用胳膊肘和膝盖猛地向外一挣，终于跌进了空旷的天空。

她好像什么都听不见了，一阵呼啸的风将她裹挟进去，裙子卷住了她的头。当她再次看到地面的时候，不知道是朝上还是朝下——地面仿佛离她近了许多。

她僵硬的四肢摊开着，就像是冬日里被冻在厚厚的冰湖里的青蛙，恐惧甚至让她忘记眯起眼睛。尤塔飞着，下降着，陷落到了空气中的旋涡里。在接下来的几分钟地面突然失去了与拼布被子的相似之处，扑向了尤塔的脸。

有那么一会儿她失去了意识。接着是一阵撞击和剧烈的疼痛，她确信自己已经被摔得粉碎，在田野里的某处躺在一片血泊中。然而，风还在吹着她的裙子和头发，她稍微睁开眼睛，看到了地面还在移动。

龙在最后一秒抓住了掉落的祭品，现在它的爪子更用力地紧握着尤塔的肋骨，让她喘不过气来。而且坦白地说，公主已经没有任何抗争的力气了——她所能做的就是虚弱地扭动着，试图使那怪物的爪子松开一些。她的反抗并没有难为到龙，只是使她自己更加痛苦。但尤塔没有放弃，她踢着腿，扭动着身体，想要咬下覆盖着细小鳞片的爪子。

透过在她眼前不断升腾的雾气，她仍然看到了田野被茂密的森林所接替，下面已经没有道路。她不时地失去知觉，再睁开眼睛时她看到了森林已被堆满岩石的平地所取代，接着是被海浪拍打的灰绿色的悬崖——龙把尤塔放到了海岸边。

尤塔看到陡峭的山脊的一角插入大海中，尽头是一座巨大的奇形怪状的山峰。龙急速地转弯，尤塔惊恐地意识到这实际上是一座城堡——一座隐秘于悬崖之中的残破的城堡。参差不齐的塔台像腐烂的牙齿一样耸立着。龙开始盘旋着降落，好像是想让尤塔仔细看清这歪歪斜斜的吊桥，污浊的窄窗和圆形的黑洞——龙进入隧道的大门。

看到隧道的尤塔突然感到力量倍增，她像一只野猫一样奋力挣扎。龙发出嘶嘶的叫声并冲进了黑洞里。

尤塔的嘴和鼻子立即塞满了灰尘和黑烟，使她无法喊出声来。如果龙在隧道里再停留片刻的话，那么她就会被憋死，但龙即刻离开了这个漆黑的走廊，钻进了一个有亮光的屋子里。

这时候，那可怕的爪子终于松开了，尤塔赤裸的双脚感到了冰冷的石板的寒意。

她无法支撑自己的双腿，瘫坐在地上。她看着周围的一切，仿佛在做梦一般。

圆形大厅的大小和陈设都很适合龙。一道宽宽的阳光透过不规则的天窗射了进来。

在大厅中央尤塔仿佛看到了一个笨重的建筑——它看上去既像祭坛，又像祭祀用的供桌。一根尖锐的铁刺从中间冒出来，而在基座上——尤塔冒出一股冷汗，那是一堆从未见过的、令人作呕的工具，这使神志恍惚的女囚犯想到了不是屠夫的肉铺子就是酷刑室的画面。尤塔昏沉沉的目光再也不能分辨出大厅远处黑暗的角落里还堆砌着什么了。在她的背后龙发出了满意的嘶叫声。

尤塔公主最终的结局似乎要比最可怕的童话还要可怕。

随着一声简短的、低声的尖叫，龙的祭品失去了知觉。

✛ ✛ ✛

黄色的亮光在她眼前闪烁。她倚靠在一个柔软的东西上，周围是温暖和寂静的。

石像鬼，这是多么可怕的梦呀！

她伸了个懒腰，眼睛仍然闭着。

这是在哪里？这并不像她熟悉的床。也许，她又在看书的时候坐在最喜欢的妈妈的椅子上睡着了？

妈妈用丝线绣了一个古老的传说，是关于一个女孩……

被龙掳走了？！

她睁开眼睛并坐了起来。

宽敞的大厅里十分明亮。壁炉里的柴火已经烧完了，尤塔的确坐在椅子里——但完全是陌生的，非常破旧而且大得甚至可以再坐上几个公主。在自己的正对面她看到了一张桌子，上面摆满了满是灰尘的酒瓶，而在桌子的另一面则是——石像鬼呀！——在同样的椅子上端坐着一个完全陌生的男人——这是一个黑头发、身材消瘦的男人，在他紧皱的眉间有一道深深的皱纹。他把头侧向一边，不是深陷沉思，就是在打盹。

尤塔完全不知所措，她静静坐了一会儿，试图回忆起所发生的事情，她是怎么到这里的，还有最主要的，这个陌生人是谁，他怎敢如此放肆，跟睡着的公主单独待在一个房间里？

也许是她生病了，这个人是医生？

她越来越糊涂了。她甚至连一个推断都无法完成，她终于绝望地放弃了，下决心张开嘴唇，小声地叫道：

"哎……"

陌生人抬起了头。

他的眼睛里充满了忧伤和疲惫，尤塔觉得他的眼睛是深绿色的。看到公主醒来，他既没有表现出什么喜悦，也没有一点兴趣。

有那么一会儿他们相互看着对方，陌生人脸色阴沉，而尤塔则越来越心慌意乱。

最后陌生人叹了口气，身体前倾，把他一直拿在手里的空杯子放到桌子上。

尤塔小声问：

"您——是医生？"

陌生人撇嘴一笑，尤塔便意识到——不，他不是医生。她对自己的胆怯感到恼火，便更大声，更坚决地问：

"那么您是谁呢？在这里干什么？"

陌生人困惑地盯着她看，然后伸手够到离他最近的大肚瓶子，并往自己的杯里倒了一杯。他喝了一口，皱起眉头，重又疲惫地看着尤塔。扬起眉毛：

"问得好……您怎么，完全不记得了吗，公主？"

他的声音听起来有点嘶哑。尤塔可以发誓她以前从未听过这个声音。

这时陌生人站了起来，并且明显很费力——也许他已经喝多了。

"请允许我提醒您，公主，"他奇怪地笑了笑，"请允许我提醒您，您被龙掳走了。"

尤塔的心凉了。

"不，"她以颤抖的声音小声说，"我只是梦见自己被龙掳走了。"

陌生人抬眼看着天棚。

"好吧，在这之前您梦见自己在狂欢节上……戴着蓝色的上面有小船的帽子，是吗？"他直视着尤塔。

尤塔的后背、鼻子和手掌都冒出了冷汗。

她想起了刺鼻的龙的气味，在下面浮动的五彩斑斓的地面，高空中的风，插入大海里的悬崖上的城堡……这些都是真实发生的还是梦见的？

在陌生人嘲讽的目光下她突然发现自己光着脚，她的肋骨酸疼，拳头上是被硬鳞片划伤的痕迹。

"石像鬼……"她小声地嘟囔着。

陌生人轻蔑地哼了一声。

等等，尤塔想，那个放着吓人的器具的大厅呢，就是龙把她放进去的那个地方，也是存在的吗？或者这已经是梦见的了？

如果龙真的把她带到了城堡，要想吃她，或者他没有吃她，她还好好地活着，这是不是意味着……

她以完全另一种目光看着站在她面前的陌生人，她微微摇晃着，为了站稳而一只手扶着椅背。

难以想象，跟龙搏斗对于人来说会有多么危险。战胜了龙的骑士喝了这么多酒也并不奇怪。

"我不会忘记的，"尤塔声音颤抖地说，"您会看到我是如何感激您的。您知道我是一位公主……您大概也看到了我在狂欢节上戴着这顶不幸的帽子……是的，当然您在那里也看到了，这个令人作呕的怪物……发出恶臭的龙是怎么俘虏我的……"

陌生人睁大眼睛看着尤塔。

"您是最高贵、最勇敢的骑士。"尤塔继续说道，显得更加振奋了，"我要按照皇室的规格感谢您……我的父亲，上孔塔国的国王，将会实现把他的女儿从魔爪……从可恶的爪子中解救出来的人的任何愿望。"她马上准备要大哭或是欢呼起来。

"您在说什么？"陌生人声音低沉地问。

"要知道可是您救了我呀？"尤塔给了他一个灿烂的微笑，这使得她的大嘴咧到了耳朵边。陌生人看向别处。

"不是您吗？"尤塔慌乱地重复道，甚至还有些感到委屈。

陌生人眉头紧皱地看了她一眼，在他的目光中她读到了越来越明显的愤怒：

"我——救了您？"

尤塔连忙点头：

"从怪物的爪子里……如果我错了，对不起，但总之是有人救了我！"

陌生人小心翼翼地把空杯子放到了桌子上。

就在这时，他之前坐过的那把沉重的大椅子轻得像羽毛似的飞到了一边。陌生人突然变高，顶上拱形天花板，弓起了背，展开的双臂立刻就长成了巨大的蹼状翅膀。双肩上的头变成了长着一排尖刺的脊背和长着尖牙的嘴巴，还有一条不知从何而来的布满鳞片的尾巴在石板上咚咚作响。而在尤塔的老相识——这条龙——完成自己的变身之前，不幸的公主已经陷入了深深的、长久的昏迷中。

⫯ ⫯ ⫯

他习惯于称自己为阿尔曼，虽然他的本名是阿尔姆-安恩，而他的两百多代先辈——强有力的龙人——也都叫类似的名字，他们的名字被保存在地下密室的石头编年史上。他持续了两百年的孤独生活被他们的存在所填满——每次当他拿着火炬来到城堡的深处，他都能感到他们无数炽烈的目光。

难道树上的最后一片叶子不是根的使者？

虽然他们在天空和地上都有着无限的自由，无法制服和几乎是不可战胜的——但他的祖先们也同样是氏族法规的奴隶，并高兴地接受自己的被奴役，并将这认为是一种特权。

几千年来，他们自豪地完成一种仪式。这一仪式赋予了他们无畏地注视同族的眼睛的权利。他们的生与死都处于与自己和自己同族的和谐相处中，并受到后代的尊敬。

阿尔曼不止一次地在火把的浓烟下眯起眼睛，用手抚摸过刻在石头上的文字，艰难地辨认着符号和单词：

"一个年轻的躯体，处女……一等的战利品……你猎获的至宝……将会强壮你的身体，赋予你快乐和青春……愿你在狩猎中取得成功并完成仪式，一飞冲天，摘星取月，愿你的喉咙燃烧着太阳般炙热的火焰……"

几千年来龙从人类的聚居地掠夺了许多年轻的女俘虏——公主，部队长官和首领以及大小统治者的女儿们。

在完成仪式的圆形大厅里的天棚上有一个洞——喷火的龙在这里隆重地享用他们的猎物。

阿尔曼许多次试着读关于享用祭品的记述，但从未读完过。火炬散发的厚厚的烟灰覆盖了墙壁，许多符号都已经无法辨识了。

正如编年史所记载的，有一次一个年轻的女囚徒成功逃脱了——她被一个与龙交战并将之战胜的巫师勇士所解救。

从那时起，这一仪式便发生了变化——被激怒的龙不再立刻就惩罚女孩，而是把她们关到城堡里，就好像在向可能存在的解救者发出挑战。得知公主被掠走后，四面八方的骑士们都想要解救她。他们中的很多人悲惨地死去，但是历史上仍然还存有那么几个得以成功的幸运者。可能他们恰好遭遇了一些年老体弱的、力量不强的龙。或者是？……

阿尔曼被这个问题折磨了很多年。难道这件怪事，这个被他憎恨的，被他封存、隐藏、驱赶到意识最隐秘的角落里的痛苦的耻辱——难道这一耻辱也会在什么时候从他的荣耀的先辈那里流传到他的身上吗？

他时常满怀希望，又时常被怀疑折磨得撕心裂肺，他一次又一次地拿着火把来到地下，试图破译石头编年史上的文字。他一次又一次地得到了答案：不。那些成功在城堡里营救公主的狂妄的年轻人只是幸运而已——没有一条龙会自愿放弃俘虏。他抓回她就是为了吃掉："成功狩猎，完成仪式"……

狂暴不羁而强大有力的他们按照氏族法规的规定行

事。对决时他们是感到幸福的，而如果对手只能承受一次烈火的袭击，他们就会很沮丧。完成仪式后，他们备受鼓舞，举行庆祝，并经常以杀掉失败者而结束，因为古老的石头上镌刻着："敬畏你的远祖，温暖的和风将会托起你的翅膀，你的后代将会崇拜你……但与你一样年轻的你的兄弟，——将是你的麻烦……战斗吧！直到喉咙里还有火焰在燃烧……"

现在氏族已几近断绝了。最后一个后裔在城堡上空飞翔，最后一个后裔举着火炬在地下游荡。

"你的狩猎——便是你的荣耀和力量所在。狩猎成功，你那天赐的火焰将永不熄灭"……

称自己为阿尔曼的阿尔姆-安恩尚未成功狩猎。

有些时候，他完全不想这件事——天空和大海在这样的日子里都有着平常的颜色。如果这样的日子再多一些，他便可以平静地活到老年了。

但在另一些日子里——被阴沉、干燥的污浊所笼罩的日子里，一股股强烈的忏悔、沉重的负罪感、忧伤和绝望的情绪向他袭来——在这样的日子里他如此强烈地感到了自己不配为龙，甚至不再想活着。

他是一个与众不同的人，一个孤独的怪物，一个弃儿——他就是树上的最后一片叶子，一棵巨大的树根的干枯的使者。

他的两百多代先辈从覆盖着古老文字的墙上注视着他。有时他感觉自己就要疯了。

他别无选择，只能执行古老氏族法规的命令。然而，一想到仪式室他便感到恐惧和厌恶。

第二百〇一代后裔做了一个噩梦。他醒来时一身冷汗，只记得一股甜蜜的花香使他的膝盖发软，感到恶心。他咬了咬牙，试图恢复自己的记忆——却陷入了绝境，因为总是想起同一个场景——圆滚滚的泥块从泥泞的山坡上滚下来，木质的徽章从倾斜的木板上滚下，而声音——也许是他已经不太记得的父亲的，或是他完全不记得的母亲的声音。

每次他以龙的躯体飞离和返回城堡时，他都必须要战战兢兢地走进仪式室——想要绕过这个地方是不可能的，因为通往龙的隧道的入口就在那里。

在日益加剧的内心斗争的折磨下，阿尔曼上千次做出了决定，并每一次都意识到，自己已经无路可退。

那天，他在海面上飞了一圈又一圈，海面是那样的平静和清澈，他甚至可以透过闪烁着太阳光的水面看到很深的海底。而后，他向上直冲向太阳，他突然感觉到了无比的轻盈和空虚。他做出了决定。

他的计划十分简单，在这一计划的帮助下机智的阿尔曼想要在没有完成仪式的情况下与祖先和解。

阿尔曼推断，被绑架的公主需要在塔楼里被困一段时间。只要有一个骑士愿意在正当的战斗中解救她就够了。而阿尔曼是一定会给这位骑士带来好运的。

的确，现在的骑士与他们的先辈们相比既懦弱胆小又没有骨气，但他们对于龙的认识却寥寥无几，他们不知道，即使是最伟大的勇士如果跟一条健康强壮的龙对决的话，那么也是注定要失败的。阿尔曼正是想要利用他们的不明真相来达到自己的目的。

一个骑士，只要一个骑士就足够了！一个无论是愚蠢的、天真的、勇敢的、精明的、忘我的还是狡猾的骑士——只要他来到这里，举起长矛，向龙发起挑战就可以了。

阿尔曼最为指望的还有一个深藏的秘闻。虽然编年史中没有记载，但按照人类的法律解救者应当与被解救者成婚。

诱饵，阿尔曼想着，他的翅膀几乎碰到了水面。谁不想娶一个漂亮的公主呢？所需要的只是一个勇士，这次绑架的结尾不会在仪式室里，而是在婚宴上……

一想到自己沉重的罪恶感和缺陷将很快会消失，他感到了一种类似于惊恐的感觉。

诱饵。被抢走的女孩应当是迷人的，不只是因为她有皇室血统。这一点非常重要——不能弄错。那个将要被关在高塔里的女孩……必须让骑士们对她日思夜想……

阿尔曼从他的先辈们的财产中只继承了几段咒语和一面镜子，这面布满裂纹的模糊的镜子具有显示城堡外发生的事情的魔力。镜子和它的主人之间的关系非常紧张——主要是因为镜子的脾气十分恶劣，它经常拒绝服务，而阿尔曼也很多次艰难地控制住自己不把它摔成碎片。

然而，在帽子狂欢节那天魔镜表现得还算厚道。在五彩缤纷的节日的喧嚣中阿尔曼一眼就选中了年幼的玛雅公主。

一个迷人的、快乐的、优雅的精灵，她正是为了俘获别人的心而生。一个美丽的公主。她就是那个让骑士可以为之拼死决斗的人。一份极其危险的游戏中的昂贵奖品。

阿尔曼认真地记住了那顶带着小船的帽子——那样一顶帽子很容易发现，也不会跟其他帽子混淆。升起的波浪应当是它的一个标志，从空中就可以看到，就像是一盏指路明灯。众人的聚集，狂欢，忙乱和喧嚣对于阿尔曼来说都正好适用——越是在这一场合下公主被俘的消息就传播得越快，而那些想要获得英雄美名并娶公主为妻的骑士和勇士们的心就越是会狂跳不止。

一切都按照计划进行。

节日的广场从高空中看起来就像是一个挂满装饰的蚁丘。他看到人群是如何吓得呆住了，然后又四散奔逃，他担心在五彩缤纷的帽子的旋涡里找不到那顶唯一要寻找的帽子。但之后，他飞得更低了，看到了她站在皇室的高台上，仿佛完全被恐惧吓得无法动弹。

他已经把钩爪伸出来，但公主清醒过来，跑开了。他在她的上方飞着，衡量着距离，想要以稍微温柔点的方式抓住她。在最后一刻她差点溜走，但他猛力一冲——便将珍贵的猎物抓入掌中。

他尽可能小心翼翼地抓着她。但他抓着的并非一只温顺的小羊，而是一只野蛮、绝望而又狡猾的猫——一旦他失手放掉她便再也难以抓住她了。坦率地说，他并没有料到如此年轻脆弱的姑娘会有这样疯狂的反抗。

他把她从龙门拖进了城堡里。在他所讨厌的仪式室里充满了阳光。

他将她放到地上。也许她会昏倒过去——这对于公主来说是再正常不过的事情了。

他第一次看了她一眼——自己差点晕了过去。

"你的帽子是从哪儿来的？"

尤塔沉默着，蜷缩在壁炉旁的角落里。

"您的这顶帽子是哪里来的？您是谁？"

尤塔深吸了一口气。她以在此刻所能表现出的高傲口气说道：

"我是公主！"

阿尔曼发出了一声嗤鼻声。当他以龙身打响鼻的时候，从他的鼻孔里会喷出一束火花。而现在他是人身，但看到他的尤塔仍然吓得浑身发抖。

阿尔曼看着她，感到的恐惧并不比尤塔少。

是的，骑士要是会想娶这个姑娘除非是像鼹鼠一样瞎了眼！更不用说还要与龙进行战斗……

在阿尔曼的脑海中重又产生了一个模糊不清的团块从陡峭的山上滚下来的画面。他强烈地控制自己不再乱想。

"我是一个公主。"尤塔小声又坚定地说。

没什么，阿尔曼重又振奋地想。没什么……也许并没有完全失败，可能明天就会想出什么新办法。或是后天……但不是现在，不是马上。

他小心翼翼地将头脑中的所有想法都驱赶开，做出了一副严肃的、适合于当下境况的表情，说道：

"我向您宣布，公主，从现在开始成为我的俘虏。现在我要把您藏在高塔里，您会一直被关押到，到……"他的喉咙卡住了一下，"直到有一个勇士来解救您……如果能有这样的人的话。"他小声地补充道。

尤塔睁大了双眼看着他。她抽泣着，绝望地小声说道：

"您……您——是一个卑鄙的怪物……"

阿尔曼又发出一声嗤鼻声。

在受损最小的西面高塔中，一汪泉水从岩石下面流出。一个黏土碗里装满了干巴巴的饼，在塞满干草的床垫旁边孤零零地放着一双巨大的木鞋。

"这里？"尤塔以颤抖的声音问。

阿尔曼一时间突然感到有些可怜她，但怜悯很快就被愤怒所取代——他重又想起了自己陷入了怎样的困境中。

他轻轻推了一下公主——她便十分厌恶地躲开了——

他在她身后砰的一声关上了铁门。在寂静中站了一会儿，他便大声念出了关闭的咒语：

"霍勒拉——哈拉勒！"

尤塔站在门的另一边，听到他的脚步声越来越远。

她紧咬着手指的关节，轮换双脚站立着，她麻木的赤脚已经感觉不到寒冷。她对自己处境的恐惧感逐渐袭来，一阵又一阵，每一次她都更加用力地咬着自己的手指，希望疼痛感能让自己醒来并如释重负地说：这是一个多么可怕的噩梦啊！

泉水顺着长满青苔的岩石汩汩流淌。

尤塔被困在了牢狱之中——荒凉偏僻的龙的监狱里。

III

正午的空气微微颤抖着，

大海在峭壁间打着呵欠，

你好，忧愁。

✝

阿尔姆-安恩

✝ ✝ ✝

他长久地站在那面布满裂纹的模糊的镜子前面，在那满是灰尘的镜框中混乱地交替出现着三个国家的画面。

上孔塔国笼罩着张皇失措的情绪，并宣布了全国哀悼。阿尔曼一边搓弄着下巴，一边看着镜子，镜中：脸色苍白，憔悴不堪的王后用手绢擦拭着眼睛，国王表情凝重地发布着命令，小玛雅则伤心地哭着，还有另一位公主——维尔特兰娜则皱着眉。而后他向前凑了凑，想要试图听清楚广场上发布公告的人在说些什么，但是这面糟糕的破镜子只能传达只言片语："谁敢于……法律规定……公主殿下……举行婚礼……"

公告人在广场上反复地宣告着同样的消息，就像昨天、前天和之前的许多天一样。但那些贵族青年却转身走开了。只有一次在镜子里映射出了一个准备去建立功勋的人——那是一个肮脏的采煤工，他既没有武器，也没有战马，只有着贪婪的野心和想要娶公主的愚蠢梦想。

阿尔曼几乎开始憎恨自己的囚徒了。现在他已经开始觉得，这个女孩是故意戴上别人的帽子，卑鄙地在广场上等着他，就为了破坏他深思熟虑和煞费苦心制订的计划。只要再过分一点——他便会相信她会自己爬到他的嘴里，只是为了惹恼他。

他痛苦地呻吟起来。就让她关在塔里吧，是她活该如此。

一开始一切都还不错。

她成功地把头、肩膀和半个身躯伸进狭窄的缝隙里。在高塔的窗下有一块很宽的石板，上面很多地方都已经碎裂了，长时间被侵蚀的岩石上长着一小堆棕色的草。在很远的下方大海懒洋洋地晃动着。

千头万绪终于迈出了一小步。对于一个不会飞的凡人来说又有什么用呢？但尤塔顽强地向前爬着，想要挤过窄缝，她想，只要走出牢狱，便一定能想出什么办法来。

事实上，她并没有必要去想出什么办法来，因为当这个有皇室血统的囚徒的身子挤出一半的时候，便失去了自己的好运气。要么是窗的栏杆下的缝隙不够宽，要么是公主不够瘦小——不管什么原因，尤塔被卡住了，她的头露在外面，腿还关在里面。

在尤塔的面前，一只灰溜溜的小甲虫从干枯的草丛里飞出来。它可能正在高塔窄窗下的栏杆下面爬行，却惊讶地看到了公主。尤塔动了动——甲虫便张开它暗淡无光的翅膀飞走了。飞向了自由。

钻出去明显是不可能的了，勇敢的公主深吸了一口气，试图退回来。哎！窗户的栏杆使她一动也不能动，尤塔浑身直冒冷汗，想象着一具腐烂的骨架被卡在铁栅栏上的样子……这幅画面实在是太触目惊心了，以至于尤塔用尽了最后的力气向里拉，她的肋骨两侧被擦破了皮，后背也被刮伤了，最后她终于栽倒在了牢狱的石头地上。

她稍微歇了口气，坐到了草席上。尤塔神情悲伤地用拳头托着腮，又一次陷入了深深的沉思中。

逃跑的企图又一次失败了，她的囚禁似乎是永远不会结束了。当然，现在她还有足够的干饼和水，每天早上还有阳光照进来，但难道这是人该有的生活吗？特别是如果这个人是一位年轻的姑娘，并且还是一位公主！除此之外，石像鬼！那条龙随时都有可能出现，即使他从俘虏了她那天起便再也没有出现，但这也并不意味着他已经忘记了自己的猎物！不，逃走。得马上逃走！

尤塔坚决地站起来，又重新坐下。所有逃跑的方法都已经试过了——但都是徒劳的。从栅栏里面钻不出去，从栅栏下面也爬不过去，而门都被铁链和咒语锁住了。

咒语……

尤塔发现，自己可怕的狱卒的最后一句话被自己无意识地重复着：霍勒拉——哈拉勒……

真是非常难听的、丑陋的词语，听起来就像是一句骂人话。霍勒拉——哈拉勒……

尤塔把脚伸进木鞋里，跌跌撞撞地走到门边。她站了一会儿，倾听着门外。一点儿声音也没有。一个简单的想法徘徊在这个年轻姑娘的意识的边缘处。

一只潮虫正在湿冷的墙上看着她。一只令人作呕的长满绒毛的蜘蛛用满是关节的长腿急速地跑过。这个简单的想法一直在她的头脑中闪现，但尤塔总是捕捉不到。

她气得不行，甚至要绝望了，但突然在她的记忆里闪现了一个胖胖的宫廷侍从，他在教年轻的侍女深奥的道理："钥匙向右——锁上箱子……钥匙向左——打开箱子……"

在尤塔意识到什么是"钥匙向左"的时候，她的嘴唇就已经下意识地发出了：

"勒拉哈——拉勒霍！"

一声长长的吱嘎声回响在牢房里。缠绕着铁链的门缓慢地摇摆着，在生锈的门边和刚才爬着一只潮虫的墙壁之间出现了一道窄缝。从窄缝里吹来了一丝湿气，门又打开了一点儿，空荡荡的走廊和台阶出现在目瞪口呆的尤塔面前。

走廊和台阶！出口！自由！

龙的咒语看来和老侍从的钥匙是很像的——只要反着说，门就开了。

尤塔被自己的幸运惊呆了，她犹豫不决地轻轻推了一下那扇沉重的门，向外看了看。共有两条走廊——左边的和右边的，还有一条通往下面的螺旋楼梯。

尤塔思索了一会儿，然后撇开了木鞋——如果穿着它会发出嘎嘎的响声，就像是没拉货的大车在鹅卵石的桥面上行驶——她赤裸着双脚，干练地走上了楼梯。

城堡建在悬崖边上，甚至可能比悬崖更古老。阿尔曼并不确切地知道是谁建造了城堡——或是他的先辈，或是在既没有人类，也没有龙族的古时就生活在陆地上的什么未知的生物……但是早在传说中的萨姆-阿尔时期，这座城堡就已经摇摇欲坠了。

阿尔曼打了一个响鼻。从他的鼻孔里喷出了几簇火花，此时阿尔曼正均匀地拍打着翅膀，在大海上空盘旋着。

通向城堡的只有一条路，它位于一个充满岩石峭壁的半岛上，是一条狭窄的、在岩石间蜿蜒曲折的非常凶险的小路。在快到城堡脚下的地方，道路变宽，形成了一个平坦的圆形空地——这是传统的决斗的地方。如果阿尔曼下到这里来，就可以看到在空地的中间用骨头整齐地堆起的小山——这是过去和将来的所有解救者的墓碑。

阿尔曼并没有下降。他飞得那么高，看起来下方的地面仿佛被一层雾所覆盖，他透过迷雾凝视着道路，他目不转睛地瞭望着远处和近处所有大大小小的道路……但所有的道路都是荒凉的，空旷的，被遗弃的，没有一团尘土从一匹战马的蹄下扬起，没有一件武器在阳光下闪闪发光，也没有一个骑士急忙去解救被俘虏的公主……

这时他咆哮起来，震耳欲聋，十分可怕，一股火焰从他的喉咙里喷出来，浓烟从他的鼻孔里冒出来，他的吼声响彻在海面上，偏远的沿海村落的人们吓得脸色惨白，低声念着咒语和符咒。

龙的咆哮吓得尤塔趴在地上。一开始她以为是龙发现了她的逃跑后勃然大怒。而后清醒的理智战胜了恐惧，公主判断龙是在海面上吼叫，而逃跑发生在城堡里，也就是说，可怕的吼叫跟她——尤塔，并没有直接关系。相信了这一点，她站起身来，继续往前走。

她寻找着城堡的出口——但却一次又一次地回到已经空旷的牢房的门口。要是换成别人早已绝望了，但她却坚忍地嚼着干饼，大口大口地喝着泉水，而后重又在黑暗的走廊里绕来绕去。

远处再次传来龙的吼声——这一次声音变得更小，更无力和忧伤了。

第二天他手中晃晃悠悠地拿着一个酒瓶子，怅然若失地在城堡里走动。昏暗的走廊与同样昏暗的楼梯交替出现，所有的房间不是被锁着就是空荡荡的。

最后，他被一个门槛绊倒了，他站起身，茫然地打量着突然出现在他眼前的房间。

这个房间一直以来都被称为乐器室，虽然里面堆满的东西并不像乐器，而更像是巨大的蜂窝，或是丰富的瓷器店，或是马赛克拼图——一堆巨人的易碎的玩具。

然而，这仍是一种乐器——或者更确切地说，是乐器的遗骸。这一庞然大物已经陈旧无用了——但阿尔曼还是喜欢来乐器室，看看这些装饰乐器残骸的银螺纹，用手指抚摸粗粗的浅色金属管乐器，拂去单个放置或是堆在一起的水晶球、小球、各种形状的器皿上的大量灰尘。有时他试图从这些像是乐器的设施上弹奏出音乐，但他的尝试只产生了让人心烦的噪声。

阿尔曼打了个哈欠。在道路上空无尽地盘旋已经使他疲惫不堪。红肿的眼睛已经被风吹得流泪。暗淡无光的笨重的银乐器扭曲地映照出他的样子。他为何而来到这里呢？

他打了个趔趄，转身奔向另一个房间，那里在由于时间的侵蚀而变黑的桌子上堆放着许多瓶子，壁炉燃烧着，还有两个空椅子。

尤塔蜷缩着赤裸的双脚，坐在螺旋楼梯的台阶上，她徒劳地试图赶走已经将她完全包裹的绝望。

逃离城堡看来已经是不可能的。自由只是将牢狱之门稍微打开一点，好嘲笑于她。尤塔还是被关在牢狱里，只是她的牢房变得更大了一些，里面有许多死路和迷宫。现在已经疲惫的公主仿佛看见了一副腐烂的身躯孤独地依靠在被时间侵蚀的台阶上。

尤塔在精疲力竭中闭上了眼睛。在她的脑海中闪现了一段段记忆和画面。

她看到一个年迈和善的家庭女教师，先是教她读书，然后教妹妹们。家庭女教师正在讲着什么，生动地做着手势，挥动着一只握着鹅毛笔的手。而后这一画面便消失了，取而代之的是另一幅画面——在宫廷花园里，清晨，沾满露水的叶子低垂着，湿漉漉的草散发着涩涩的气息，而她站在一块空地上等着谁，有人应该到来——但还没有来……当等待已经无法忍受时——花园深处的树枝在颤抖，朝露像雨点般落下，那个等待已久的人终于出现了。

一开始尤塔只看见了树间的黑影，然后树枝被拨开了——奥斯汀带着胜利的、轻松的微笑走进了空地。

尤塔看着——目不转睛，像着了魔一般。而奥斯汀越来越近，他的蓝眼睛闪闪发光，他张开了双臂，像是想要拥抱尤塔入怀中……

梦突然中断了。

尤塔傻傻地笑着，她还坐在螺旋楼梯上，她的腿冻得起了鸡皮疙瘩，已经失去了知觉。但这些都已无关紧要。

梦是有预见性的。奥斯汀一定会来。

她一瘸一拐，磕磕碰碰地各处摸索着，一次又一次在城堡里绕来绕去。

阿尔曼把脸从桌子上抬起——他刚刚坐着睡着了，现在在半睡半醒中不知是什么把他弄醒了。

他试图站起来——但刚起身便呆住了。

遥远的旋律听起来十分令人愉悦，这不知从何处传来的声音竟能穿透这些墙壁，真是不可思议，阿尔曼微微张开了嘴。

是幻觉吗？

他惊讶得回忆起，在他的梦里出现过这个声音，但它出现在梦里是合理也是合适的。然而，梦已经结束了。声音还……

旋律又再次响起。阿尔曼从头顶上拔下一根头发。

过了难熬的寂静无声的几分钟，刚才的声音再次响起。

这时阿尔曼突然敏捷地站起身来，消失在了迷宫似的走廊里。

他步履坚定、悄无声息地走着，当声音渐渐消失时，他的心都停止了跳动，当声音重新出现给他指明方向时，他便加快脚步。在靠近乐器室的时候阿尔曼听到了一个强有力的、十分华丽的和弦。

最后一个跳跃使得阿尔曼有些气喘吁吁，但他还是闯进了堆放乐器废墟的处所。

最后的音符仍在空中飘荡。水晶器皿相互碰撞着叮当作响，但是它们发出的叮当声并不像引导阿尔曼走进乐器室的那种令人心醉的声音。

他停下来，凶狠地四处张望。那个巨大的乐器好像决定要保守住自己的秘密，默不作声了。乍一看，房间里似乎空无一人。

但只是乍一看。

阿尔曼恼怒地皱起了眉头。他缓慢地发出了令人可怕的声音：

"出来。"

回应他的只有无声的寂静，甚至水晶玻璃的碰撞声也胆怯地平静下来。

"出来，"阿尔曼阴郁地重复着，"你最好出来。"

没有任何回应。阿尔曼觉得，庞大乐器的银管正在相互靠近，想要把躲在后面的人藏起来。

阿尔曼转身，好像要准备离开，但在门槛处他又突然转回身来：

"嗯？！难道让我亲自去抓你吗？"

他感觉有什么东西在这个乐器的深处移动。

"我数到五，"他以不容置疑的声音宣布道，"这之后我会放进老鼠，它们会直接在那僻静的角落里把你吃掉。一。"

寂静无声。

"二，"阿尔曼将双臂交叉抱于胸前，"三。"

是的，在银管的后面肯定藏着谁。现在这个狡猾的家伙又开始动弹了，那一串小水晶球也跟着滚动了起来。

"四。"阿尔曼继续说。

慢慢地，非常不情愿地，总是被什么东西钩住，一个从头到脚都被灰尘和蜘蛛网覆盖的活物终于爬了出来。

"五。"阿尔曼无动于衷地数完了最后一个数，在他面前站着的是尤塔——上孔塔国的公主。

她那已经变成破衣烂衫的舞会裙子完全可以让她冒充市场上的乞丐，并能给她带来不少收益。她的头发乱蓬蓬的，她的长脸变得更消瘦了，这使得她的长鼻子显得更加突出。

我还要等待多久解救者才会来呢。阿尔曼想。

公主皱着眉头看着他，在她的深色眼睛里有着恐惧，但并非惊慌。

"我们要怎么做呢？"阿尔曼装出一副和蔼可亲的样子问道，"一般会怎么处置逃跑的囚犯呢？好像是应该把他们扔到蛇洞里？"

尤塔更加忧愁了。她声音不大，但庄重地说：

"我难道向您保证过不逃跑？这是我的权利……如果看守得不好的话，任何囚犯都会逃跑的……"

阿尔曼皱起眉头：

"看守得不好？你是怎么逃出来的呢，公主？"

骄傲的沉默是对于他的回应。阿尔曼围着囚犯走了一圈，大声地说出了自己的想法：

"门是用咒语锁上的。咒语你能理解什么呢，公主？也许，你是从老鼠洞或是什么别的洞里钻出来的，嗯？"

尤塔哼了一声——愤怒在一时间压倒了她的恐惧：

"你本可以选一个更复杂点儿的咒语，尊敬的龙先生！我开关那扇门，就像在自己家里一样……"

当然，她立刻便对自己所说的话感到后悔，因为阿尔曼非常不悦地龇着牙：

"是吗？"

说着他便抓着尤塔的肩膀，将她推到乐器室敞开的门边，在她面前砰的一声关上了门，并低声说道：

"霍勒拉——哈拉勒……"

尤塔低着头用眼角余光看着他。

"嗯，"阿尔曼笑了笑，"现在让我看看吧，公主，你是怎么做到的。你能把门打开——我就饶了你。"

尤塔耸了耸肩，冷笑着看了他一眼，并不太情愿地说出了：

"勒拉哈——拉勒霍……"

门嘎吱一声打开了一道缝。尤塔走出门口，好像准备骄傲地离开了。

"人类不使用这个咒语，"阿尔曼在她身后声音低沉地说，"你是怎么知道的？"

尤塔转过身来：

"钥匙左转——钥匙右转……很明显，所有的法术也都应该可以反着说！"

一时间，阿尔曼和尤塔相互对视。

"好吧，"阿尔曼终于说，尤塔不知为何突然感到松了一口气，"好吧，我答应饶你一命，就会饶你一命的……只是……"这时在他的声音里又出现了指责者的严厉口气，"你怎么敢，公主，到这里来，你在这里干什么？"

尤塔缩起脖子。的确，真是被石像鬼咬了，她为什么要碰这些水晶瓶子呢？该死的好奇心……现在她被抓住了，既懊恼又愚蠢，在最好的情况下，她又会像羊圈里的绵羊一样被关起来……

"我做了什么？"她嘟哝着，想要显得天真一些，"我做了什么？没什么……特别的。我……弹奏来着。"

"弹奏？！"

阿尔曼有些粗鲁地搭着尤塔的肩膀，把她带到了那台等待着的、沉寂下来的乐器面前。

"现在就弹一个。"

公主吓坏了。看来她犯了一个可怕的错误，她傻乎乎地承认了，现在等待她的将是羞辱和惩罚。

"不……"她苍白的嘴唇含糊不清地说道，"我不是这个意思……"

阿尔曼抬起眼睛看着天花板上布满的裂纹：

"弹一个。你是怎么弹的？这样吗？"他用手指在最近的一个水晶玻璃瓶上敲了敲。

尤塔沉默着，整个人仿佛缩成了一团。阿尔曼深深地大声呼了一口气。

两百年来他都没有跟女性说过话。除了他自己，他甚至从未跟任何人说过话。他费了很大力气才使他那粗哑的嗓音勉强变得柔和一些。

"听着，公主，我不是想吓唬你，我也没有打你，甚至也没有跟你大喊大叫……我不在的时候，你不是刚刚弹奏了吗？那你就再弹一次，我只是想看看。"

尤塔抽噎着并想明白了，自己已经没什么可失去的了。

在家的时候她喜欢玩水晶玻璃酒杯——用湿润的指尖在它们的边缘一划而过，并倾听着由此产生的旋律。

她胆怯地向后张望——为了不让她感到害怕，阿尔曼向后退了几步。

而后她以快速的、男孩子般的动作将手指伸入嘴里，舔上口水，然后走向前，用手指划过最近的一些瓶子的边缘。

温柔、纯净、非同寻常的声音从她脏兮兮的手指尖流出，成堆的透明的小球也跟着共鸣起来。声音被银管扩散开来，响声越来越大，又被石墙反射回来，这使得唯一的听众阿尔曼完全惊呆了。

尤塔用手指划过另一个瓶子的边缘——现在声音变成了和弦。阿尔曼惊讶得愣住，发呆地用手指缠绕着一根从头顶上拽下来的头发。

尤塔停止了演奏并转过身来。

她用期待的目光看着他，在这个穿着破衣烂衫的身材瘦高的女孩身后堆砌的乐器仍在奏鸣，仿佛不愿在千年的沉默后再次陷入孤寂。

阿尔曼困难地咽了一口口水，小声地问：

"你什么时候见过这种乐器吗？弹奏过吗？在哪里？"

尤塔深吸了一口气——看来危险已经没有了。她怯生生地回答：

"从没见过……我们那里没有这种东西……我只是，嗯，猜到了，您是怎么弹奏的……"

"我是怎么弹奏的？！"

尤塔后退了几步。阿尔曼几乎可以吓到任何人。

晚上她坐在大厅里壁炉前的椅子里。这就是那把她被俘虏后第一次醒来时坐着的椅子，那时她还错把阿尔曼当成了救命恩人。现在想起这件事让她脸红了。

尤塔的破衣烂衫被阿尔曼从皮箱里拿出来的长袍替换掉了，因为他合乎情理地认为公主不应该看起来像个流浪汉，这可能会在最后一刻让她的解救者改变主意。尤塔洗了澡，梳理了头发。一杯酒使她凹陷的双颊焕发了健康的红晕，使她暂时忘却了所有的不幸。坐在桌子对面的阿尔曼惊奇地注意到，他的女囚犯确实有一种头脑清楚和明白事理的眼神，尽管这并不能弥补她外表上的明显缺陷。

"那么您不会把我扔……扔进蛇洞里吧？"尤塔结结巴巴地嘟哝着。

"再看看吧，"阿尔曼深思着回答，"如果你不去你不该去的地方就不会……把你关起来，看来，是没用的，但你只能去我允许你去的地方……并且别想违抗我！别忘了老鼠和蛇……"他想了想，是否应该变成龙身来予以告诫，但现在他既没有愿望也没有精力这样做。

✛ ✛ ✛

她又梦见了奥斯汀——但画面是模糊的、暗淡的，当她醒来时便想不起来自己的梦境了。然而，每天晚上，当她蜷缩在稻草床垫上时，她就会久久地想着这位孔捷斯塔里亚国的王子，并希望他出现在自己的梦中。

这些天来她穿上了旧的绳编凉鞋，穿着它们比她光着脚在石头上走路舒服多了。干饼和腊肉轮换着出现，不只有水，还有酒喝。此外，她还被允许登上西边塔楼的楼顶——那里有一个敞开的平台，周围围着带刺的围栏，在那里可以让肌肤充分享受阳光的照耀和风的吹拂，可以面朝大海，可以看到岸边蜿蜒的小道。

起初，尤塔整天呆在塔顶上——她总是感觉在道路上出现了骑士。她会把石头、灌木丛和被风吹起的尘柱都误认为是骑士——每次她都很失望，然后又目不转睛地盯着远处看。

她时常能看到从龙门里冒出一团黑云，跟着，像大衣一样的黑烟里就出现了龙。她躲在一块石头后面，看着阳光下闪闪发光的鳞片，柔韧的脊背，长长的扭作一团的有光泽的尾巴……龙喷出火苗，在城堡上空盘旋，而尤塔半张着嘴，看着蹼状翅膀是如何壮丽地扇动。可以看到一只翅膀上有一个三角形的浅色伤疤。而后龙不慌不忙地飞远了，眼看着变得越来越小，最后变成了一个融化在地平线上的黑点。

他是去打猎了，尤塔想。她已经知道了，龙是去山上猎取野山羊，龙的身体需要许多鲜肉作为补给。

城堡里的生活简单而单调。阿尔曼经常带回几只山羊，等他变成人形的时候，便在火堆前把它们吃掉。水是从井里打上来的，酒则来自于嵌进墙里的极大的木桶里，这肯定滋养了不止一代的龙。还有一成不变的干饼，就如公主所预料的，也至少是一百年前就烤好的。

还有一个储藏室——可想而知，尤塔是被严厉禁止进入那里的，她当然也非常害怕违反规定。

阿尔曼即使是以人身出现的时候也让她感觉是个可怕的怪物，一开始她刚一听到他在走廊尽头的脚步声，便赶紧蜷缩到最近的缝隙里去。当严厉的声音命令道："哎，公主！"她便不敢违抗他，颤抖地出现在可怕的阿尔曼的眼前。虽然他从未给她带来什么麻烦，只是尽职尽责地给她提供食物和水，保证她不违反任何禁令。只有当龙离开城堡时，她才能相对平静一些。

不久她就习惯了在城堡里的生活，甚至有几次还鼓起勇气问了阿尔曼几个问题："这里会有风暴吗？那扇门后面通向哪里？如果把干饼放到壁炉里烤一烤会怎样？"

阿尔曼简短但耐心地回答了她。烤饼尝起来很美味。尤塔的恐惧渐渐有些消融了，被她仍然有些胆怯的好奇心所代替。

瞭望塔对于尤塔来说是最主要的消遣。道路仍然空空如也，不久公主便决定，解救她的骑士即使没有她的帮助也能找到城堡，如果能给自己想出什么事情做才会使等待更有趣一些。

聪明的尤塔想出了一个主意。

最难的是向阿尔曼借火把，顺便她还看到了火把藏在哪里。一个十分正当的借口便是她怕黑。

准备就绪的尤塔决心行动了。

等到阿尔曼以龙身飞离城堡时——尤塔直到现在看到那只长着翅膀的怪物还会瑟瑟发抖——这个淘气鬼立即跑下楼梯，点燃火把开始探索城堡。人们会想：既然你是个囚犯，就该安静地坐着，别惹出什么麻烦才好，但尤塔可不是这样的！尤塔现在来到了漆黑一片的城堡地下的部分，这里是严格禁止她踏足的。

火炬在坚定举起的手臂中微微颤动。她那件黑色长袍的下摆拖在潮湿的台阶上，已经磨破了。

楼梯把她带到一个狭窄的平台上——现在她可以选择继续向下或是沿着走廊走。尤塔决定继续向下走。

开始变得越来越冷。透明的大水珠从墙上滚落下来。尤塔停下，在她的前面、后面、上面和下面都是漆黑一片，浓密的、沉积几百年的黑暗被她孤独的火炬的微微光亮所照亮。

公主已经要惊慌失措——但不知为何她想到了萤火虫。草地上的萤火虫也会有类似的感觉：周围都是漆黑的，而它则是世界上唯一一点黯淡的光亮的守护者……尤塔想起了，她是如何在花园里抓到了许多萤火虫，并拿给妹妹玛雅看，那时候玛雅还很小，刚会走路……而维尔特兰娜呢，她害怕晚上去花园，而男孩子侍从们也害怕，尤塔就很喜欢嘲笑他们胆小……男孩子们——甚至是已经成年的男孩子们——都对她的勇气感到惊讶并愿意在她的带领下玩她想出来的游戏。

影子在潮湿的墙上舞动。尤塔笑了笑，继续向前走。

楼梯上又分出一个走廊。这一次尤塔转弯走上了过道，但走了几步便又面临着选择——走廊尽头又分出一个岔道。

她想了一会儿，然后用火炬在墙上留下了熏黑的痕迹，便右转了。

天棚上悬挂着成群的蝙蝠。当火光照在它们身上的时候，尤塔吓坏了。但蝙蝠并没有注意到公主。它们显然已经习惯了火把的光亮，这使公主不禁思索起来：是谁经常拿着火把在这里行走？是城堡的主人吗？他在地下的迷宫里藏了什么？是宝藏吗？

经常出现的岔道和死路开始使尤塔厌烦。她已经想要转身往回走。但突然间两堵墙远远地分开了。

尽管火焰仍旧平稳而明亮地燃烧着，但再也照不到墙壁了。

尤塔停了下来，她沉重地呼吸着，甚至能听见耳朵里血管跳动的声音。

这似乎是一个十分巨大的大厅，公主甚至感觉到了沉重、闷热的空气的流动。天棚在哪儿？前面是什么？

公主感到害怕，因为不靠着墙壁走便不能用火炬做标记，这样很可能就找不到回去的路了。所以她又后退了一步，继续沿着右边的墙向前走。

他在这里藏了什么？在古老的传说里经常提到龙的宝藏，据说他们的城堡便是建在宝藏上的……而这里是空旷的，是悬崖深处的一块巨大的空地，是谁挖的它，又为了什么？

她的好奇心开始与恐惧在一同增长。

在她的左边出现了一个巨大而形状怪异的东西——好像是一个敦实的柱子，要么就是上面雕刻了什么，要么就是有什么装饰的花纹……尤塔想了想，离开墙壁向前走了几步，终于用火炬的光照亮了石柱。

石像鬼啊!

石柱上布满了文字,这是多么复杂的文字啊!尤塔绕着这个庞然大物转着圈走。文字一直写到了最底部,上面也很可能是从天棚处开始写的⋯⋯尤塔已经看不到了。有些地方的楔形符号被苔藓所覆盖,有些地方被岁月侵蚀,不知道这块石柱已经存在了多少世纪?这些符号紧凑地挤在一起,不同的内容,不同的字迹⋯⋯还有一幅画,上面画着熟悉的海岸,大海,还有⋯⋯城堡!

尤塔吹了一声口哨。侍女们总是禁止她吹口哨。想到这里,她便吹得更响了——蝙蝠的翅膀在走廊里扇动起来,尤塔赶忙用手捂住了嘴。

一千个石像鬼⋯⋯

第二天阿尔曼哪儿都没去,这使尤塔十分焦虑,她在走廊里走来走去,时不时就跑去瞭望台,从那里望着下面的路。那些大得出奇的白色的鸟倒是给她带来了些许乐趣,它们栖息在岸边的悬崖上并过着喧闹不安的生活——尖叫,争吵,轮番在窝里孵蛋,并相互揪扯羽毛。些许犹豫之后,尤塔决定去问阿尔曼。阿尔曼简略地跟她说,这些鸟叫作卡里敦,它们逃避人类,很久以来都跟龙生活在一起。话多的讨厌鬼立即便想出了一个数数歌——"一个,卡里龙,卡里敦;二个,卡里龙,卡里敦。"——尤塔又拖着步子回到了塔顶。

一天以后,阿尔曼——太棒了!——终于清早就飞走了,尤塔便从储藏室里抓起一支新的火把,急忙跑到了她探查的地下密室。

找到这里并不容易,但尤塔已经学会了用自己的方法,也就是火把的烟灰做标记来找路。蝙蝠再一次没有注意她,当走廊的墙壁突然分开,一股陈腐的空气吹过来时,尤塔也不再感到惊奇了。

而后时间似乎停止了。好奇的公主又发现了四根覆盖着古老文字的石柱,还有多少这样的石柱呢——石像鬼才知道!并且墙上的很多地方也刻上了符号,还有一些图画,画面又是多么奇怪!尤塔惊呆地张大了嘴,在她面前的是一只从未见过的怪兽从海里钻出来。龙跟这只怪兽比起来简直就像是一只哈巴狗。这只怪物又是描绘得多么精细,所有的细节都清清楚楚,这让人感觉画画者并非想象出来,而是亲眼在近处看到了这只怪兽……

尤塔兴奋地跺着脚,继续着她令人欣喜的侦察。终于,她的无休止的好奇心得到了奖赏——在这些不认识的符号中间，她突然发现了一段完全清晰易懂的、用普通文字写成的段落：“英勇的金-阿尔有两个儿子，当他们成年了，展开了翅膀，便迎来了他们对决的日子……年轻人的喉咙里燃烧着火焰，他们的内心充满着勇气……但年幼的尚-安在战斗中倒下了，而年长的阿克克-阿尔得到了继承权，获得了神力，在狩猎中取得了胜利，他的翅膀将他带到了……”

文字突然中断了。

尤塔在石书面前惊呆地站着，她仿佛觉得只差一步她便能进入到另一个完全不可思议的世界。“年轻人的喉咙里燃烧着火焰……”

难道勇敢的金-阿尔和他的两个英勇好战的儿子都真实地存在过吗？他们都是龙？这是当然的，既然他们都有翅膀和……但这是真实的还是一个童话故事？这又是谁写下的呢？

尤塔忘记了世上的一切，她用指尖划过石刻的文字，寻找着熟悉的字母。瞧！这里又出现了！

“尤克卡来自大海，他的孩子们，子孙后辈们都来自于无边的深渊……珍惜自己的火焰，它会保护你不受到可怕的尤克卡以及他的子孙后辈们的侵害……”

尤塔瞪大着眼睛。该死的石像鬼！还有一个可怕的尤克卡，他……等等，是不是就是墙上画的那只怪兽？那只怪兽也是从海里钻出来的……

尤塔想要找到画着那只怪兽的画面，但已经找不到了，却突然看到了另一段文字：

"我飞上天空，我的影子映在悬崖上，小小的，就像老鼠的瞳孔……我向下降落，我的影子像我的兄弟一般迎接我……"

火炬劈啪作响，但尤塔对此毫不在意。她用指尖划过最后一行——这一行被深深地、精确地刻了出来，使人更容易看懂……也许这段文字并没有那么古老？

尤塔没能查明真相。如果说一开始进行得很顺利，她十分仔细地研究了文字，甚至把鼻子都贴到了墙上，火炬也燃烧得甚至比之前更亮了……但之后在她的身后传来了大声的喘气声，这时突然感觉已经不是一支火炬，而是两支了，因为周围突然变得如此明亮。

尤塔吓得大叫了一声——旁边，在离她两步远的地方站着阿尔曼，他默不作声，一动也不动，就像是在惩罚她。在火把的光芒中他瘦窄的面颊显得比从前更凶恶了。

"我不是故意的。"尤塔立即低声说道，但刚一说出口她便感到了这句话的愚蠢。

阿尔曼仍默不作声。他的沉默是对她的判决。

"我做了什么不好的事吗？"公主的声音不自信地颤抖着。

"那我们现在就看看吧。"阿尔曼以极其平静的语调宣称。

火炬从吓得僵住的尤塔手中被拿走。阿尔曼站着想了一会儿，他盯着女俘房的眼睛，然后将两支火把都扔到了地上。扔到地上并用脚踩灭了——一开始是一只脚，然后是另一只脚。

烟雾弥漫，四周变得漆黑——黑得尤塔已经分辨不出哪里是天哪里是地。

"我走了，"阿尔曼在黑暗中说，他的声音越来越远，"你留在这里。好好想想，是否值得去禁止你去的地方！"

他的脚步声再也听不见了，尤塔终于又吸了一口气。

她站在一片漆黑之中，在她的头脑中总是无意义地回响着最后一句话：我的影子像我的兄弟一般迎接我。像我的兄弟。我的兄弟。

她，尤塔，从未有过兄弟，但这并不重要。任何兄弟都不会出现在这个地下密室，来把姐妹从中解救出来。她会失明，在黑暗中死去，她永远都看不到太阳了。残忍的龙将会享受她的呻吟，她的眼泪和绝望……

他还在这里吗？还是已经走了？！

"哎，"即使是冰块也会被尤塔的声音融化，"哎，您还在吗？"

没有任何回应。

"听着，"她试图平静而勇敢地说出，但却总是发出沙哑的声音，"我并没有犯下多么严重的罪过……当然是我错了，但您想想吧……这有什么不好的呢，我只是在这里读了几段文字，这里又没有金子，"尤塔抽泣了一下，"也没有珠宝……没有钻石，没有红宝石，没有那些个……蓝宝石……而且我也什么都没拿走……"她不得不停顿下来，控制住自己的抽噎，并用拳头擦了擦鼻子。周围一片漆黑——浓密得像墨汁一般。为了不看见黑暗，尤塔紧紧地闭上了眼睛，继续说：

"您，也许，喜欢吓唬我……但这是不对的，这是……残忍的，我已经是您的俘虏了……请回应我吧……"

一片寂静。

尤塔颤抖的手摸索到了石柱坑坑洼洼的表面，并把身体靠向了它。

"也许这里写的都是秘密……我跟任何人都不会说

的……我不会说他们是怎么决斗的，不会说这个总是从海里钻出来的尤克卡……我也不清楚，也许并没有什么尤克卡……总之我什么都不明白！”她突然绝望而怨恨地喊了一句，"这些都不是用人类的文字写的！我只是想弄明白，这对谁有害呢？！"

寂静无声。

尤塔沿着石柱在石头地上慢慢移动。

"年轻人的喉咙……充满了火焰，"她低声说，自己都不知道在说什么。"我飞上天空，我的影子映在悬崖上，小小的，就像老鼠的瞳孔……我向下降落，我的影子像我的兄弟迎接我。"

一只粗糙的手掌搭在她的肩上——她惊恐地尖叫起来。

"走吧。"阿尔曼低沉地说。

尤塔跟在他身后踱着碎步，几乎跟不上他。当他们穿过了迷宫走上楼梯时，她决定问他：

"您在黑暗中看得见吗？"

"不。"阿尔曼冷漠地应了一句。

黄昏降临了。

"你在那里找什么？"阿尔曼问道。

尤塔低着头，耸了耸肩：

"没什么……我只是想……看看……"

阿尔曼沉默着，她还是鼓起了勇气想要问他：

"这些……人，也就是龙……他们的确都存在过？"

阿尔曼走到窗前。在海面上升起一轮红色的月亮。

"这是我们氏族的编年史。"他没有转头地说。

石像鬼啊，她想。

"那尤克卡呢？他也来自……您的家族？"

阿尔曼从肩后瞥了她一眼。"小女孩啊小女孩。是装的吧？或者她真是如此好奇？但这又有什么坏处呢……如果要跟她讨论……嗯……那岂不是很奇怪……哎。"他的对话者还是天真地问："那尤克卡呢？"

他咧嘴笑了笑，尤塔以为这是友好的示意，便也笑了。

"尤克卡，"阿尔曼以教导的口气说，"尤克卡是一个海怪……从远古时代起他和他的后代就是龙族可怕的敌人……他来自海里，唯一能对付他的武器就是火。你明白了吧，公主？"

"那金-阿尔是谁呢？"尤塔立即问道。

阿尔曼惊讶于这个问题：这还不清楚吗？现在还得继续弄明白，真是哭笑不得……

"金-阿尔，"他叹了口气，"是我荣耀的先辈，龙族的第一百一十六代……"

尤塔的眼睛瞪得像盘子那么大：

"一百一十六代？你们龙族一共有多少代呀？"

阿尔曼疲惫地闭上眼睛。傻乎乎的公主，不要再问你不能理解的事情了。

"我是第二百〇一代。"他疲倦地说。

"二百〇一代？！那您多大年纪了？"

他笑了笑：

"二百三十二岁。"

公主没说话，她盘算着，这是不是真的。她小心翼翼地问：

"是吗？那龙能活多久呢？"

"直到死去。"

"是吗？"

阿尔曼转过头看向别处。

那时候他还太小，关于父亲的死甚至没有记忆，实际上他也没有什么关于童年的记忆。一声巨响，一道闪光——他的父亲被雷电击中，掉进了海里……他那时，也许才两百多岁……二十年后祖父也去世了。

尤塔把他从思绪中引出，以可怕的声音复述着：

"'阿克克-阿尔得到了继承权，获得了神力，活到了……'但他杀死了自己的兄弟，不是吗？"

哎，阿尔曼想。是我自己的错——跟被俘虏的人解释这些，允许她谈论氏族的事情……

他想起了在黑暗的地下密室里公主惊慌的声音吓得他浑身发抖："我的影子像我的兄弟一般迎接我。"这真是很奇怪，在她说出这句话之前他生气至极，准备让这个姑娘在黑暗中呆上不止一两个小时……可听到这句话从她的嘴里说出来真是太非同寻常了。非同寻常和……十分愉快，不是吗？他深受感动并把她带到了地上……

"那……"尤塔想要说什么又停下来了。

"什么？"

尤塔灰心地从鼻子发出了一声喘息，不再敢问了。

"你想要问什么呢，公主？"

"你们……嗯，龙……有像人一样的名字吗？"

"是人的名字，"他冷冷地纠正了她，"是人的名字跟龙的名字一样。"

"可以问一下您叫什么名字吗？"

他想了想。慢慢地说出：

"阿尔姆-安恩。"

两个火把比一个火把方便多了。

"这是什么意思呀……"尤塔小声嘟囔着,"这是龙的语言吗?"

"古代的语言。"

"您明白吗?"

"一部分。"

还看不到密室的边缘,在火光的照耀下从黑暗中不断冒出新的柱子,上面都刻着文字。

"这上面写的都是什么?"尤塔用指尖划过潮湿的石块。阿尔曼时不时地推开她的手:

"不要用手,公主!"

尤塔急忙躲开,一会儿又靠上去:

"这里有一些认识的字母,也有一些不完全认识的……这是什么?"

阿尔曼耐心地跟她解释。这上面大多是一些对于古代道德、礼仪还有重要事件的年代记录,主要是战争、决斗和战斗:"东-阿尔面对自己的哥哥达夫-安,他们的对决就像是两团火纠结在一起……一团火熄灭了,达夫-安战死了，东-阿尔胜利地呼喊——但他的伤口就像大海一样深，他的血滴进了大海，并沉入海中……两个都战死了，后代成为了孤儿……"

"后代成为了孤儿，"尤塔重复着，"两兄弟之间的战斗？同一个故事一直在不断重复着……但是我之前读到的那个，他'获得了神力'并'活到了很老'，而这里，想想看，'后代成为了孤儿'……为什么要战斗呢？"

"这是习俗，"阿尔曼冷淡地说，"只有兄弟当中最强大的才能延续血脉。你不会明白的。"

"不明白。"尤塔低声说道。

片刻沉默之后，尤塔突然语速很快，信心十足地说：

"您还记得关于像是兄弟的影子迎接他的段落吗？记得吗？那个写下这段话的人想要跟自己的兄弟相见，而不是杀死他。这个您怎么解释呢？"

"没法解释。"阿尔曼低沉地说。而尤塔更加振奋起来，继续说：

"我觉得，杀死兄弟并不是一件好事。早晚会变成孤身一人，那时就只能跟自己的影子说话了……那您，"她透过火把的光芒以责备的眼神盯着阿尔曼，"您也杀死了自己的兄弟吗？"

阿尔曼沉默了好长时间，以至于尤塔开始感到害怕。

"我，"他慢慢地说，"我从来没有过兄弟。"

"氏族的灭亡！"

他的祖父是一个巫师。他那控诉的喊叫声和不祥的预言从小就经常把小阿尔曼吓到几乎晕过去。

"氏族的灭亡，瓦解，终结！你都繁衍了谁，儿子？！强大的孙子们在哪儿，准备为氏族的荣誉而战的我的火焰的继承者们在哪里，还是这个不肖的阿尔姆-安恩会幸存下来？"

父亲沉默着。阿尔曼颤抖着蜷缩在角落里。

"我们的先辈们不会原谅我们的，儿子。氏族需要新鲜的血液，新鲜的翅膀。阿尔姆-安恩是一根枯萎的树枝。为了决斗而生的他的兄弟们又在哪里？！"

然后就是一道闪电，让阿尔姆-安恩成了孤儿。

他晃了晃头。尤塔的火炬已经在远远的前方闪烁——公主正惊呆地站在一块黑色岩石巨大的立面之前：

"石像鬼啊，这又是什么？"

阿尔曼靠近，还在想着自己的童年往事。他冷漠地点了点头：

"这里封存着预言。"

"预言？"

"是的……关于氏族及所有后代的命运。"

"您知道自己的未来吗？"

他笑了笑：

"不。你没看到吗，预言是用加密的字符写成的。不知道是否有人曾经试过破解它……如果有，那也是徒劳的。"

尤塔惊呆了，她站在岩石前。复杂费解的线条迷住了她，这预示着另一个未知世界的神奇的奥秘……

"我能弄懂它吗？嗯，读懂，弄明白？"

阿尔曼两手一摊。他的火炬发出嘶嘶声。

"听我说，"他用十分真诚的语气说，"这块石头已经有几千年的历史了。你——一个瘦小的女孩，一粒沙子，一片鳞片……"他停下来，在脑中挑选着词语，而尤塔则不得不帮助他：

"一个空壳。"

"一个空壳，"阿尔曼赞同，"放肆无礼的，胆大妄为的，总是执着地想惹麻烦的空壳。"

尤塔眨了眨眼睛：

"您知道吗……作为一头龙来说您简直是很善于言辞的。"

他呆住了，而公主利用这一空当马上又补充道：

"不，我并不是想说这个……请允许我自己到这儿来吧。嗯，求您了！"

IV

太阳是没有牧群的牧人。

早晨是金子，晚上是铜。并且似乎不应该

回忆和惋惜。

☩

阿尔姆-安恩

✝ ✝ ✝

现在她整天都呆在地下。阿尔曼感到很奇怪，但也挺满意——至少这样他知道公主在忙什么，也不会再搞出什么鬼把戏。

他饶有兴致地观察着她，就像观察一只被关进笼子里的稀有野兽。他有时跟在她后面下到地下——他没拿火把，她看不到他——阿尔曼长时间地看着她如何用她那脏兮兮的手指掠过那些古老的、长满青苔的标记。

跟人类——跟那些住在乡村的茅草屋里、城镇的瓦片屋顶下或是皇宫里的人们——阿尔曼有着长久而复杂的关系。

在最温柔的童年时光里他不幸染上了恶习——关于这是一个恶习，而且还是可怕的罪过，是祖父用藤条告诉他的。所有的原因都来源于魔镜。

阿尔曼的族人们使用这面镜子要么是出于必须，要么是出于无聊，但从不是因为好奇。阿尔曼把它从破烂堆里拣出来，擦干净并放在自己的房间里。那时镜子还是完整的，清晰的，愿意服从主人的意愿，它会一连好几个小时给这个小男孩展现别人的生活。

他是这座偌大的城堡里唯一的孩子。阿尔曼十分热爱父亲，但他的父亲却总是忧郁而沮丧的，而祖父则是阿尔姆-安恩总想要尽量避开的。

父亲有时用他沉重的手掌抚摸阿尔曼的头，让男孩完全沉浸在快乐中，还会给他个小石块、扣子什么的一些无用的小玩意儿。祖父负责孙子的教育——也就是教导和惩罚他。

站在巨大冰冷的大厅里的阿尔姆-安恩声音嘶哑地背诵着家族历史的片段。每一节课的开始和结束的时候，他都要背诵多得数不尽的名字——他遥远的祖先们没完没了地一个接一个闪现在他眼前。

也许每个先辈都有母亲，但每个后代却不能体会到母爱的幸福。他的祖先们有兄弟——就是那些达到合适的年龄后要跟他们决斗的人。阿尔曼从小便是孤独一人，他童年时所有交流的渴望都是通过一件无生命的东西——魔镜所满足的。

没有人会喜欢上一面镜子，但也不敢残忍地对待它。它看起来似乎置身事外，但却经常将一些难以置信的画面放到小男孩的面前来取乐。

他看到一群男孩子——他简直无法想象世上会有这么多男孩子——不知为何在戏弄另一群孩子：起初他把他们当成了一些奇怪的男孩子，后来才听到了他们真正的名字——女孩子……

他看到了用山羊奶做奶酪的过程，看到了一个大家庭是如何庄重地坐下来用晚餐的，看到了如何把婴儿裹在襁褓里，把死去的人装殓，看到人们如何翻动石块一样厚重的书籍……镜子里出现的人们总是那么琐碎和忙碌，但也出奇地多种多样——阿尔曼从未停止过好奇。

那一天他也在镜子前面好奇着，祖父终于无法忍受地责问他，是什么让他唯一的孙子每天在镜子前面度过那么久的时间。一个巨大的烛台把镜子打碎了，从那以后，镜子上就布满了裂缝。这之后对阿尔曼严苛的惩罚也一直使他记忆犹新。

很久以后，他才明白是什么引起了祖父的愤怒。也许，正是这面镜子毁掉了他龙的内心……或者并不是？也许是那倒霉的镜子白白受了委屈？

现在尤塔观察到在她的狱卒眼中的兴趣时不时被很久以前记忆的面纱所遮盖，这让她感到疑惑和害怕。

很快他便把她从角落里拽出来，让她坐在有壁炉的房间里的长桌子边——为了能时刻看到她。一开始公主还不敢靠近阿尔曼，后来便习惯了，并且尽量使自己举止优雅。

然而，在一整天时间都在地下室的石柱前度过之后，优雅的举止立即被抛弃了。她狼吞虎咽地吃着干饼——她的双手沾满了煤灰和灰尘，脸颊油亮，眼睛兴奋地闪光——她看起来完全不像公主，更像是一个快乐充实的矿工。吃饱了之后，探险者的身子向后一仰，靠在了沙发上，并从那皮椅子光亮的深处，向阿尔曼投去饶有兴趣的目光。

停顿了一会儿后，他装作漠不关心的样子问道：

"怎么样呢？"

尤塔极力控制着乐得快要咧到耳朵边的嘴巴，好像不太乐意地说：

"我破解了表示'火'的符号。"

阿尔曼知道"天空""不幸""勇敢"几个符号已经被"破解"了，它们被尤塔认真地临摹到了壁炉旁的墙上。

"祝贺你，"阿尔曼严肃地说，一边使劲儿咀嚼着腊肉，"你已经从大海里舀了整整三瓢水了！继续努力吧，总有一天会见底的。"

尤塔充满挑衅地、讥讽地看着他，她的眼神传达出不服输的意味：走着瞧吧！

当然有些时候，尤塔也会失去信心。她的眼睛里已经不再闪烁着令人鼓舞的光芒，对于刻在壁炉边墙上的符号也不会添加任何新的字迹。吃过晚饭后，她就立马去高塔上，在浓密的黑夜里等待着解救者的到来。

阿尔曼知道她的守夜是徒劳的。城里广场上的公告人早就已经喊哑了喉咙。上孔塔国皇宫里的生活早已恢复正常，而在两个邻国里，日常生活有条不紊的节奏则从未被打乱过。似乎三个王国已经问心无愧地将尤塔留在龙那里。

尤塔的研究陷入了绝境，而后又从中挣脱——她又找到了"大海"和"可怕的"符号——然后又再次停滞不前，陷入了无尽的巧妙复杂的陌生符号编织的网络中。稍微冷静下来，她又整天呆在瞭望塔上，每天很长时间盯着空旷的道路。

奇怪的是，她不久就意识到阿尔曼也在做着同样的事情。他以龙身飞离城堡，不是去狩猎和长途飞行，而总是在道路上空盘旋，好像在寻找什么人……似乎他和尤塔一样，甚至比俘虏房本人更急切地等待着解救者……这是为什么呢？

尤塔陷入了沉思。

直到现在她对解救过程的想象都是十分模糊的：出现了一位，就是说，骑士，在战斗中击败了龙……但什么意味着击败呢，这会是什么样子的呢？

阿尔曼在岸边盘旋——一个身披鳞甲的庞然大物被落日余晖照耀。尤塔看着道路，想象着一个全副武装的骑士向龙发起了挑战。

骑士有长矛，锻造的剑，甚至还有一根狼牙棒……他能刺破鳞片吗？人类的武器可以造成任何严重的伤害，更不用说斩首，古代传说中是这么说的吧？在骑士被滚滚袭来的炽热火柱摧毁之前，能来得及给龙以致命的打击吗？

等等，尤塔在恐慌中想，龙也不可能是无懈可击的吧？有多少关于战胜恶龙的英雄传说呢，他们有的把龙舌带回家，有的甚至把斩断的龙首带了回来！

被砍下的龙头……尤塔咽下了一口口水。

阿尔曼在不断上升的空气热浪中慢悠悠地盘旋着。他活像一只从木版画上跑下来的纹章怪兽。在粉色天空背景下的他的身影显得既威严又优雅。

也许他等待骑士是为了像吞噬野山羊一样吃掉他？也许她，在心中呼唤着奥斯汀的尤塔，潜意识里会希望王子死去吗？

她立刻抛弃了这一难以忍受的想法。解救者出现是为了取得胜利，不然还有什么其他可能呢？

但是思想又落入到意识最边缘的角落里不愿出来。晚上尤塔梦见了完全被蹼状翅膀遮蔽住的天空，还有像泥浆一般又冷又黏的从从火焰……变身为龙的阿尔曼咆哮着，张开了长满利齿的大口，一把剑从一个软弱无力的人手里掉落。

尤塔失去了食欲，她整日在城堡里转来转去，总是低垂着头，怅然若失，空虚无比。阿尔曼关切地望了望她。

几天后他飞回来时爪子里抓着什么。在瞭望塔上守望的尤塔差点吓死了——她还以为龙又带回一个被俘虏的公主。但仔细一看，她发现龙的这个新的受害者浑身覆盖着白毛，它的四条腿上装备着黑色的小蹄子，无助地在空中抽搐着。

尤塔急忙跑到下面有壁炉的房间里，那里她看到了已变为人身的阿尔曼，还有一只瑟瑟发抖的、完全被吓坏了的，但尚且没有受到任何伤害的小山羊。

"它可以产奶，"阿尔曼随意地说，以回答尤塔默默的惊讶，"想要喝奶吗？那就挤羊奶吧。"

尤塔和山羊紧张地相互盯着对方看。公主环顾四周，想要找到一个挤奶桶——她发现桌子上放着一个可以充当奶桶的水罐。山羊后退了一步，仍然战战兢兢地盯着尤塔看。

"也许，应该把它绑起来？"尤塔小心地问。

"我把着它。"阿尔曼仍然冷冷地回答。

现在山羊惊恐地轮流看着两个人，并不停地向后退，一直撞到了扶手椅上。

阿尔曼坚决地迈步向前，山羊认出了他可怕的龙身，在惊恐中小声叫着。阿尔曼抓住它小小的羊角，而尤塔则从后面扑上去，咕咚一声将水罐放到地上，用双手抓住山羊干瘪的乳房。

山羊拼命地嚎叫。乳房从尤塔的手里溜出，水罐咕噜咕噜地在地上滚动，撞到墙上，摔成了一堆碎片。

"你怎么回事儿……"阿尔曼抱怨着。挣脱出来的山羊蜷缩在角落里并闪烁着由于惊恐而瞪大的眼睛。

"亲爱的先生，"尤塔傲慢地说，"难道您以为，公主在宫廷里没什么事儿干，天天挤羊奶吗？"

阿尔曼不知如何应答。

在又尝试了几次都失败之后，阿尔曼建议杀死它并把它作为晚餐吃掉。但是好心的公主还是设法说服他放弃了这个计划——小山羊被放生在野外。尤塔仍然被囚禁。

✝ ✝ ✝

身形巨大的卡里敦鸟孵出了它们的孩子。尤塔迎着风眯起眼睛，看着淡紫色的毛茸茸的小脑袋从鸟巢的边缘冒出来，她看到它们的小黄嘴巴张得大大的，嗷嗷待哺地等着它们那认真负责的父母扔过来的小鱼。成年的卡里敦鸟是白色的，就像云朵一样，十分的优雅，虽然也十分爱制造麻烦。

一天阿尔曼去了地下堆放石柱的地方，并嘱咐尤塔不要打搅他。

尤塔便没去打搅他。最近一段时间她对神秘的古老文字变得冷淡起来。阿尔曼的独处却给她提供了一个很好的条件：现在她便有机会去探索早就感兴趣的地方了。这个地方就是阿尔曼的房间。

很难解释为什么这个地方如此吸引她。她很清楚地知道自己的企图有些有失分寸，并因此而感到羞愧。她还很清楚，如果阿尔曼知道的话，他一定不欢迎她的来访。但她的好奇心并没有被石柱上神秘的古老文字所完全满足，甚至战胜了恐惧和分寸感。

沉重的门并没有上锁。尤塔偷偷朝里面瞄了一眼，便溜了进去，身后的门半开着。

房间出乎意料地十分宽敞，空旷，满是灰尘。天棚下面的一扇窄窗透进了些许阳光。

尤塔环顾四周。沿着墙边摆着一个狭窄的木凳，对面竖立着一个沉重得仿佛已经陷入地里的箱子——有些地方已经被磨得发亮，但由于岁月的腐蚀又失去了光泽。在远处的角落里挂着一张蜘蛛网……

尤塔猛地一哆嗦。那里，在角落里竖立着一面大镜子，暗淡无光，满是裂纹。

石像鬼，谁能想到呢，在这个城堡里还能有镜子！即使落满灰尘……难道阿尔曼每天还要照镜子，在镜前打扮吗？！这可真看不出来，但镜子却说明了一切！

尤塔向前迈步，面对面走向自己在镜中的倒影。

她已经不知道多久没看到过自己的样子了。她穿着一件宽大的深色袍子，头发随随便便地绑在一起，还有她那干裂的嘴唇，没有任何饰品……尤塔陷入了沉思，她用手拂过沾满灰尘的镜面，这时镜子突然从里面发出亮光来。

　　尤塔吓得向后退缩，而在椭圆形的镜框里突然出现了人脸，还有村子里房屋的屋顶，高高的草丛，又是人脸……一个女人的声音生气地问——这个声音直接从镜子里传来，尤塔甚至拧了一下自己的胳膊！但所发生的并非幻觉，什么都没有消失，又传来男人的声音，也是同样恼火，大声地回答：

　　"我怎么知道呢？！自己去储藏室找！"

　　她听到了狗叫声，牛群哞哞的叫声，并且立即地、没有任何过渡地便传来钟楼轰鸣的声音。

　　魔镜！这就是对公主的恐惧和不安的补偿！

　　她从摇篮里便听说过类似的奇迹——奶娘很乐意给孩子们讲述关于"勺子把大家都喂饱"，"棍子把大家都打倒"，还有胡萝卜男孩和会说话的镜子的故事，一般都认为，有魔法的物件都保存在遥远的大海之外。但镜子就在这里！

　　尤塔向前倾着身子，如饥似渴地窥探着普通的、日常的，但却是对她来说十分遥远、无法触及的生活。画面毫无联系地随意变换着，其中一些太过于露骨的亲密画面让公主羞红了脸并转过头去。声音一会儿传达得非常清晰，一会儿又低沉不清，或是完全听不清说了什么，尤塔已经有些被眼花缭乱的色彩和嘈杂的声音弄得不知所措，但突然静了下来，在镜框里出现了阿克马利亚国皇宫装饰雅致的房间。

房间里挤满了好像是参加华丽的宴会的人们。国王夫妇正在与两位刻板的穿着上浆衣服的外交官进行亲切的交谈——尤塔立即认出了他们是上孔塔国的大使！仆人们端来装着酒的高脚杯，女士们扑着粉的头发优雅地摆动着，有人从容地笑了，但尤塔听不到一点儿声音——镜子神秘地沉默着。褶边、蝴蝶结、胸针、吊坠——她以前多么讨厌这些东西，现在看到这些又是多么亲切！接着，在废弃城堡里的这间阴暗而空旷的房间里充满了笑声，说话声和碰杯的声音，镜子里的所有空间都被美丽的奥利维亚公主容光焕发的脸庞占据了。

尤塔咬着嘴唇。

奥利维亚被一群追求者包围着，欣然享受着别人的谄媚。在她身旁的人群中闪现了一个浅色头发男子的影子——尤塔出了一身冷汗，不，这不是奥斯汀。孔捷斯塔里亚国的王子没有来参加宴会。

"为什么要建造夏季的行宫呢？"奥利维亚浅浅地笑了笑，"当然是为了野餐和月光下的散步……为了浪漫的约会，别笑了，维尔特兰娜！"

奥利维亚转过身来——尤塔便看到了她的妹妹。维尔塔强忍住笑。在她的肩上垂下了一条细黑的丧带。

尤塔惊呆了。

怎么会这样。怎么会这样，等等！她还活着呢……他们已经给她举办了葬礼，可怎么能这样呢！他们怎么还能笑出来，还喝着酒……他们甚至都没有试图营救她！

镜子里的奥利维亚站了起来——许多崇拜者立刻也慌忙地簇拥着。阿克马利亚国的公主向门边走去，可以看到那扇门通向一个华丽而奇异的花园，但她突然停了下来，不经意地问了一句：

"对了，维尔塔……关于可怜的尤塔有什么消息吗？"

维尔特兰娜抱歉地耸了耸肩：

"你知道，公告人已经公布了号召骑士的消息快两百次了……可还是一个报名的都没有。知道为什么吗？"

"为什么？"奥利维亚笑了笑，"真是太天真了……要知道法律规定解救者必须要娶她，这就是原因。你能想象吗，娶尤塔！"说完，她便转过身去，走向别处，身后伴随着一群追随者。

尤塔整个人僵住了，呆坐在那里。镜子黯淡下来，在它浑浊的表面尤塔看到了自己不好看的样子，不匀称的体型，大滴的泪珠正从她消瘦的双颊滑落……而后她看到了站在自己身后的阿尔曼。

"谁都不会来的。"尤塔轻声说。

阿尔曼沉默着。

"没有人会来的！"她大声重复着，"您为什么要绑架我呢，谁都不会来救我的！"

"这不关你的事。"阿尔曼阴郁地说。

"不关我的事儿？"尤塔用手撕扯着袍子的下摆。"不关我的事儿？你当时应该马上就吃掉我，而不是折磨自己……蒙骗我。"

阿尔曼盯着覆盖着蜘蛛网的墙壁。

"为什么……"尤塔的声音颤抖着，"如果您掠走了一个漂亮的姑娘……那就会有上百个骑士来和您战斗……这不就是您想要的吗？我知道，我早就想明白了……但您为什么却要绑架……我呢？"

阿尔曼慢慢地问：

"所以说，你的名字叫尤塔？"

尤塔吃了一惊，阿尔曼把目光移开了。

这次谈话是多么不合时宜，特别是现在，在他刚刚在地下密室度过了很长时间，跟先辈、亲人和氏族法规单独呆了很久之后……他询问僵死的石头，但总是得到同一个回答："成功狩猎吧……"

这意味着尤塔会被送到仪式室。她是对的——等待解救者是没有意义的。也许，这样……更好？为什么他，阿尔姆-安恩至今为止是有损先辈声誉的，是氏族中最没用的一个？他可是萨姆-阿尔血统纯正的后裔！这位公主与其他上百个公主相比有什么更好或更坏之处吗？如果她们都是在仪式室里得到自己可怕但是庄重的结局。

他脸上的表情变了。尤塔捕捉到了这一瞬间，并立即停止了哭泣。以前从未经历过的一种新的恐惧，一种莫名令人毛骨悚然的恐惧突然不知为何在很短的时间里就完全攫住了她。阿尔曼抬起眼睛看着她。在人的身体里她看到了拱形的脊背、歪斜着暴露的牙齿和那沉重的眉弓下闪烁着的火光——龙。

"尤塔，"阿尔曼说，他通常粗哑的声音现在听起来像是骨头摩擦发出的声响，"尤塔。"

她什么话都说不出来。阿尔曼站了起来。

现在吗？就是现在吗？

"走吧。"他说。他的话就像一把沉重的斧子掉到了地上。

她在他的目光的注视下已经身体僵硬，她顺从地站起身来。他的父亲，他的祖父和两百个先辈也都曾如此注视……

他的视线变得模糊了。

站在他面前的是一个可怜无助的姑娘。她的脸庞蒙上了一层雾，但他却看得十分清楚，他看到了她已被泪水沾湿的睫毛。

该死。

尤塔摇摇晃晃，跌跌撞撞，陷入翻滚的泥浆中，许多奇形怪状的石块从肥沃的斜坡上滚下。

一阵难以忍受的刺鼻的花香在空气中弥漫。石块不断往下滚，大的，小的，颤动着的。每个都在覆盖着淤泥的山坡上留下了凹凸不平的痕迹，这些痕迹相互交叉，汇聚又分离，阿尔曼再也看不下去了。

他用两只胳膊支撑住自己的喉咙滚到石头地上。尤塔才回过神来，惊恐无助地颤抖着站在他的上面。

第二百〇一个后代永远都不能完成使命。毫无疑问，氏族生下了这个卑劣的不肖子孙，就这样不光彩地断绝了。

V

月亮出生了——像是世界上第一条龙的

弯弯的爪子，

夜晚贪得无厌。天空深不可测。

✝

阿尔姆-安恩

✝ ✝ ✝

一场风暴即将来临。

整个白天，海水拍打着悬崖，到了傍晚，空气变得宁静又闷热，连瞭望塔上也感觉不到一丝风。这寂静令人不安，预示着什么。

阿尔曼快要疯了。

他的脸色苍白得有些发青，消瘦的脸上充满了刻薄的讽刺。他坐在壁炉前的椅子上，把穿着靴子的脚放到了堆满废物的桌子上，手里拿着酒瓶，大声地自言自语着。躲在门后偷听的尤塔显然被他的话吓坏了。

"第二百〇一个后代出生了！"阿尔曼狂笑着宣称，"他活了下来……没有被酒呛到……"他马上就把酒瓶子举到嘴边喝了一大口，"也没有掉到海里……也没有像一些……废物一样偶然毙命……也成功……成功狩猎了，可抓到的是什么猎物呢！"他满怀……充满……相中了……蓝色的帽子。帽子，是的！他想要欺骗自己……会出现的，是的，傻瓜……缺心眼的骑士，是的……就会把后代从……从……诅咒中解救出来！

阿尔曼痉挛着，痛苦地用拳头捶着桌子。尤塔透过门缝看着，她颤抖着，已经一个小时都不敢离开。她早就把一切都弄明白了。尤塔被俘的事件，没有半点遗漏和夸张，从头到尾就是一个愚蠢的错误。

"他想骗过自己！"阿尔曼凶恶地叫着，"但是命运……是欺骗不了的，你……是第二百〇一个子孙！"

阿尔曼的绝望吓坏了尤塔，她内心的某处痛苦地收缩着，仿佛预感到了不幸。公主很快便意识到阿尔曼的痛苦与某种"狩猎"有关，但这是什么意思呢，因为龙通常不会去狩猎的呀？

尤塔想起了那个令人胆战心惊的目光，在阿尔曼奇怪的发怒前，她就被这一目光吓倒了。不知为何她开始觉得"狩猎"和这一凝视有着某种神秘的联系，想到这里她的后背泛起一阵鸡皮疙瘩。

"狩猎"这个词在地下密室里的碑文中出现过。这是什么意思？这和她——尤塔的命运，又有什么关系呢？

"萨姆–阿尔的后代！"阿尔曼喊道，他被酒呛住了，"为什么你没在小时候就死了？为什么你活到了今天，遇到了这顶帽子，这个公主？"

尤塔咬着手指。

"你以为……"阿尔曼的声音弱下来,"你可以藏到挥舞着佩剑的愚蠢解救者的背后……逃避责任……名誉……荣耀……想要脱身,混蛋……"

有一分钟的工夫他一动不动,将脸埋入手掌中。尤塔小心翼翼地倒换着脚。阿尔曼好像感觉到了她的存在,他转头望向门口。在即将来临的雷雨的黄色光芒中尤塔看到了他的脸。

这是一张非常痛苦的人的面庞。

尤塔为之动容,她放松了警惕,身子便重重地靠在了门上——门吱嘎一响打开了。尤塔已经来不及跑开。

"啊,"阿尔曼嘟哝着,完全不感到惊讶,"这就是她,祭品。"

他试图站起来。尤塔向后退缩着,她伸出手臂,仿佛想要保护自己,并小声说道:

"阿尔姆-安恩……"

他龇着牙:

"什么——什么?你说什么?公主?"

在尤塔还没来得及回答之前,他便朝尤塔呼了一口气。

甚至不是呼气——而是像龙喷火一样喷出一股气来。

阿尔曼忘记了他现在是人身。也许是由于酒精的麻痹和痛苦的心情的作用，两种身体都完全融入了他的意识中。

无论如何阿尔曼还是朝她吹了一口气。吓坏了的尤塔立刻跑掉了。阿尔曼手扶着墙壁，跟跟跄跄地走开了。

他从未如此喝醉过。

他试了三次才终于变身为龙，他走出隧道，刚一到达出口，便展开翅膀。

傍晚的天空炙热地燃烧着，染上了血红色，丝毫没有风。大海发出低沉的咆哮。阿尔曼朝一个方向飞，他的翅膀触碰着水面，差点儿被卷进波涛里，但还是在最后一刻用尽力气挣脱了出来。

天色很快暗下来。他的翅膀麻木了，酒劲儿使他头晕目眩，他怎么都无法飞到高处——他沉重的肚子总是往下坠。本来应该位于下方的大海却老是向上或向两侧倾斜。城堡总是朝他迎面扑来，虽然他一直拼命地用尾巴调转方向。

"我是清醒的，"他脑袋笨重的运转着，"我完全可以的……该死！"

他又灌进了不少水，这激怒了他，愤怒帮他控制住了自己。他鄙视自己和整个世界，在仇恨和痛苦的驱使下他飞离了岸边和城堡。

海面上已然风平浪静。从地平线上露出一团团黑色的奇形怪状的东西，它们看起来更像是一堆堆泥土而不是乌云。阿尔曼感到恶心。他使劲儿拍打着疲惫的翅膀，不停地飞着，好像要逃离自己一般。

海面上静止的空气颤抖了一下。然后又颤抖起来，并突然地，没有预兆地，袭来一股冰冷的旋风。天空完全阴沉下来，只有地平线的边缘突然亮了起来，却又马上熄灭了。

暴风雨来了。

阿尔曼兴奋起来。那么，就让它来吧。这会很有趣的。这是一个冒险旅程。可以远离城堡，远离公主，远离仪式室，远离地下密室，远离这种生活。全给我滚开吧。

地平线又亮了起来，并一次又一次地闪烁着忽明忽暗的光芒，阿尔曼敏锐的耳朵已经在大海均匀的轰隆巨响中捕捉到了遥远的回声：呜……呜……

阿尔曼想笑，但他那长满尖牙的嘴巴却不适合笑。龙卷风突然肆虐起来，猛烈地拍打着阿尔曼的翅膀，旋转着向他喷洒咸咸的水花。同时巨大的水滴椰椰地敲打着他的鳞片。阿尔曼感到水滴从他的肚子下面顺着鳞片滑下来，从蜷起的利爪上流下来。

应该回去了，阿尔曼想。他感到很开心，但已疲惫不堪。

真正的风暴才刚刚开始。

暴风猛烈、凶恶、无情地刮起来。

阿尔曼被雷电击中。他头上的天空每一秒都覆盖着蓝色的纹路，电闪雷鸣。受尽折磨的天空咆哮着，痛苦地嚎叫着，在这混乱的波浪和云层里再也无法分辨哪里是上，哪里是下，再也找不到任何明确的方向。

他看来已经清醒过来了，但这已经没有什么意义了。最热切的想要回去的愿望在这混沌的黑暗中也帮不了他。阿尔曼显然已经完全迷失了方向。乌云把他包裹在黑色的棉絮里，他的右翼一阵痉挛，已经不听使唤。很长的几十秒钟里他一直在下降，就像是被打中的小鸟一样从空中坠落。之后他的翅膀突然猛烈地扇动起来，他从一个将要把他淹没的巨浪下溜了出来——就像是青蛙直接在空中捕捉一只飞虫一样。

但是闪电不同——闪电并不愿意放走猎物。这是一个比阿尔曼的所有先辈都要古老得多的存在，这是一个手持闪亮的尖矛的人，他毫不怜悯地瞄准黑龙背上的脊骨。第一次和第二次都没有瞄准，而第三次差点就让阿尔曼送了命，只有急速地改变方向才能延缓必然的死亡。

父亲。他的父亲在海上盘旋时被雷电穿透。在一瞬间阿尔曼仿佛觉得他看到了父亲的幽灵，黑色的、被雷电击中的龙的幽灵就飘荡在他的身旁，他红色的眼睛正透过乌云看着阿尔曼。

阿尔曼明白，这就是死亡。他并不害怕，也没有体验到轻松，只是感到，好像有一种庄严的感觉由心而生：光荣的家族就这样走到了尽头……

闪电笔直地竖立着——好像是谁在天空中画了一棵巨大的家谱树。

尤塔透过窗户的栏杆望着外面咆哮的雷雨，每一阵狂风和雷鸣都使她畏惧得瑟瑟发抖。

她并不害怕雷雨。从前她还常在其他小孩子面前显示自己的勇敢。现在她的脑海中时常浮现一个白发苍苍的老奶娘——小公主玛雅的教养者的话：

"闪电，"老太太在暴雨时说，"闪电在寻找龙……它不喜欢他们，要用火烧死他们。当你看到闪电的时候——

就知道，它在追逐着龙的灵魂……"

尤塔颤抖着，在风中瑟缩着，她不知道自己应该高兴、悲伤还是害怕。

阿尔曼醉着飞走了，没人能帮助他。暴风雨已经来了半个小时，过去了这么长时间，那条龙还没有回来……

他还活着吗？

如果没有的话，那么尤塔就自由了。她还不知道如何从城堡里走出并找到回家的路，但狱卒已经死了，也就是说，尤塔不会再受到与"狩猎"有关的未知的威胁。

而如果阿尔曼还活着呢？他还能回来吗，他还能在一片漆黑中找到城堡吗？

如果他不能的话，那么任何一个骑士，如果能有一个来营救她的骑士出现的话，都不会遇到危险。可怕的噩梦和沉重的思绪就此结束。城堡和宝藏——要是城堡里真的藏有宝藏呢——就都属于尤塔和来救她的人了。

不管怎样，这场暴雨都给尤塔带来很大的好处。龙葬身大海——这是多么幸运的事！

一道白色的闪电在她的眼前掠过。

他向她讲述了自己的祖先。他把自己的长袍给了她。他为她抓过一只山羊。

他可以吃掉她，尤塔。他还可以吃掉解救者。

闪电一刻不停地闪烁着，四周像白天一样亮。

他孤独而不幸。

城堡在巨浪的冲击下颤抖。

狂风在瞭望塔上肆虐。尤塔抓住一块凸起的尖刺，想要叫喊——但是狂风嘲笑着她愚蠢的想法，让她闭上了嘴。她安静下来，挤进石头缝里，听着大海的咆哮和劈啪的闪电声。一个公主能对这种凶猛的自然力做什么？

他找不到回家的路。他会越来越虚弱。雷电会杀死他。

好像是急于证实她的想法，又响起一声轰隆隆的雷鸣。尤塔从石刺后探出身子，向天空伸出舌头。

她记得火把放在什么地方。她一次只能拿过来十到十二个。尤塔害怕她没有足够的时间。

堆在塔顶的几个火把立即就被淋湿了。她不知道她能否点燃篝火。

她跌倒在黑暗中，蹭破了膝盖，将右手上的指甲都折断了，并痛苦地擦伤了脸颊。

她在壁炉架上找到一块燧石。她的手指不听使唤，擦不出火星来，火把不情愿被点燃。

最后，她跌跌撞撞地把点燃的火把送到了塔上。但风怒吼了一声，便立刻将火熄灭了。

她一次又一次地重复着这一过程，她的身体被风吹过来的火焰覆盖着。她把点燃的火把插进被雨淋湿的火把堆里。

火焰冒起烟来，就像她感觉的，立即就熄灭了。她马上要哭起来了，但她注意到一股似隐似现的烟雾从火把堆下面冒出来。

尤塔后退了一步。篝火突然燃烧起来，甚至有些烧到了她的头发。阿尔曼的火把质量非常好，尤塔不得不离开四周围绕着尖石、燃烧着熊熊火焰的瞭望台。

风狂怒起来，但那只会使瞭望塔顶上的火烧得更旺。大雨倾盆而下，但涂抹树脂的火把仍恣意燃烧。尤塔站在下面，站在黑暗的楼梯上，双手紧紧地握在一起。

他会看到吗？或是他已经死了？他会看到吗？

阿尔曼的确看到了，但过了一会儿他才意识到这不是海市蜃楼，也不是幻觉。

火焰看上去很遥远，很弱小。然而，在这天空、水和

| 他是龙 |

119

死亡混为一体的空间中，它是唯一的灯塔。

他飞向火堆，每当他听到头顶上传来低沉的爆裂声——那是他下一个致命打击的前兆——他就躲向一旁。

大海张开了成百上千张四周满是泡沫的贪婪的大口。大海想要吞噬龙。

然而，火焰变得越来越近，越来越大，显现出了篝火的样子。城堡的巨大轮廓从黑暗中浮现出来，他用最后的力气避开了又一道闪电，拖着那筋疲力尽的身体冲进了大门。

✞ ✞ ✞

早上天空已经放晴。西侧瞭望塔顶的平台上还保留着昨晚烧火的痕迹：黑色的炭块，石头上的黑色炭灰，灰白色的灰烬……

阿尔曼走到平台上，他的脚深陷进焚烧的灰烬里，留下了模糊不清的深深的脚印——阿尔曼一瘸一拐地走着。

他的手臂，特别是右臂，从肩膀到指尖都疼得厉害。他的嘴唇裂开了，眼睛红肿着，从肿胀的眼皮里勉强能

看到东西。阿尔曼的喉咙无法发出清晰的声音，只好轻声
说话。

"我看到了父亲。"他低声对尤塔说。

尤塔看起来十分克制，但她的内心已经被自己是一个
英雄的想法所充溢，她惊奇地问：

"父亲？"

"我感觉是这样的……父亲被雷电击中掉进了海里。
那时候我还没变身为龙。"

沉默。阿尔曼小心翼翼地扭动着自己的右肩，听着关
节呻吟的声音。

"父亲有时出现在我的梦中……你知道吗，我曾有一
个非常严厉的祖父。我失去父母后是他抚养我长大的。但
他鄙视我。他也鄙视我父亲，因为他没有更多的儿子，他
没有生出可以在决斗中杀死我的兄弟们……"

阿尔曼的呼吸急促，已经激动得说不出话来。

"那你的母亲呢？"尤塔问，也是轻声地。

"不记得了……父亲很早……就失去了我的母亲。"

暴风雨过后，海水变黄了，在瞭望塔的脚下混杂着被
扯烂的海草和水母。尤塔突然想象着一个沉默而忧伤的女
人——一个人形的龙的母亲，她如何站在塔顶上等待她的

丈夫，她的儿子们。

"那……她们是什么样子的，这些龙女？"

阿尔曼沉默了许久，尤塔明白他是不会回答她的。

"您想要……有兄弟吗？"尤塔又问。

阿尔曼凝望着大海。

"我有两个妹妹，"尤塔说，好像在沉思着什么，"维尔特兰娜，当然，脾气很不好，但是她以她的方式爱着我。我也爱她。而玛雅善良又快乐，如果我没有姐妹的话……我会多么孤独……我本来就很孤独。"

她突然被自己的想法逗笑了：

"您知道吗，当我十岁大的时候，我就会用弹弓射苍蝇了……"

"是吗？"阿尔曼惊讶，"弹弓是什么？"

尤塔看着远处，甜蜜地眯起眼睛：

"弹弓……侍从，帮厨，所有宫廷里的小孩子都成群地跟在我身后，他们看不到我的丑，他们根本不理会这些……"

"嗯，"阿尔曼犹豫地拉长了声音，"你并不是那么……"

公主冷笑了一下：

"您有什么好客气的？我的丑陋让人流了多少眼泪。不只是我，还有别人……您知道，那些孩子们长大后把他们昔日的头领当成了笑柄，是什么样子吗？"

"不，我不知道。"阿尔曼叹了口气。

"你不需要知道。"尤塔同意，并马上没有转折地问道，"'狩猎'是什么？"

阿尔曼看着明亮的、有着丰满柔软的边缘、平坦底部的云是如何从地平线上升起的。

"'狩猎'是什么意思？"尤塔的声音颤抖了。

"这，"阿尔曼慢慢地回答，"这是使我的先辈们获得荣耀的成就，也是我无法完成的任务。这是一个古老的仪式，跟……你确定真的想知道这件事吗？"

"我确定。"尤塔以勉强听得见的声音说。

阿尔曼用左手的手指揉搓着右手的指尖。

"这与俘虏和吃掉公主有关。"

尤塔没有脸色变白，没有喊叫，也没有闭上眼睛。

"嗯，"她停顿了一会儿说，"正如我所预料的。"

"真的吗？"阿尔曼惊讶。

美丽的卡里敦鸟在鸟巢上空盘旋，时不时地发出尖叫。

"就是说，"尤塔轻声地问，"英勇的萨姆–阿尔和他的儿子们，还有利尔–伊尔，还有努尔–阿尔，还有金–阿尔和他的儿子阿克克–阿尔……"

"你怎么记住这么多名字？"阿尔曼惊讶。

"……他们都是吃人的？"尤塔小声说着，并没有理睬阿尔曼的问题。

阿尔曼按摩完他的右手，又开始按肘部。

"吃人……并不是一个合适的词。"

尤塔没有听他讲。她的脸像是一张冰冷的面具，上面凝固的不是恐惧，而是厌恶。

"我研究过他们的文字……我读过他们生平的编年史……他们……我认为，他们是强大的、光荣的……而他们却吃人，还是女人！"

"不是女人，而是无辜的姑娘，"阿尔曼嘟哝道，"公主。"

尤塔转向他，眼里充满了痛苦和愤怒：

"那是谁在石头上写下了这段话……'我飞上天空，我的影子映在悬崖上，小小的，就像老鼠的瞳孔'……这也是食人恶魔写的吗？"

"不，"阿尔曼很快地说，"这是我写的。"

她盯着他看，惊讶地张开着嘴。

"而我不是食人恶魔，尤塔，"他将自己的胳膊肘捏得嘎嘎作响，"我跟你说了，我没能完成'狩猎'……因为我是个废物，因为我什么都不是，因为我鄙视自己。"

"你鄙视自己？！"由于震惊尤塔用了"你"。

"听着，每个氏族都有自己的氏族法规……你的族人瞧不起你，因为你不漂亮。这被认为是一种缺陷。而我的缺陷——则在另一方面……我……嗯，当我还是少年的时候，我就……我的祖父尾巴拍一下就能打断我的脊骨……他……我比害怕死亡还怕他，但这……听着，你干吗一直盯着我呢？我自己也不知道……为什么要给你讲这些……当然了，这是很无趣的。"

阿尔曼想要消除刚才一番荒唐的话带来的折磨人的尴尬，他突然伸出手够到一支燃尽的火把，扔到海里去了。

这一完全意外的举动，当然，还有明显威胁的姿态吓得尤塔尖叫了一声，她仿佛感觉自己要死了。

他们舒服地坐在布满裂纹的镜子前，静静地看着一幅接一幅宫廷生活的画面。

女清洁工忧心忡忡地跑来跑去；洗衣妇将一面巨大的画着猫脸的旗帜挂起来晒干；在厨房里两个帮厨打了起

来；国王在与将军们交谈；侍从们在后门的门廊上玩弹珠。有时，怪脾气的镜子会在连贯的场景之间巧妙地插进一些荒谬的场景——不知为何，它特别喜欢家里的宠物，经常长时间地欣赏它们生活中的种种细节。

镜子里一位农妇正在挤牛奶。狗在咬架，一只鸭子在路边摇摇摆摆地走着，后面跟着一排小鸭子。而后出现了一阵琐细的、混乱的喧闹，接着便出现了上孔塔国的王后在院子里在侍女的陪伴下散步。

"妈妈老了。"尤塔小声说。阿尔曼从她的话里听到了责备的声音，皱起了眉头。

镜子的表面又泛起了涟漪，之后出现了五颜六色的斑点并终于又清晰了。尤塔兴奋地喊道：

"这是我的妹妹玛雅！"

小姑娘坐在花园里的喷泉旁，看着游来游去的金鱼——那正是尤塔经常喜欢自言自语的地方。

阿尔曼也认出了玛雅公主：她那时是多么可爱，狂欢节的前夜，她戴着那顶小船的帽子是多么合适！——并沉重地叹了口气。

"她完全不像我，"尤塔说，"这很好，不是吗？"

玛雅似乎陷入了沉思。她心不在焉地用手搅动水面，将小鱼都吓跑了，她似乎既没有看到喷泉，也没有看到正在走近的维尔特兰娜。

"明天去海滩玩，"维尔塔说，坐在玛雅的身旁，"你去吗？"

玛雅把手从水中抽出来。晶莹剔透的水滴从她的手指上滚落。

"你还要向所有人表现自己的悲伤多久？"维尔特兰娜低声问道，"难道你以为我不感到……"

画面摇晃，变得模糊并消散开来，闪烁了片刻之后取而代之的下一个画面是一群牛正在渡过一条浅浅没过膝盖的小河，它们正不慌不忙地咀嚼着并甩动尾巴。

"这个——也是你的姐妹？"阿尔曼问。

尤塔慢慢地点了点头。

牛在镜子里停留了三四分钟。尤塔看向别处，并陷入了自己的思绪。

然后镜子又变得模糊，一只鸟笼的轮廓渐渐从迷雾中浮现。一只红绿相间的大鹦鹉在笼子里转来转去。它用一种只有鸟儿自己能听懂的语言喋喋不休地叫着，畏惧地避开一只戴满戒指的手，那只手坚持要把纤细修长、指甲修剪得很漂亮的手指伸入笼子的栏杆之间。

"我已经力不从心。"从镜子里传来男人的声音，虽然那只手，毫无疑问是属于一位年轻女士的。

另一个人声音洪亮地笑了起来，这是尤塔十分熟悉的声音。尤塔不安起来：

"你让镜子放些别的。"

"你已经用'你'来称呼我了。"阿尔曼咧嘴笑了笑。

尤塔的脸唰一下子红了：

"快命令镜子……"

阿尔曼耸了耸肩：

"你知道，有时候它完全不听命令。"

镜子里的鹦鹉疯狂地在小木杆上晃荡。

"啼啼——好宝宝，"奥利维亚公主温柔地说，"说话呀：啼啼……啼啼……乖孩子……"

鹦鹉突然说出了一连串不雅的鸟语。指甲修剪漂亮的手指便缩回来了。

"如果你想知道我的意见，爸爸……静一静，啼啼……如果你想听听我的想法，那么整个关于龙的事情，哎，怎么跟你说呢……估计都是假的。如果有人告诉我，尤塔被俘是为了把这个可怜的姑娘嫁出去而特意想出来的法子，我一点儿都不会感到惊讶。你可知道，她的父母对这个注定永远是个老姑娘的女儿是多么伤心吗？"

鸟笼子在晃荡。鹦鹉将顶着一撮冠毛的头歪向一侧，发出一声尖锐的金属般的尖叫：

"司仪！"

那只戴着许多宝石戒指的手立即试图穿过栏杆摸摸鹦鹉。那只鸟惊慌地扇动着翅膀。

"也许，我想得有些过分，"奥利维亚叹了口气，声音响亮地继续说，"龙当然是很可怕的……但是，爸爸，一个女人为了美满的婚姻有什么做不出来的呢？尤塔是个丑八怪，可惜，能帮助她的只有受害者的光环。我曾以为，肯定有人会试图'解救'她，如果可以用'解救'这个词的话。唉……现在我觉得，尤塔不得不自己回家了，穿着破衣烂衫，跟大家宣称她成功地逃脱了……可怜虫。"

"小心，"男人担心地说了一句，"小心啼啼啄到你的手。"

奥利维亚发出了洪亮的笑声，然后继续一本正经地说：

"不，说真的，你觉得这个方法怎么样——借助龙来求亲？"

"很难说，"男人的声音听起来犹豫不决，"龙可不是玩物吧？"

"不知道，不知道……也许，是雇来的？"

啼啼发出了一声刺耳的尖叫。

"我总是很可怜尤塔，"奥利维亚说，"她不开口说话还好，一开口……如果你长得丑，那就至少也应该学会礼貌！女孩子就应该……"

镜子突然闪烁了一下，立即没有过渡地就出现了一只卷尾巴的小猪，它正在一堆垃圾里翻寻。

阿尔曼沉默着。尤塔笑了笑，但这一微笑让她感到嘴疼：

"怎么样？"

"这是谁？"阿尔曼轻声问。

"邻国的公主……这才是你应该俘虏的人……你的城堡会挤满骑士。"

那只能干的小猪正用它的鼻子在垃圾堆里使劲儿翻腾。

"她的想法不错，"尤塔尽可能做出高兴的样子，"你想做个媒人吗？"

阿尔曼心不在焉地转向尤塔。尤塔尽力寻着玩笑话：

"假如你一个月绑架两个公主，甚至也可以做到三个……好吧，就算两个吧，那么一年算下来就是 24 场婚礼！而如果一次就抓来几个……"

她突然停了下来，盯着镜子看。在镜子里出现了奥斯汀王子。

他慢慢地骑着一匹深色的马，马悲伤地垂着头，因为王子时不时地放开缰绳。

尤塔并不认识这条路，这是一条穿过森林的荒无人烟的小路。王子独自骑着马，忧郁而阴沉，眉头紧锁。奥斯汀深深地叹了口气，抬起头。有那么一瞬间，尤塔感觉他们的目光相遇了，她强忍住没有喊出他的名字。这时镜子暗了下来，随后又显现出一只公鸡将母鸡压在身下。

"朋友？"阿尔曼快速地问。

尤塔没有回答。

"他是你的什么人？啊，尤塔？"

"谁都不是，"她不情愿地嘟哝了一句，"这是孔捷斯塔里亚国的奥斯汀王子。"

"王子，"阿尔曼站起身来，"那他对你怎么样？"

尤塔用疲惫的眼神看着他：

"这有什么关系呢，阿尔曼？"

他在屋子里踱来踱去：

"王子……希望他不是个懦夫。"

这时尤塔也站了起来：

"别想了。奥斯汀不会来救我的。我不允许你向他喷火！在你做任何有损奥斯汀的事情之前，我就立即从塔上跳下去，明白吗？"

她并没有抬高嗓音，但阿尔曼震惊于如此突然的和无所畏惧的坚毅，感到有些发窘：

"简直是胡说……我才不会去欺负你的这个男朋友，你怎么能这么想！"

"他既是我的，也是你的朋友。"尤塔骄傲地宣称。

这种古老的乐器听起来庄严肃穆。尤塔一直在寻找新的和弦，而阿尔曼由于害怕失败总是不敢触碰这些水晶制品。

"也许，你会唱歌？"公主以取笑的口气问。

阿尔曼习惯地揪下后脑勺的头发：

"只在大海上。在风的伴奏下。"

☩ ☩ ☩

这段时间尤塔感觉更自信了些，她做的第一件事儿就是拿走了阿尔曼的钥匙串。

如果有人问她为什么，她可能无法回答。钥匙被藏在进门的右边，阿尔曼房间里一个布满蜘蛛网的角落。这些钥匙能打开哪里，又有什么目的呢——这都完全不清楚，但也许正是这样才吸引了顽皮的公主尤塔。阿尔曼从来不用钥匙，所以钥匙的丢失一开始只被蜘蛛发现了——它们已经没有地方结网了。

尤塔还跟原来一样有很多闲工夫——阿尔曼养成了飞去人们居住的村庄的坏毛病，在那里他总是努力提醒人们他的存在：他点燃树木，咆哮着，在惶恐的人群上空盘旋。他想用这种方式唤醒当地的勇士，虽然目前为止起到的都是相反的效果——骑士们都被吓坏了，对于跟喷火翼龙的决斗想都不敢想。

尤塔并不知道阿尔曼的所作所为——他每次都疲惫不堪、面露凶相地回来，他从未向尤塔透露过自己飞出去的真正目的。放任自己的公主也在城堡里探索着被锁上的房间。

门上挂着的铁锁都生了一层厚厚的铁锈，无论尤塔怎么清洗钥匙，无论是用沙子还是小石块摩擦钥匙，都不能把它们变得新一点。钥匙有一大堆，几乎所有的钥匙都像一把小火钳那么大。所有的钥匙都套在一个铁环上，看起来就像一把凌乱的铁胡须。这些钥匙非常沉，拿起来很不方便，并且最重要的是还不清楚哪把钥匙能打开哪把锁。

晚上的时候她不得不把双手藏起来不让阿尔曼看见。石像鬼啊，这怎么可能是公主的手——满是划痕和洗不掉的斑点，指甲被折断了，关节也擦伤了！

在一个美好的日子——虽然早上的时候看起来并不那么美好，天空还有些乌云，尤塔差点儿因为一点儿小事儿跟阿尔曼吵起来——在一个美好的日子，过道一侧的一个沉重的门锁被拧动，几百年都毫不起眼的一扇普通的门打开了小小的缝隙。

如果第一次咔嚓声之后没有听到第二次声响，那么尤塔决不会相信自己的耳朵，她那粗糙的手里的钥匙也不会转动两次。

一万只石像鬼！挂锁的弯柄迟疑了一会儿便弹了出来，就像是一颗扣子从一件做工精良但年代久远的衣服上掉下来一样。巨大的挂锁砰的一声摔落在地上，如果它碰巧砸到尤塔的脚上，那么公主只能跛着脚走到生命的尽头了。

挂锁掉下的巨响在走廊里久久回荡，从一堵墙跳到另

| РИТУАЛ |

一堵墙。尤塔没有时间倾听。住在阿尔曼这里的这些日子里她不知推开了多少扇门，每次她都感到一种无可比拟的胜利感。现在她甚至比第一次从高塔中逃出来时更兴奋。

门锁掉落了，但门还没有打开。尤塔想着是不是要念咒语，但还没有进行到这一步——轻轻一推，门便朝里敞开了，一股沉闷的、积郁已久的空气便朝着尤塔扑面而来。

公主吓了一跳——之前她从没想过，她打开这个古怪禁地的感觉不是有趣，而是可怕。有一会儿工夫她甚至改变了主意，想要趁现在还来得及便退出这个房间。但她站得越久，她的好奇心就越是强烈地想要有所收获。最后，她举起自己唯一的武器：一把沉重的钥匙串，从门缝中挤了进去。

几百年来第一次吹进来的过堂风将天棚下古老的蜘蛛网吹得摇摇欲坠，上面晃动着已经饿死的蜘蛛干枯的尸体。

微风吹拂着堆积在墙边的古老的杂物。尤塔将钥匙串紧紧贴在胸口，向前走了一步，小心翼翼地俯身靠近最近的一堆东西。

在最上方她看到了已经半腐烂的木头餐具。器皿长长的瓶颈覆盖着火烧的痕迹，还有一股已经凝固的黑色液体从一侧裂缝中渗出。

尤塔感到浑身不自在。她竭力克服着自己的胆怯，蹑手蹑脚地走向房间的各个角落。

在墙角放着一个不大的，看起来保存得很好的箱子，上面覆盖着陈旧的水迹。箱子的表面刻着三角形、菱形和圆形的纹路。

曾经用来锁箱子的锁扣就放在旁边，还有一个形状奇怪的钩子，一点儿也没有生锈——可能是金子做的。尤塔灵巧地朝着箱子踢了一脚，试图掀开盖子。

可能脚力太大了——盖子一下子便被掀飞了出去，随后箱子的四壁也裂开了，整个箱子都散架了，扬起了一层干燥恶臭的灰尘。

尤塔把脸藏到袍子里。灰尘落了下来，在箱子的木头碎片中出现了一些散落四处的棋子。

显然，这是棋盘游戏。棋子有四种不同的形状，也许颜色也是不同的，但现在已经无法辨认了。它们是用骨头雕刻的，有着暗淡的黑色眼睛，既不像龙，也不像人——它们中的一些人偶只有一只翅膀；另一些人偶用唯一的一只手握紧着巨大的拳头；而另一类棋子身形则是如此错综复杂，以至于尤塔怎么都数不清它们到底有多少头和尾巴。

尤塔屏住呼吸，弯下腰，用两只手指小心翼翼地拾起最近的两个骨质棋子。棋子出乎意料地十分沉重，并且一碰它便发出一声低沉的叮当声，好像有一个小铃铛在它的内部。

公主吓得一下了丢掉了棋子——它掉到地上却是没有一点儿声音的。的确，在龙这里的一切都和人类世界不太一样……

出于好奇，她克服了想要逃走的想法并继续审视房间里的一切。她沿着墙壁慢慢向前走，仔细看着一堆堆破烂，她自己也不知道为什么，突然非常确信自己来到的房间是一个儿童房。一间废弃的儿童房。

小勺子和小瓶子……而这个，可能是婴儿吊床的残迹……不知道阿尔曼小时候有没有什么玩具呢？会是个晚上睡觉时抱着的破布做的年轻的龙，或是个小球，积木……但是龙要积木干什么呢？

尤塔突然想起那个挂着粉红色窗帘的房间，那个先是尤塔住，然后是维尔特兰娜，再到玛雅住的房间，那个堆满了娃娃、玩具的房间过了几百年之后会是什么样子呢？

在窗户下面的角落里有一点墨迹——好像是有人在上

面喷了火漆，已经凝固了。尤塔吃了一惊，眯缝起眼睛来仔细看。不，她没有弄错——在墨迹的边上有一个覆盖着灰尘的印记。一个孩子的手印。

从龙的隧道里传来了沉闷的翅膀扇动的沙沙声——这是阿尔曼回到了城堡。

晚上的时候他发现钥匙不见了。

尤塔蹲在壁炉前。他只看到了她的半个脸颊和鼻尖，还有蓬乱的头发和满是褶子的粗布袍子。壁炉栅栏的阴影使整个房间都笼罩着一层随着火焰的燃烧而微微颤动着的神秘网格。

尤塔转过头去，阿尔曼的目光和公主那双狡猾的眼睛相遇了。

她立刻装出一副无辜的样子，阿尔曼不得不承认公主很擅长伪装。他什么也没说，但在坐到他平常坐的座位上之前，他把尤塔的椅子往自己这边挪了挪，使她坐得离自己更近了些。

公主不知道阿尔曼为什么重新摆放椅子的位置，为了不引起不必要的麻烦，她便装作什么都没发现。她也没有看一眼阿尔曼，而是若有所思地继续往炉子里添柴，所以壁炉一会儿就被塞得满满当当，火焰在沉重的木柴的压力下快要熄灭了。

阿尔曼沉默着。紧张不安的公主决定向壁炉里吹气来缓解她的难堪。一团团灰尘在空中升起。尤塔不得不停下来打了个喷嚏并擦去钻进眼睛里的灰尘。

"你真是个勇敢的姑娘。"阿尔曼说。

尤塔用一只眼睛提心吊胆地盯着他，另一只眼睛还在使劲用拳头揉着。

"为什么是勇敢的？"

阿尔曼现在又仔细看了看她折断了的手指甲。这也许是被那串钥匙给刮伤的。但她可真是个不知羞耻的人！她那由于灰尘而被呛红了的，但完全是无辜的眼睛看着他，然而实际上她却一整天都在违反他的禁令。

阿尔曼再也绷不住笑了出来。尤塔惊讶地问道：

"你笑什么？"

有一会儿他们俩相互看着对方，尤塔不知为何感到很难为情。

"坐下吧。"阿尔曼指着椅子。

尤塔用自己宽大的袍子擦了擦手，站起身来，侧身越过阿尔曼，想要试图把沉重的椅子放回到原来的地方。但是，唉，这显然超出了她的力量范围。

有那么一会儿，房间里的寂静只被公主的喘气声和嘼嘼啪啪的柴火燃烧的声音所打破，壁炉里的火焰还在试图艰难地冲破尤塔所建起来的木柴金字塔。而后尤塔认输了。

"累了吗？"当她又侧着身子爬到椅子上并蜷缩在远处的角落里的时候，阿尔曼问道。

她没有回应。

她的头发在囚禁期间长长了不少，现在随意地编成一条辫子，垂在背上，前面的头发散乱地挡住了面颊，所以公主的整个发型看上去就像是一个古怪的配有头盔和侧护盾的骑士头盔。从头盔的缝隙里露出了两只惶恐不安而又含着讥笑意味的眼睛。

"你不感到无聊吗？"阿尔曼问。

尤塔怎么也没料到这样的问题，她慌张起来：

"无聊？"

"你想必还没适应一个人住在宫殿里的生活吧？"

尤塔好奇地盯着他——他已经知道了吗？阿尔曼巧妙地装出一副完全不知情的样子。尤塔便平静下来。她笑了笑，斜着眼瞅了他一眼。头盔也跟着摇晃了一下。

"你怎么会问这个问题呢？你可是一辈子都在孤独中度过的。"

"我——是另一回事……"

他想要继续说下去，但她像往常一样毫不客气地打断了他：

"为什么？"

然后轮到阿尔曼感到发窘了。

"为什么你就是另一回事呢？"公主继续说道，"谁说龙就必须独自生活了？……听着，你得把椅子放回去。我不能这么跟你面对面说话。"

"为什么？"阿尔曼不满地问道。

"因为我是公主……而你是另一个男人……也就是说甚至不是一个男人，而是……"

尤塔的脸一下子红了，就像煮熟的虾，她一下子从椅子上站起来。她的发型完全散开了。

"有趣，"阿尔曼拖长了声音，"那我是谁呢？"

尤塔想不出什么话来回应，便摆了摆手，气冲冲地跑出了房间。

那天晚上，她梦见了奥斯汀。他浑身鲜血淋漓，身体被可怕的弯爪刺穿了。在梦中她奔跑着，哭得泪流满面，泪水把草垫都浸透了。她醒来时浑身颤抖着，在黑暗中躺了很长时间，不敢再去睡觉。当她又睡着的时候，看见阿尔曼蜷缩着身子靠在壁炉前。她看到他垂下的眼睑是多么平静，放在扶手上的胳膊是多么放松，他的头是多么信赖地向后仰着，露出了喉咙……在旁边的桌子上放着阿尔曼的刀，那是他经常用来切腌肉的刀……尤塔看到自己手里拿着那把刀，想到了在大海上盘旋的龙。杀死龙是不可能的……

阿尔曼睡着。他干裂的嘴唇微微张开，呼吸深沉而均匀。尤塔的手里紧紧握着那把刀……

她的一只胳膊抽筋得发麻，她便醒来了。没有刀，也没有阿尔曼。日出的光芒透过窗外的栅栏射了进来。

他告诉她说，他累了，要在自己的房间里待一天。

尤塔犹豫着是否要继续违反禁令，打开上锁的房间。为了礼貌起见尤塔等了足足半个小时，之后她把她的宝藏——那串钥匙——从一个隐秘之处取了出来，开始了她的冒险之旅。

今天她很走运——第一个上锁的房门几乎没有抵抗就

屈服了。尤塔迈过门槛，意识到这一次进到了一个很特别的地方。

尤塔高兴地欢呼着，她不知道现在自己已经有了观众。这个观众便是阿尔曼，他正舒舒服服地坐在魔镜前。

他看到尤塔小心翼翼地走进大厅，这是一长列穿廊式房间的第一间。房间之间没有门，并且站在第一间屋子中间兴奋的尤塔可以一直看到最后一间，尽管视野模糊而遥远。

一串钥匙别在尤塔的腰带上，拖在她的身后，就像一个太轻的锚后面拖着一艘太重的船。阿尔曼不时地想让公主停下来，好重新摆放一下钥匙。

第一个房间是空的。第二间又小又窄，但第三个突然变成了一个十分宽敞的舞厅。

"石像鬼啊。"尤塔大声说。阿尔曼听到这句话，笑了笑。

在大厅的另一头，在昏暗中隐隐约约出现了一个像是台架或一把大椅子的东西。尤塔走近一看，看到了像是中等粗细的柱子的石椅子腿，上面雕刻着复杂的图案。

尤塔低下头——勉强抑制住了尖叫。一张张开的白色大嘴正直对着她——谢天谢地，它也是用石头做的。那只奇异的怪兽的头正是柱子的底座。

"这是什么?"尤塔声音嘶哑地问,"他们直接就长着鳞片,长着翅膀……这么坐在这里的吗?"

阿尔曼阴郁地笑了笑。那条不知疲倦的老龙,总是铁青着脸,深陷在椅子里,不厌其烦地听着站在他面前的小男孩——瘦弱的小矮子和一个浑身覆盖着鳞片的怪物……老人严格要求阿尔曼一丝不苟、按时地背诵课程。

他在所有方面都是对的,阿尔曼想。他看得长远。在他的眼中曾经强大的、繁盛的家族已经油尽灯枯了,而他什么都不能帮助他。也许,如果父亲当时听了他的话……

尤塔的惊叫打断了阿尔曼的思绪。

公主从藏在椅子后面的小门里挤了进去,现在她站在一个光线充足的小房间的正中,房间里堆满了闪闪发光的东西。

尤塔的腿陷在满地的珍珠中。钻石在珍珠中闪闪发光,到处散落着金币。墙边摞着几个箱子,放在底下的几个箱子已经由于不堪重负而裂开了,从裂缝里可以看到里面放着许多宝石。

原来如此,阿尔曼想着。

不知为何他感到了某种忧伤。龙的宝藏即使对于公主来说也是遥不可及的梦想。他知道马上将会发生什么——一个人偶然撞见堆成山的金子，立刻便陷入到了疯狂的喜悦之中，在铺满金银珠宝的地上手舞足蹈。

公主弯下腰，抓起一把珍珠。嗯，阿尔曼想，现在将要看到的会是目不转睛的凝视，傻里傻气的笑容，手掌里捧满溢出的珠宝，还有幸福的开怀大笑……

尤塔傻傻地笑了……把珍珠倒在地上。甚至不是倒出来，而只是扔在了地上。她环顾房间，然后用长袍的下摆擦了擦鼻子。

阿尔曼俯身靠近镜子。

但是公主——这是多么奇怪啊！——并没有表现出找到成堆的金银珠宝的喜悦。她哼了一声——阿尔曼好像在这声音当中感觉到了轻蔑的意味——尤塔开始继续认真地探索宝库，就像之前探索地下密室和乐器室一样的一本正经。

形状各异的天然金块因为缺乏艺术价值被随意扔到了远处的角落。只有带有徽章和统治者侧面像的硬币被认为是有趣的。其中一些硬币连皇家占星师都没见过，而且他还是古代历史方面的专家，同时还给公主们上过历史课……在尤塔的眼睛里闪烁着那种强烈的好奇心，就像阿尔曼在地下密室里第一次看到公主试图破译古文字时那样。现在她走到一个和其他箱子分开放置的箱子跟前，想要把箱盖掀起来……

盖子很沉，但尤塔却固执得很。她气喘吁吁地使劲儿打开箱子——便吓得一下子跳开了。

箱子里的一切都是闪闪发光的——甚至是她，一个从小在宫廷里长大的公主，也从未见过这样的宝藏。箱子里装着的不只是打磨过的珠宝，不只是沉甸甸的金块——箱子里装着满满的首饰，其中的每一件都价值连城，抵得上半个上孔塔国。

尤塔将两只手都伸到箱子里，她抓起两条项链，就像抓起两簇稻草。她把它贴在自己的袍子上——不是很喜欢，便扔掉了。她又从一堆王冠中拾起一顶——王冠一下子就轻易地从她的头上滑了下去，尤塔发现自己戴的不是王冠，而是项圈，感到很奇怪。她费劲儿地把它拔出来，还划伤了耳朵。她生气地又把项圈扔到了一旁。她俯身向前，整个人陷到箱子里，只有两只腿在半空中摇晃。她又直起腰来，摆弄着一大堆闪闪发光、价值连城的东西，手里的东西混乱地缠绕在一起，不断发出叮叮当当的响声……

她颤抖了一下。在这一堆宝物中她的手突然触碰到了某种温暖的东西。她惊得扔掉了手中的珠宝，一切都噼里啪啦地掉落在了那堆黄金上。

尤塔俯下身来。在离其他珍宝远一点儿的地方放着一串念珠——细细的金线上穿着彩色的小珠子，并且每个珠子都仿佛从里面射出闪闪微光。

公主伸出手摸了摸——没错，珠子是发热的，就像流动着血脉的身体一般。而且它们也的确发出了光芒——尤塔看到了她手掌上的反光。

魔法。石像鬼啊，这是魔法！

她小心翼翼地拿起念珠，好像在抓起一只小猫。珠子摸起来非常舒服，她的手指也开始不由自主地拨动着闪闪发光的珠子。

粉色……淡紫色……蓝色……蓝绿色……浅绿色……

响起了音乐声。

这听起来一点儿也不像皇家乐队的奏乐声，铜管怎能吹奏得如此动人、如此轻柔呢？温暖的云雾飘来，柔软得像是最轻盈的泡沫……明亮的橙色浮在绿色之上……雪白色在蓝色之上……她有了翅膀，她在飞翔。她从上面看到了地面，但那不再是地面，而是海底……在她的周围红尾巴的金鱼来回穿梭，头顶上是闪闪发光的星星，她几乎可以伸手够到它们……

　　……阿尔曼在城堡的走廊里急速奔跑。

　　太晚了。为什么他没有马上看到呢？为什么他允许……现在已经太晚了。

　　虽然他确信已经太晚了，但还是拼命飞跑着，他撞到了墙壁，滑下楼梯。

　　……她的手里拿着一颗星星。星星被银色的皮毛覆盖着，睁开了两只樱桃般的大眼睛，对着尤塔公主微笑……尤塔也笑着回应，金鱼用它们的红鳍鼓掌……那奇异的星际生物张开了嘴……

　　嘴巴变成了一个宇宙黑洞。

　　还没有来得及喊出来，她已经被拉进了不可思议的流着口水的大口之中，和她在一起的还有鱼和星星……她紧紧地抓着天空，天空像粗布一样被撕碎，尤塔甚至可以听到布料被撕裂的声音……整个世界卷曲着，但痛苦挣扎着的公主一直都在余光里看到了一个女孩，她静静地坐在椅子上，正在把黑色的纽扣缝在婚纱上。

"尤塔！！"

她被拽到一旁。坐在椅子上的女孩惊讶地抬起头，但就在那一刻，一记耳光打在了尤塔的脸上，她的头被猛地往后一拉，一切都消失了。

"尤塔！！"

又是一记耳光。尤塔尖叫着，想要挣脱紧紧的拥抱，但对方没有放手，而是不断地摇晃和揪扯她，她的脸不断地撞到他的胸口。

"不——不……"她呼唤出。

抱着她的那个人放松了力气。尤塔得以挣脱开，看到了那个人——他就是阿尔曼。他看起来似乎是狂怒的——脸色苍白，甚至由于愤怒而在颤抖。

她想不出还有什么比嚎啕大哭更适宜的做法了。阿尔曼抱了她一会儿，然后放开了。

"把我关起来吧。"她抽噎着说。

"我会把你关起来的。"他疲惫不堪地许诺。

"上三道锁……"

"四道。"

"你可以打我，如果你愿意……"

"我会打你的……"

"不，确实如此，这是我该受的惩罚！"

"是该受的。不，够了，不要再哭了。"

"我觉得不舒服……我的头……"

"会好的。"

他轻轻地把她放到草垫上。她还在抽泣着，并低声问道：

"那是什么，阿尔曼？是谁为什么造了这件东西？"

阿尔曼耸了耸肩：

"没有人知道……有一阵子经常把这种东西作为礼物送给敌人。这种珍宝不知道吞噬了多少人的生命……也许这是某种植物或是动物。也许这是一个贪婪的、不断吞噬的生物的血管……我以为要与你永别了，尤塔。"

在恐惧中，她的眼睛睁得大大的，就像所有公认的美丽女子一样。

＋ ＋ ＋

在念珠的事情之后的一段时间里，阿尔曼一步都不离开尤塔。

这对他来说既奇怪又不习惯，她也显然对此感到不舒服。但阿尔曼还是坚定地不让她离开他的视线——谁知道还会发生什么，他要对她负责。

他要对她负责。这听起来是不是很荒谬？在他的一生中，除了自己他从未对任何人负责。但是，当他跑下楼梯和走廊的时候，当他冲过去救她的时候，他是多么害怕啊，害怕太迟了……

然而，如果公主成为了意外事故的受害者，那么难道阿尔曼不会因此而免去不少麻烦吗？难道那个谁都不能回避的折磨人的抉择不就自然解决了吗？

他把神奇的念珠带到了很远的海域，并把它丢入一个深深的海沟里。在回来的路上，他不停地担心，公主这次又会陷入什么危险的境地呢？但她从瞭望塔顶上向他打招呼，她那黑色的长袍像海盗的旗帜一样在风中飘动。

这是他最后一次长途飞行了。

在储藏室里找到了针和线。针不得不用沙子磨很久才能用，但阿尔曼很高兴——总算给尤塔找到点儿事情做了。

而后她坐下来做针线活。他坐在她对面，忌妒地注视着这个相当复杂的过程。公主总是不小心把针弄掉，便咯咯笑起来。最后，她终于把布料的边缘缝到了长袍的下摆上。

"在宫殿里都教你什么了？你打算做什么来取悦你未来的丈夫？"

她用刀裁开一块布料，只保留了中间部分的完整，其他地方都撕成碎条。她把碎布条编成五颜六色的带子，将一个蝴蝶结别在中间，并灵巧地用石头代替锤子，用铁发簪代替钉子，将制作的手工艺品挂在壁炉上方。发簪紧紧地插在石头之间，从远处看，整个东西看起来就像一朵奇异的花。

阿尔曼感到十分惊讶。尤塔自嘲地叹了口气：

"我看没有哪个丈夫会为此感到高兴的。你觉得呢？"

"在我看来简直棒极了。"阿尔曼坦诚地说。

过了几天她用手指捻着一根针，问道：

"你还记得吗？你说过自己写了那些关于影子的文字？"

"是吗？"阿尔曼似乎有些心不在焉。

"我的影子映在悬崖上，小小的，像是老鼠的瞳孔……"

"哦，这个……"

"难道你看见过老鼠的瞳孔是什么样子的吗?"

"没。那就试着抓一只,然后看看它的眼睛!"

她继续用手指捻着针,看也不看缝的东西。她的目光仿佛被什么遮挡了——她看上去既动容又困惑。

"阿尔曼……你能给我解释一下吗……嗯,你为什么会想到这个……嗯,这是一句诗,是吗?"

阿尔曼扬起了眉毛:

"诗?"

尤塔耸了耸肩:

"我们皇宫里有一位宫廷诗人,他为节日写下赞颂的诗歌,还能按照别人的要求写情书……但这是另一回事儿了。'如此美妙的光明的恩赐'……"

尤塔突然放下布料,身体向前探:

"阿尔曼,你是一个庞然大物,一个会喷火的翼龙……你跟老鼠的瞳孔有什么相干呢?"

他耸了耸肩:

"你不喜欢吗?"

"喜欢,"她轻声说,"非常喜欢。"

他们沉默了一会儿。

"在你看来,什么是诗呢?"阿尔曼以挑衅的口气问。

尤塔的脸红了，她的眼睛闪闪发亮，热情地说：

"这是只能意会，不能言传的……"

"好的，"他严肃地说，"所以如果我说：'一块面包在我的胃里溶解'，那么这也是诗。"

这时，已经陶醉在迷幻的云雾中的尤塔气得几乎喘不过气来。

"胡说！面包跟这有什么关系！"

"我从未见过面包是怎么消化的。但我却能明显地感觉得到！"

有那么一会儿尤塔试着去感觉胃里所发生的。在沉思中她不小心扎伤了手指。她将受伤的手指伸到嘴里，谦卑地问道：

"请别假装不懂了。你很清楚我想说的是什么。如果你说的是'日出用指尖轻抚大海'，或是'卡里敦鸟温柔地亲吻女友……'"

尤塔突然停住了。一个意想不到的、大胆的新想法使尤塔张开的嘴僵住了。

"阿尔曼……"她小声问，"你曾经什么时候……吻过谁吗？"

她盯着他看，黑色眼眶中的眼睛是棕色的。就像一个戒指，阿尔曼想。

小的时候，他喜欢躲在一个黑暗的角落里，在那里静静地幻想着一些模糊的、朦胧的但无限善良和温柔的东西。也许，他是在想念自己早已不记得的母亲。他使自己沉浸在幸福的哭泣中，轻轻地抚摸着那个想象中的人，只看见对方泪眼婆娑的眼睛，他感到自己在被爱抚和亲吻……没有母亲爱抚的流着口水的童年！的确，多愁善感的情绪随着年龄的增长便很快消退了。

"阿尔曼……我说错话了吗？"

他出乎意料地把手放在她的肩膀上。她僵住了，不知道该如何理解这个关心的表示。

"听着……在地下，我还想在石头上刻点儿东西。你感兴趣吗？"

她点了点头，试图不晃动被他的手掌摸着的肩膀。

阿尔曼咬了咬嘴唇，声音沙哑地说：

"孤独的天空把脸藏在乌云里。

也许是由于苦涩——

它不再在海洋这面镜子前做鬼脸。"

两人都沉默着。

"黑色天鹅绒般柔软的夜——是我的枕头，"阿尔曼说，"远处绵延的火焰——是我的项链……时间将吞噬我的名字。"

公主的针线活早已滑落到地上，孤独地被人遗忘了。

"那你怎么没把它刻在石头上呢？"尤塔低声问。

阿尔曼皱了皱眉：

"你知道，那些石头上……没那么多地方……而且这些都太……肤浅。"

"肤浅？"

"和我的先辈们的历史相比……和所有这些兄弟间致命的决斗，还有战争，跟尤克卡这一海怪的战斗……相比，什么天空啊，做鬼脸啊，还有火焰的项链啊，都显得那么苍白无力……"

尤塔严肃地看着他的眼睛：

"你知道吗……我不认为杀死兄弟或甚至是跟尤克卡战斗……要比讲述孤独的天空更光荣。"

阿尔曼笑了笑：

"一团飘浮在天空的白头发的云，

它们黑色的影子落在绿色的草地上……

几个世纪沉默无声的环舞，已被遗忘的嬉戏的回声。"

"很好啊，"尤塔立即承认，"这……"她马上又把这几行诗凭记忆重复了一遍——慢慢地，好像在细细品味每个词。

阿尔曼饶有兴趣地看着她，手指上捻着一根不知哪里找到的线。尽管他极力掩饰，但还是很明显地看到他对她的赞美和热忱的兴趣十分高兴。

而尤塔又重复了一遍，皱着眉头：

"一团飘浮在天空的白头发的云"……她突然抬起兴奋的双眼望着阿尔曼：

"听着，你感觉……如果改成'一簇飘浮在天空的白头发的云'，是不是更好？"

他还没有马上反应过来，她便急不可耐地解释道：

"嗯，'一团'就像是某种沉重的，庞大的，自信的东西……像是浆果，丰收，富足……而'一簇'则是某种撕裂的，不安定的，受伤害的……你明白吗？而且一切都变幻莫测，你听……"

她变换着不同的用词重复着诗句，他默默地倾听着。他立刻就意识到了她是对的——现在他只是看着她的嘴唇在动，对她的话默默地感到惊奇。"撕裂的，不安定的，受伤害的"……

她发现了他的表情的微妙变化，便停了下来。她不确定地说：

"你明白吗，这是非常有趣的……只是改变了一个词……是吧？"

"是的。"他慢慢地回应。

他们谁都没说话。尤塔全神贯注地想着自己的事儿，皱着眉头，用指尖揉着嘴角。

"几个世纪的沉默的环舞。"她终于低声说，极大地睁大了眼睛。

"那么，你已经两百三十二岁了？"

他勉强忍住笑——她的声音里充满着敬仰之情。

"这意味着……"尤塔继续小声说道，"这意味着，你的第一个祖先……他是生活在什么时代的，阿尔曼？也许他看到了世界的起源？"

阿尔曼沉默了，他的笑容随着尤塔增长的好奇心而变得愈发神秘。

"不，的确，阿尔曼……这样古老的氏族……也许，你知道大海、天空和所有……之前的一切，最开始存在的一切都是如何产生的？"

他仰靠在椅子上，半闭着眼睛朗诵着：

"开天辟地以来，

有什么比冬天更恶劣，比夏天更惹人厌烦的呢？

啊，我知道——是公主的好奇心！"

她气愤地哼了一声，然后安静了一会儿，突然柔声细气地问道：

"阿尔曼……你是龙，是龙的后代……'我飞上天空'……你看到的一切都是不同的……我好羡慕你会飞，而我……送给我一个礼物吧，阿尔曼！"

他感到不妙。

"让我坐在你的背上吧！"公主松了一口气。

他端详着她的脸，想要弄明白：这是厚颜无耻的挑衅？还是在开玩笑？

尤塔以她自己的方式理解他的沉默：

"不，当然了，是在龙的背上……在龙背上，阿尔曼！"

她不得不立即跑掉。因为他马上就要因为她的鲁莽无礼而教训她一顿。

╬ ╬ ╬

几天后，阿尔曼终于决定离开城堡去打猎。尤塔保证自己会像小绵羊一样温顺。

为了信守承诺，刚刚送走阿尔曼，听话的公主便开始打扫卫生。

尤塔笨拙地挥舞着扫帚，她想起了宫廷的一位清洁女工，她喜欢有理由和没有理由地宣布："要是这里没有我可不知道会变成什么样子！"

"要是这里没有我可不知道会变成什么样子！"尤塔责备地嘟哝着，从角落里和桌子底下铲出一堆堆几个世纪的灰尘——这张熟悉的桌子位于有壁炉的房间里。

拿着蓬乱的扫帚的公主——石像鬼呀！在桌子下面发现了一个像是木桶盖子的盖子。有经验的尤塔立即便猜到了这的确是一个盖子——但并不是木桶盖，而是一个隐藏的地道口。

尤塔还从未发现过隐藏的出口。

当然了，她还没有蠢到立即钻进一个情况未知的洞口里，里面很可能是漆黑肮脏的，满是蜘蛛网。阿尔曼不让她到任何地方去，而且难道念珠的事情她已经完全抛诸脑后了吗？

既然反正她也不打算下去，那么掀开盖子看看又有什么害处呢？

她怎么也搬不动沉重的桌子，便只能蹲在桌子下面。她拿起火钳，慢慢将盖子一点儿点儿抬高，挪到了一边。

通道当然完全是漆黑的。一段生锈的铁梯通向下面。尤塔想了想，然后从常年燃烧的壁炉里取出一块炭火，吹了吹，引燃了微弱的火焰，然后把它扔进了黑暗无光的大口中。

并不是很深——炭块大概滚过了 12 级台阶，然后就掉落到了坚硬的石头地上。这个秘密通道看起来并不是特别脏，也没什么危险——就像一个普通的储藏室一样。

尤塔考虑是不是要去拿火炬。她责备自己的轻浮，但还是忍不住去拿了。

在火炬的光亮下，密道一下子就变得不像是密道，而像是漂亮的林荫小巷了。而且，如果她单单只是到下面走两步，也不会违背她对阿尔曼的诺言。

她下到下面试着向前走了几步。这是一条低矮、高低不平但没有岔路的走廊，这意味着她不会迷路。那么在阿尔曼回来之前她是能来得及进去看看的。

她向前走着，还是感到了良心的谴责，为了平复自己的心情她低声重复着：没有我这里不知会发生什么！

走廊出现了急转弯——哎呀！——突然中断了，尤塔勉强停住了脚步，差点儿没掉下去。

好奇的公主所探索的秘密通道在这个地方与另一条通道连接，但这甚至不能叫作通道，而是一条巨大的隧道，这条隧道宽得即使放上一栋三层高的房子也不会显得拥挤。这是龙的隧道——龙通过它飞进城堡，并且两百多代龙族都是由此飞出去的。

尤塔小心地吸入空气。四周散发着焦糊的气味，还散发着龙的气味——这一非同寻常的刺鼻味道她从被绑架的那天起就记得很清楚。尤塔又闻了闻——像什么气味呢？然后她想起来，在放完烟火之后，当所有的爆竹都熄灭了的时候，便是这样的味道……

有趣的是，龙门通向哪里呢？

她低下头，在脚边看到了一把铁梯子——跟她进入密道的那把梯子是一样的。理智的声音告诉尤塔应该回去了，但尤塔有着同样合理的反对理由：为了探索有趣的未知她已经走了这么远，现在就返回不是太不值得了吗？由于隧道里有光源，尽管很微弱，所以尤塔把火把放在墙边，双手抓住栏杆，开始顺着梯子向下走。

她慢慢地、小心地往下走，但在下到最后一阶台阶时她的脚滑了一下，她想要用双手抓住什么，但还是掉到了隧道底部，掉进了已经沉淀千年的烟灰里。

幸运的是，她没有窒息。她用袍子的下摆遮住脸，像捕捞珍珠的人一样屏住呼吸，一个箭步便从黑色的云雾中跳了出来。云朵还跟在她的身后飘散——尤塔不得不以最快的速度从黑云里跑出来，而她陷进煤渣里的脚却扬起了越来越多的灰烬。

当她跑到气喘吁吁，内心充满绝望的时候，不知从何处吹来清新的空气，并把黑云都向后吹到了隧道深处。尤塔又向前跑了几步，停了下来。阳光迎面照在她的脸上。

龙门位于西面高塔的下面，尤塔曾在这个塔顶度过了一段时间。但从塔上看不见半岛的这一部分，就像人们很难看到自己的后脑勺一样。公主犹豫了一下，向洞口的边缘走去。她立即被眼前的景色惊呆了。

下面便是像蓝色绸缎一样光滑的大海。海面下深色和浅色的斑点起伏交错着——那是水面下的森林和草地。尤塔看到了在海面上飞驰的海鸥的脊背。城堡的地基建在了悬崖上，尤塔脚下的陡壁似乎就是悬崖的一部分。一大堆杂乱的岩石从水里冒出来，就像童话里沦为一片废墟的城市——公主在那里分辨出了圆顶、塔楼、桥梁和风向标……缓而有力的浪潮忽而令废墟露出水面，忽而又把它拖入海底深处。

尤塔非常想成为一条龙，并从龙门直冲云霄。她张开双臂当作翅膀，踮起脚尖，从胸腔深处吐出一股想象中的熊熊烈火：

"哈——哈！"

她倍感幸福，仿佛已经看到自己在天空中翱翔。但突然高高的太阳被一个黑影遮住，就像不久前在广场上的那样。

龙回到了城堡。尤塔从下面看到了他那长满鳞片的腹部，蹼状的双翼和柔韧优雅的尾巴。阿尔曼吐出一团火球并向龙门俯冲而去。

尤塔已经吓得动弹不得。马上她便会和龙同在一条隧道里了。那条龙浑身散发着热量，喷出火焰和烟雾。公主要么会被烤熟，要么会被呛死，要么就是被一下子碾成馅饼。

阿尔曼越来越近——尤塔已经感到了一股混合着龙的气味的热浪向自己袭来。

从麻木中苏醒过来的尤塔抬起双臂举过头顶，叫喊着，试图压过龙的呼吸声和翅膀的振鸣声：

"阿—尔—曼……"

龙在以从大炮中发射出的炮弹的速度飞向她。她清楚地看到了他那张覆盖着硬硬的鳞片的脸，还有垂着的眉毛下那炯炯有神的双眼。尤塔又大声呼叫起来，那双眼睛突然瞪得大大的，就像是餐桌上的圆盘。

龙没办法使自己停下来，他猛地向后仰，就像是一匹前足腾起的马。蹼状翅膀剧烈地拍打着，试图用气流的推力使自己从城堡的墙壁前弹开。尤塔以为阿尔曼马上就会直挺挺地撞到墙上去，一下子便粉身碎骨了。但在最后一刻，龙还是控制住了自己，但却不能完全避免撞击，他带鳞的尾巴重重地撞在了墙上。

整个悬崖都在震颤。

尤塔躲起来了一个星期。

阿尔曼几乎无法行走，一直躺在自己房间的箱子上，甚至是坐在壁炉前的椅子上都是不可能的——腰实在是太疼了。尤塔会给他送来食物，但总是悄悄地——他有时会离开房间一会儿，等他回来的时候便会发现箱子上放着碗，水罐，碟子和瓶子，旁边还总是放着一些引人注目的小东西：要么是四边被笨拙地扯出穗子的餐巾，要么就是绳子编的奇特的蝴蝶结，要么就是用蜡烛头割出来的歪歪斜斜的心形。

阿尔曼假装没有注意到这些默默的道歉。他把她拿来的东西都吃掉喝掉后完全不关心空空的盘子去向何处。

过了几天他感觉好些了，一次他离开了房间，躲在附近不远的地方。

他并没有等待多久公主便出现了。她手里拿着一个自制的托盘，托盘里装着一小盘烤过的干饼和一瓶冰过的酒。她的肩上挂着一条手工刺绣的毛巾。

公主确定阿尔曼不在房间里，便溜了进去。阿尔曼等了一会儿便也走进屋里。

"啊！"尤塔差点儿没把碗掉在地上。

阿尔曼站在门口，靠在门框上，在他面无表情的脸上没有愤怒，也没有宽恕。

"啊！"尤塔又喊了一句，把毛巾像一面白旗一样铺展在面前。上面针脚很大地匆忙绣了一条喷火的龙。

诡计多端的公主得到了宽恕。为了表示友好，阿尔曼给她拿来了一块很大的草地，上面还长着鲜花和小草。尤塔高兴极了，她在塔顶建了一座"花园"，在那里她给花浇水，拾掇青草，当她在绿色的叶子中发现了一个真正的枫树新芽时，她的快乐简直是无边的。

一天晚上，当阿尔曼和尤塔正在"花园"里的时候，城堡突然震动了起来。塔楼摇晃着，一块岩石从什么地方滚落，掉进了海里，激起了一阵旋涡。一个浪头出现在城堡的地基边，滚向地平线。随之袭来的是下一个巨浪。

"地震了！"尤塔尖叫着抓住阿尔曼，她确信自己的末日就要到了。

阿尔曼笑着抱住她的肩膀。在这一庇护的姿态中充满了镇定的自信，使得尤塔不再惊慌失措，惊奇地盯着他看。

"这是沉睡者。"阿尔曼漫不经心地说。

"什么？"尤塔感觉自己没听清楚。

"沉睡者，"阿尔曼又重复了一遍，"几千年来，一个未知的生物一直沉睡在这座城堡的地基之下。还没有给它想出别的名字，就一直称它为沉睡者……它有时会在睡梦中翻腾，这时城堡就摇晃起来。"

尤塔有着丰富的想象力，在她的头脑中立刻呈现出一个夹在悬崖中的怪物，它稍微动一动便会使地面震动。

"你怎么说得这么轻松？"她低声说，好像怕惊扰到沉睡者，"如果它醒了可怎么办呢？"

"那我就介绍你们认识。"阿尔曼郑重其事地说。

魔镜又任性地自作主张，长时间地欣赏着城市排水渠缓缓的涓涓细流，水面上闪烁着彩虹般五颜六色的斑点，并时不时地用阿尔曼和尤塔歪曲变形的倒影来取笑他们。

尤塔非常想看到奥斯汀。奥斯汀却没有出现。镜子里显现了阿克马利亚国皇家委员会的会议，如果镜子没有出于谨慎而压低声音，公主便能发现许多国家机密。

"头好痛，"阿尔曼说，"因为天气。"

"从前你可什么天气都没有哪里疼过。"尤塔说。

"这是在天气要发生剧变时才会有的反应，"阿尔曼解释，"像是台风或龙卷风。"

"啊——啊……"尤塔漠不关心地拉长声音说。但停顿了一下又问道：

"那么，你真的能预测龙卷风吗？"

"是啊。"

"那你怎么没料到会有雷雨呢？你还记得那次可怕的暴风雨吗？"

阿尔曼当然记得。一开始他想到了闪电而局促不安，而后他感激地碰了一下尤塔的手，想起了那只手所点燃的灯塔：

"当时我喝醉了。没有……想到这些。"

皇家委员会的会议还在镜子里继续进行着。一位头戴灰色假发的矮个子大臣走上讲台，他已因殚精竭虑为国家谋利而形容枯槁。他张开嘴，镜子里突然传来他的声音：

"尊敬的陛下……"

"尊敬的陛下。"尤塔想着。那个讨厌的奥利维亚的国王父亲就坐在那里，坐在一个铺着破旧的天鹅绒垫子的高台上。

"诸位！"演讲者继续说道，"关于邻国孔捷斯塔里亚国的外交政策，我想提醒你们，应当考虑这样一个事实，那就是第三十九任孔捷斯塔尔国王病得很重，实际上王子奥斯汀已经成为国家的统治者……"

尤塔打了个冷战。这位瘦弱的大臣换了一口气：

"考虑到个人趣味……"

镜子捉弄人地闪烁了一下，展现了另一幅画面：两个男孩正在试图用抄网捕捉一只胖蛤蟆。第一个满脸雀斑的男孩脚滑了一下，摔倒在泥沙里，从里面便懒洋洋地飞出了一群小虫子。第二个男孩乘机用网扣住了蛤蟆，但网上有个洞，这个敏捷的两栖动物便跑掉了。

"头好痛，"阿尔曼说，"我觉得，海上要起风暴了……奥斯汀——就是那个王子吧？"

尤塔阴郁地沉默着。

镜面模糊起来，而后又立即清晰了。棕榈树宽阔的叶子缓缓摇曳，高温的空气袭来一阵阵热浪，花丛、人造瀑布、石窟水池都在随之颤动。魔镜中出现了一片阳光灿烂的金色海滩，波浪像大猫舔舐新生的小猫一样温柔细腻地抚摸着广阔的海岸。

在海滩中央，一顶圆形的帐篷展示着它多彩的顶篷，在顶篷下，喧闹的人群在宽大的地毯上尽情享受着生活，奥利维亚公主被所有人视若珍宝。

"又是这样。"尤塔从牙缝里挤出一句。

奥利维亚穿着一件奢华的露出胳膊和膝盖的沙滩裙。这位美丽的公主的皮肤就像雪花石膏一样光滑，皮肤上有一丝淡淡的金色，当然，并非那种粗糙的被晒黑的颜色。公主用纤巧的手指指着远处的大海，和她的崇拜者们愉快地分享着一些趣事，使他们爆发出阵阵幸福的欢笑。

"这才是……生活啊。"尤塔小声说。

阿尔曼惊讶道：

"你羡慕她吗？"

尤塔叹了口气，然后忧伤地笑了笑：

"你看看她——再看看我。当然羡慕了。"

这时一位女士的身影从花园里走向海滩。她环顾四周，向公主挥了挥手，然后又消失在棕榈树之间。奥利维亚便站起身来，笑着解释着什么，撑起一把精致的遮阳伞，急忙往她的女伴躲藏的巨大树叶的阴影下走去。

"暗探回报，"女人冷笑了一下，"暗探回报，今天有人建议奥斯汀王子去营救尤塔公主。"

汗水浸湿了尤塔的手掌。她双手紧握，身体前倾。

"谁？"奥利维亚问。

"一位皇家顾问。他说这会加强王子在各国的声望，使他在人民中受欢迎。"

"一派胡言，"奥利维亚的嘴唇抿成一条细线，"奥斯汀本来就很受欢迎。那个愚蠢的尤塔肯定在指望着这个，但是，天呢，还有常理在呢！"

"孔捷斯塔里亚国指望着跟上孔塔国的公主联姻。"

"胡扯……如果想要跟上孔塔国联姻，那么那里还有两个蠢货也到了结婚年龄了。"

尤塔气得咬牙切齿。

"这是他们的传统。"女人小声说，"每个国王在登上王位之前，都必须完成一件功绩。"

沉默。镜子里传来大海喧响的旋律。

"这个驼子可并不蠢，"奥利维亚低声说，"这出关于龙的闹剧是经过深思熟虑的，考虑得很长远。"

"尤塔没有驼背。"

"会有的！她总是弓着腰像个问号一样……可怜的奥斯汀，他们想牺牲他，但不，这没用的，天呢！我要和父亲谈谈。如果有必要，阿克马利亚国将派遣一支配备大炮和火焰喷射器的军队前去捉龙。看着吧！龙会被关到铁笼子里，尤塔会被直接拽着她那两根头发给拖回来……奥斯汀……"

奥利维亚突然以非常不像是一个公主所为的姿态抓住对方的肩膀：

"那奥斯汀呢？他对谋士说了什么？"

"他说他不能冒险……"

镜面泛起了波纹。

"这个女人简直太可恶了，"阿尔曼慢慢地说，"你的头发很漂亮。"

"不能冒险……"尤塔低声说，"什么不能冒险呢，生命？王位？不能冒险……"

"你的后背也直直的，"阿尔曼继续说，"你的姿态无可挑剔……怎么，这位王子想要登上王位一定要有功绩——这是传统吗？"

"是的……但，也许，他在父亲生病的时候不能冒险？也许……"

"别想了，"阿尔曼勉强地冷笑了一下，"别自寻烦恼了……他是个好小伙子，这也是一个好传统，他会出现的……来解救你……"

尤塔艰难地从关于奥斯汀的思绪中回过神来，勉强地笑了笑：

"说到这里，你是怎么看待大炮和这些……火枪的？"

阿尔曼露出牙齿，咀嚼着想象中的食物并津津有味地吞了下去，以此来表示他对于大炮的态度。就在这时镜子又亮了起来，他们又看到了同样的金色海滩，一艘挂着白帆的船和一位穿着金线刺绣制服的船长。船长正恭敬地扶着奥利维亚公主走上梯子。大海似乎平静了许多。

"哎呀！"阿尔曼大叫了一声，被一个意想不到的念头惊到了。

在他的声音里有一种解脱的感觉，就像是一个刚吃了偏头痛止痛药的人发出的感叹。尤塔惊讶地抬起头望着他。

"我们美丽的公主的夏季行宫在哪里？"阿尔曼问道。

"在鼠岛上。"尤塔回答说，不知道他想问什么。

"就是阿克马利亚国岸边的那个形状像逗号的岛？"

"是的，带着一个小尾巴……"

"会被冲到海里的。"

"什么？"尤塔畏缩了。

"会被冲到海里去的，"阿尔曼皱着眉头，用手按着头，"现在我可以肯定地预测。一个像瞭望塔那么高的巨浪正在向我们袭来……这就是为什么我头痛难忍……岸边不会有什么危险，因为那里有悬崖。而那些地势低矮平缓的小岛才是最容易被淹没的。所有的棕榈树、兰花、喷泉、凉亭、帆船和金色刺绣都会被冲到海里……给我点儿什么凉的东西擦擦头吧。"

"等等……"尤塔眨了眨眼睛，"你是认真的吗？这可是一场灾难……"

"当然了，是灾难……你知道光是在最近一百年我就见过了多少次天灾吗？听着，听着，我真的需要一块抹布，把它浸在冷水里，放在我的额头上……"

"那人呢？居民呢？"

"你听得懂我说的话吗？那里有悬崖和山岩！居民们

只会被吓得够呛。"

"那岛上呢？"

"风暴过后岛上会变得光秃秃的什么都没有。你怎么这么焦躁不安？也许有些人是能活下来的。"

尤塔想起了帽子狂欢节之前在皇家花园里的混战，想起了她在镜子里看到的场景："所有跟龙有关的事情都是编造的……尤塔是一个丑姑娘，很遗憾，唯一能够帮助她的只有受害者的光环……为了能够体面地嫁出去有什么不能做的呢……"

奥利维亚……去她的石像鬼吧。

半夜里阿尔曼被叫醒了。

尤塔光着脚站在他简陋的小床边，一支蜡烛在她纤细的手指里慢慢融化。

"阿尔曼……"在她的声音里含着一种绝望的恳求。

他完全不明白是怎么回事儿。也许是因为尤塔半夜里来找他，并离他如此之近，也许是因为她没穿那件习以为常的袍子，而只在肩上披了一件许多地方已经穿破的粗布上衣，这一切都使得阿尔曼局促不安。他自己也不知道为什么，把当成被子盖的斗篷往上拉了拉，一直盖到了下巴；

"你来这儿干什么？"

她抽泣着。

他感到一阵燥热。

她又抽泣着：

"阿尔曼……做点儿什么吧……"

"什么……发生了什么？你生病了吗？"

她站在那里，鼻子抽搐着，颤抖着，脸色苍白，他确信她是得了热病或癫痫发作了，这是一种他不太清楚的可怕的人类疾病，正如他从镜子里听到的，得了这种病的人会很快死掉的……想到这儿他感到十分可怕。

"救救他们吧……他们什么都……不知道，那里，在岛上……完全没有预料到……"

"呸，真该死！"

他现在完全清醒了，他为自己的慌张和恐惧而感到窘迫。

"该死的石像鬼……瞧吧，现在你的骂人话可是印在我的脑海里了……你干吗要大半夜的把我叫醒并吓唬我呢？"

"救救他们吧……"

"怎么救？我又不是海龙王，能够使海浪停下来。"

"可以预先通知他们……他们还来得及……"

他恼火地坐了起来。斗篷从他的肩膀上滑落，尤塔看到他赤裸的黝黑的胸脯和紧实的肌肉。的确，真应该试着挥一挥那巨大的蹼状翅膀。

她把目光移开，低声说：

"求求你了，阿尔曼……"

然后她痛苦地哭了起来。

眼泪在烛光的照耀下顺着她的脸颊直直地、闪闪发光地流了下来。公主的鼻子哀伤地抽搐着，嘴巴无力地颤抖，含糊不清地重复着她的请求。

阿尔曼不知所措。

他睡意蒙眬，半裸着身子坐在自己的箱子上，而上孔塔国的公主光着脚站在他的面前，流着眼泪，乞求着完全不可思议的事情。他是谁，凭什么要干预事态的自然进程？想要避开世界上所有的灾难是不可能的。

"你知道自己在说什么吗？"他语气疲惫地说。

她又哭得更厉害了。

清晨时分，一位陌生人造访了鼠岛上精致的宫殿——阿克马利亚国国王的夏宫。

没有人知道这位陌生人是如何来到这座远离岸边的岛

上的——因为后来人们才发现他并没有小船或是木筏。他裹在一件破旧的黑斗篷里，戴着一顶宽边的、同样相当破旧的帽子，遮住了半张脸，手里挥舞着一卷带有印章的国王圣旨的卷轴。

他在遇到的所有人眼前展开卷轴，先是昏昏欲睡的仆人们，然后是管家、侍女们这些岛上的管理者。但在印章展露之前，整个宫殿就已经被可怕的消息惊醒了。

"快跑啊！快跑！"陌生人断断续续地大叫着。他的声音有些嘶哑。

刚睡醒的奥利维亚公主一开始对此尚存怀疑——陌生人援引皇家占星师的话，但那个人经常会错误地预测天气。卷轴上的印章也似乎比平常的大了一些——但大海却已经开始在黑暗中翻滚，海风也骤然而起，从远处的地平线那里传来沉闷的隆隆声。

门窗咣当作响。皮箱都被塞得满满的，谁都不想留下来听凭肆意妄为的命运的摆布。没有足够的船装下所有人。麻袋、木桶、地毯和帐篷都被扔到海里去了，系船的柱子也被做成了木排。

陌生人比谁都忙碌——他像个疯子似的跑来跑去，催促着，驱赶着，甚至恐吓着其他人，虽然已经完全没有必要了——海面上某种难以想象的东西正在涌动着。

当奥利维亚公主和她的侍女、女伴、她所有的女友和追求者、二十多个仆人、主厨和一群帮厨、木匠和洗衣妇跑到岸边的时候，我们已经熟知的那位穿制服的船长正光着身子——这时陌生人悄悄跑到了建筑的后面，瞬间展开翅膀，飞入了清晨昏暗的天空中。

仆人们笨手笨脚地划着船桨，舰队慢慢地向前移动。得以逃离的时间不多了。天色渐渐亮了起来。

当航行在前面的帆船到达悬崖脚下的一个小码头的时候，阿尔曼敏锐的目光在地平线那里看到了白色的山脊。

当木匠帮助洗衣妇爬上梯子最底层的时候，浪潮已经占据了半个天空。

一列人群慢慢地、非常缓慢地爬过了十层木梯，就像蚯蚓钻到了洞里——山岩里打通了一条通道，洞口被一块大石头挡住了，所以阿尔曼看不见山洞里的情况。

阿尔曼环顾四周——随即向上俯冲。

海暴就在他的下方翻滚，他如此清晰地看到了它的顶峰，就像看到自己的爪子一样。嗞嗞作响的泡沫像是贪婪的舌头在山脊上飘摆。一瞬间露出了海底，阿尔曼望着那无边无际的深渊，感到头晕目眩。

海暴侵袭了鼠岛，甚至都没有发现它的存在。海浪剧烈地拍打着岸边，就像拍打着一个巨大的手鼓。海岸颤抖着，呻吟着。

当在大海里沸腾的大锅稍微冷却下来时，阿尔曼看到了鼠岛。岛上还剩下两棵棕榈树，一棵还剩下两根树枝，另一棵还剩下四根。

这之后很长的一段时间里，那些船被海浪撞碎在山岩上的渔民常从海里打捞出一桶桶的好酒、扯断的丝绸，有时甚至还有黄金首饰。

VI

参差不齐的悬崖——是祖龙的脊背。

炫目的太阳——是祖龙的喉咙。

这座城堡——是他的王冠。

☩

——阿尔姆-安恩

✝ ✝ ✝

一天，尤塔花了好长时间仔细端详之前她用手刻在壁炉旁墙上奇奇怪怪的符号。这是"天空""大海""不幸"……思考片刻，公主决定继续在地下密室里对古老文字进行研究。

"为什么呢？"阿尔曼感到奇怪。

尤塔认真而严肃地看着他：

"我想读懂预言。如果那里有提到你的段落，那么应该也会提到我，否则我们怎么能知道结局将会如何呢？"

她走开了，而阿尔曼忧伤地沉思了很久。

他想起了自己在箱子里发现了一把银梳子，并把它交给了尤塔。公主很高兴，把魔镜作为普通镜子，打扮了很久……有一次，他在壁炉前的椅子上打瞌睡，被尤塔的惊慌所惊醒。她站在离他几步远的地方，脸色苍白，浑身发抖。她的目光从坐在椅子上的阿尔曼身上转移到随手扔在桌子上的切肉刀上……"你怎么了？"阿尔曼问。"没什么，"她费力地说，"我走进来，而你……睡着了。""那有什么可怕的呢?""没有。但是我做了一个梦……"尤塔到底做了什么梦还是个谜——她无论如何都不愿意描述自己的梦。

也许公主想要破解预言是正确的。但有一个小小的困难——目前为止还没有谁成功过。

尤塔的研究取得了明显的进展。一次她比平日更早地从地下密室里钻出来,赶忙把燃尽的火把扔掉,去找阿尔曼。

他没在放魔镜的房间里。她喊着:"阿尔曼!阿尔曼!"她一边喊着一边吹口哨,到处寻找着阿尔曼。

尤塔走在熟悉的走廊里,她突然发现了之前被忽视的一个转弯处。它是怎么能从公主锐利的眼神中隐蔽起来的还不清楚,但尤塔当然立即行动起来弥补她的疏忽。

然而这个走廊里并没有什么不寻常——尤塔正要原路返回,重新去寻找阿尔曼,但这时道路突然通向了一扇关上的门。尤塔并没有随身携带那串忠诚的钥匙——但也并不需要,因为这扇门并没有锁上。

尤塔在经历了海上的各种奇遇之后已经什么都无所谓了,她不假思索地走了进去。

她所走进的房间便是仪式室。对于尤塔来说更像是噩梦产生的地方。

就像她被绑架的那天一样，一束光柱从上面照射下来。就像她被绑架的那天一样，尤塔吓得直哆嗦，因为在这无情的光线下，仪式室呈现出了所有可怕的细节。

房间中央放着一张圆桌，既像是一座祭坛，又像是供桌。这甚至不是一张桌子，而是一块巨大的石头。一根尖锐的铁刺从中间伸出来。刺眼的阳光照在尖尖的三棱弯钩上，这些钩子像流苏一样悬挂在圆桌的四周。石头地上还残留着煤烟的痕迹，那些被零乱地堆在旁边的令人厌恶的刑具也覆盖着一层黑烟。

尤塔站在那里一动不动。她抬起眼睛，看到圆形顶棚下的墙壁上刻着的字迹。已经在地下密室里钻研很久的尤塔甚至觉得这里的文字更容易理解。

"荣耀属于你，儿子……荣耀归于你的战利品。完成你的父亲以及所有父辈的意愿，按照仪式的规定，品尝那些戴着桂冠的俘女，使其经受火焰……"

他们品尝过了。在尤塔狂热的想象中立即出现了一条静默无声的龙蜷缩在墙边的形象。这里一次能容纳多少人呢？三个？四个？那些被绑架的女孩就是通过那个通向龙的隧道的可怕的洞被带到这里的……或不是这样的？在这个仪式之前她会被关起来，锁在塔里……也许，她是通过尤塔刚刚进来的那扇门被带进来呢？

她绝望地环顾四周。通向仪式室有很多扇门，但只有一条龙的隧道……也就是说阿尔曼每次离开城堡到外面去都会经过这个房间？等等，阿尔曼跟这有什么关系呢……阿尔曼跟这一点关系也没有。这个房间不关阿尔曼的事。他也不对他祖先的行为负任何责任。

想到这儿她迫切地想看到阿尔曼，她想要转身离开，但什么东西阻止了她。

她仿佛被符咒镇住了，几乎违背了自己的意愿，向前迈了一步，走到石桌跟前。桌子上有一个倾斜的太阳光斑，在尤塔看来，这个光斑似乎在移动，正慢慢地爬过那块古老的长满青苔的岩石。

桌子中间突出的铁刺几乎位于跟尤塔一样高的位置。周围弯弯曲曲地刻着一段文字。只有绕着桌子转圈才能读懂这段文字的内容。

公主开始绕着桌子转圈，试图不去看四周垂下的三棱弯钩。

"在这里完成自己光荣的狩猎……在这里品尝威严的

战利品……一代……"接下来是一连串的名字。尤塔本该停下来,但是那些标志和符号把她困在里面,使她的意志屈服,她继续绕着圈子走,一会儿靠近,一会儿又远离那堆可怕的器具:"伊姆-阿尔,萨姆-阿尔……金-阿尔和他的儿子阿克克-阿尔……东-阿尔,达夫-安,达尔-阿尔……哈尔-安恩,亨-安恩……"

一种庄严的仪式乐曲开始在尤塔的耳边响起,然后变得越来越响亮,她的脚步不由自主地配合着一种生硬的、冷酷的节奏:"利尔-伊尔,拉克-安恩……桑-伊尔,扎尔-阿尔,宗-安恩……"公主感到头晕目眩,铁钩连成一圈铁环,尤塔不停地读着:"甘-安恩,加尔-阿尔……他的儿子,强大的……和他的儿子……和儿子……"

这里有多少名字啊。每个名字都意味着仪式,且不止一次。难怪恐怖的故事一直经久不衰。每个名字都意味着一个无辜女孩的死亡,且不止一个。每个名字……但这一串名字就要结束了……

"阿尔德-伊尔,阿克尔-安恩和他的儿子……"

尤塔的脑袋里充满了沉闷的声响,她摇摇晃晃地想保持平衡,一直想弄清楚这些从内心刺破她的讨厌的词语到底是什么。这些词语就像阴影一直潜伏在她的周围,而不进入到她的意识中。

快要结束了，她马上就可以离开了。她离开后便永远不会回来。她所要做的就是读出最后几个名字，她不知道为什么要读，但进入到她内心的什么人要求她这样做，并在那里挥舞着自己尖利的爪子……

她不想再读下去。她慢慢地、费力地抬起眼睛……

她的眼中含满泪水。什么都看不见了，尤塔想。但那个进入到她灵魂深处的陌生人又驱使她继续往前走。

阿尔德-伊尔……这是谁，我不认识……阿克尔-安恩……和他的儿子……他的儿子……儿子……

尤塔的双腿发软。她颤抖着抓住一个三棱钩，支撑住了自己。

他的儿子阿尔姆-安恩。

在这里他完成了光荣的狩猎。在这里他尝到了戴王冠的俘虏的滋味。然后他欺骗了尤塔，尤塔相信了他。

他被他的父亲和祖父引领到这里。女俘虏……跟她，尤塔，一样的女孩。也许他的确不想……甚至一定不想……但氏族的法规……

尤塔深深地弯下腰去，感到恶心。吱嘎一声，门开了。哦，不，公主想。走开。

"尤塔？"阿尔曼惊恐不安地大步穿过房间，走向那张石桌。"你在这里干……"并一下子愣住了。

公主勉强站直了身体。他正走过来，他的眼睛明亮而清澈。一切都和以前一样……石像鬼，她还让他触碰过自己。

公主艰难地克服着又一阵恶心的感觉。

"尤塔？！"他停下来。

"什么……"她咳嗽一声，恢复了声音，"那是什么味道，阿尔姆-安恩？"

阿尔曼深绿色的眼睛几乎变成了黑色——他睁大了双眼。

"也许……"尤塔舔了舔嘴唇，"人肉很有营养……没有软骨……很可口……"

"你疯了吗？"他咆哮道。

"看，"尤塔的手指软弱无力地指着石头上的文字，"看看这里说的多有意思……你的爷爷叫阿尔德-伊尔，爸爸叫作阿克尔-安恩……说真的，你怎么能变成龙的，如果你从来没有尝过……"

"别说了。"

"当然……我不打算听你的解释……请行行好离开吧。

我不想看到你。"

阿尔曼想说什么，但什么都没说出来。

他的父亲和祖父的名字从公主的嘴里说出来就像是一种侮辱。她站在他面前，心中充满了恐惧和厌恶，并且这种厌恶超越了她的恐惧和愤怒。她那双眯起的深色眼睛向他的脸上投去了一道闪电。她不想听，此刻大概也听不进他的话。她把匕首插进了他疼痛已久的伤口，现在正扭动着尖刀。

阿尔曼又张开了嘴，但不是为了说话，而是急促的呼吸使他快喘不过气来了。

"你也是可口的，"他佯笑着说，"你无法忍受我，是吧？很遗憾……那我就得再好好考虑一下了，亲爱的。要知道我还没有下定决心，也许，我还是会吃了你？"

尤塔向后退了几步。阿尔曼突然大笑起来：

"是啊，我是怎么成为龙的呢，如果我从来没有尝过……是啊，是啊……柔软鲜嫩的，没有软骨……美味的……年轻的，无辜的……你这样看着我，好像是我冒犯了你的美德？"他抬起肩膀，膜状的翅膀便伸展出来。

"鲜嫩的粉红色的肉！"一条覆盖着鳞片的尾巴砰的一声摔在地上。"热乎乎的，香喷喷的！是吧，公主？！"最后这几句话已经很难让人听清楚了，因为他长满獠牙的大嘴根本不听使唤。

尤塔从麻木的状态中惊醒，奋力挣脱。她在阿尔曼和桌子之间跑来跑去，一个铁钩扯下了她的黑斗篷的碎布。那令人毛骨悚然的声音跟在她后面——作为人的阿尔曼还在笑着，但变身为龙的阿尔曼却在咆哮着，被喷出的火焰呛得噎住了。滚烫的空气冲击着尤塔的背部，她的发尾已经被烧焦了。

在阿尔曼的城堡里度过的最初的那段日子里尤塔都在寻找出口。现在，在冰冷的楼梯上颤抖的尤塔在记忆中不断搜寻着房间和走廊的位置。龙门只适合有翅膀的龙，但一定还有另一个出口。人的出口。也就是大门。

她闭上了眼睛。如果没有呢？住在城堡里的龙非常适合高耸在海面上的巨大圆洞。而他们的俘虏——俘虏是没有出去的路的……

想想吧，她对自己说。你要么马上跑掉，要么从塔顶上摔下来——小宝贝，不要幻想着会有第三个选择。这是你自己的错，放弃了公主的身份，跟一个怪物有了亲近的关系……想想吧。

她紧紧地闭上双眼，用两个手掌按住太阳穴。

阿尔曼坐在一块平坦的岩石上，软弱无力地靠在一具不久前被风暴抛到悬崖边的船的残骸上。

现在这一不幸的帆船像是一具被啃净的鱼骨架，舱壁像是嶙峋的肋骨，桅杆直挺挺地伸出来，帆布已经变成扯烂的碎布。高高的船尾在阿尔曼的头上像是发出危险信号似的吱吱嘎嘎地响着。阿尔曼想象了一下，如果船尾突然掉落，把他的半个身子都埋在一堆腐朽的烂木头中会是什么样子……但他还是继续坐在那里。

冷风从海上吹来——凌厉刺骨，连绵不断，就像牙痛一样。阿尔曼紧紧地靠在泥泞的木板上。

他被指责忠于氏族的传统。他自己的一生都试图遵循传统，并因为自己无法做到而备受折磨。为什么公主的话变成了让人如此痛苦的侮辱？从何而来的这种厌恶、空虚和不想再活下去的感觉？是否因为他从未成功狩猎，也从未完成过仪式？还是因为公主不相信他？

死去的帆船上的铜钟发出沉闷的声响。

他们曾经担心他会追随死去的母亲，在幼年便夭折。祖父想出了解决的办法——将婴儿的名字刻在仪式桌上，这样封存在石头里的生命力便会使男孩活下来。后来老人不止一次后悔自己当初的决定……

阿尔曼从高悬在岸边的船尾下钻出来，触摸着长满苔藓的悬崖，走向别处。

他刚走了二十几步，腐烂的船尾便发出了一声长长的嘎吱声，而后瞬间倒塌了，散落了一地的残屑。

✝ ✝ ✝

那是一个没有月亮的夜晚。尤塔抓着稀疏的栏杆，站在贮藏室的窗户外面。她刚刚挤过了铁栏杆，现在正屏住呼吸看着下面。下面什么也没有，只有一片漆黑，但是公主知道，在她的脚下，大海在汹涌地翻腾。

这便是自由，公主告诉自己，为了控制住自己的牙齿不颤抖她咬紧牙关。她离自由只有一步之遥。

公主在晴朗的阳光下都不一定敢跳进深渊。在黑暗中就更可怕了——好像掉进了一个无底洞……她紧紧闭上眼睛并想象着变身为龙的阿尔曼，他那疯狂的笑声和从他嘴里喷出的火花……她想象着这一切，叹了口气，便向下坠去。

海水低声拍打着公主，将她吞入口中。海水拥抱着、压迫着她，充满着她的眼睛和耳朵，尤塔在冰冷的浴缸里喘不过气来——还在空中她便开始绝望地挥动四肢，因此她那已经被海水浸湿的头很快便浮出了水面。

她的衣服粘在身上，限制了她的活动。水在她的脚底和鞋子之间自由地流动着，这种感觉既不舒服也不愉快。尤塔用口大吸了一口气，在胸前用手掌浅浅地划着水。

大海深吸了一口气，把公主抬到高处。如果她仰起头来，便能看到一扇高高的发出红光的窗户。当海水呼气的时候，尤塔掉进了一个深坑里，海草在她的脸旁摇摆——海草就像是棕色的地毯盖住了远去的城堡的墙壁——那古老庄严的悬崖峭壁，这位湿漉漉的公主现在正在它的脚下挣扎。

她不得不绕过城堡，但从哪边游过去更好呢？尤塔喝下几口海水，咳嗽起来。最难的已经过去了，已经过去了，已经过去了。她已经自由了，自由了，自由了。她可以绕着城堡，爬上铺着石头的沙嘴，顺着小路到达岸边，就让他试试在一片漆黑中捉到她吧……只要她到达人们居住的村落——她又喝进了几口水——然后过个两三天便能到家了——就能看到妈妈，爸爸——她用尽全力地划着水，已经向前移动了一些——还能看到玛雅和维尔特兰娜……

一波缓缓袭来的波浪又将公主抛回到一开始的位置。

日出的阳光照在了躺在杂乱岩石上的尤塔身上。

前半个晚上，她试图游过城堡，到达坚实的地面。大海终于同情起她来了，一个浪头把公主抛到了一条狭窄的岩石海滩上。她便颤抖着在那里度过了下半夜。

当天空开始亮起来，公主醒了过来。那条嗜血的龙还在附近，她还在城堡的墙边不远处。她必须马上离开，尽快上路。

她出发了。湿漉漉的草鞋无情地磨破了她的脚，她不得不把它们扔在路上。袍子也湿透了，粘在她的身上，但尤塔并不敢把斗篷脱下来。

天色渐渐发亮。尤塔在岩石上滑了一跤，弄断了指甲，她的双脚在石头上跌跌撞撞地滑来滑去，粉嫩的脚底很快就磨得流血了。

最难的……已经过去……自由……

她已经有些不习惯在晴朗的天空下迎着风走路，她很快就呼吸困难了。该是考虑休息一下的时候了，但突然岩石裂开，一条路延伸在公主的脚下。

一条路！尤塔立刻忘记了自己的疲惫，兴奋地一瘸一拐地向前走着。她愉快地发现自己走得更快了，离岸边只有咫尺之遥。

她还记得从高塔上看到的景色——是的，显然这就是顺着沙嘴延伸出来的那条路，这条路将带她离开城堡，离开龙，离开一切可怕的……看看吧——路就在眼前，清清楚楚！

天已经完全亮了。尤塔向身后望了一眼——城堡就在那里，离她还很近，好像脚底没有磨出血泡一样，她更加快了逃离的步伐。

要藏起来吗？一想到整个白天都要躲在某个缝隙里直到夜幕降临，尤塔便感到头晕。但常理是显而易见的——只要阿尔曼飞到空中，便能够清楚地看到公主在那条废弃的路上蹒跚而行。

就好像是对于她的想法的回应，龙在城堡上空飞起。在冉冉升起的太阳的光芒下尤塔清楚地看到了龙轮廓分明的身影。

已经来不及思考该怎么办，尤塔立即奔向最近的一堆岩石。

像一根倾斜的石柱一样的大石块立刻将她挡在了天空和阿尔曼的视线之外，公主受到一个逃亡者藏匿的本能的驱使，继续往里面钻。在某一刻，她奇怪地感觉到脚下的岩石似乎震颤了，移动了——但她并没有对此在意。

她勇敢地站在上面的石块突然晃动起来并向下沉。尤塔勉强跳了出来——但就在这一刻岩石动了起来。

当她还是个小女孩的时候，有一次看到一头母牛淹死在了沼泽里。十来个人慌慌张张地跑来跑去，其中一个人自己掉进了沼泽里，一下子就没到了腰。当他被救出来的时候，奶牛已经淹死了，在它死前发出了长长的嗥叫声，吓得人连头发都竖起来了……

使尤塔陷入其中的石块就像是流动的沼泽。当一块岩石陷入地下——在它的位置上又冒出另一块又湿又泥泞的石块来。小块的石头几乎在瞬间浸入水中，大块的岩石则是缓慢而不间断地移动。

她不知道该往哪里跑。她所有的思想、愿望和能力都集中在一点上——跳到另一块岩石上。没有滑落，没有跌倒，她的脚没有陷入缝隙，她跳了出来，躲开了危险。

但岩石像猫捉老鼠一样和她玩耍。那些石块沉没和浮现的节奏悄悄加快了。

她被湿漉漉的袍子的衣襟绊倒。石块就像被酷爱甜食的人所吞下的糖果一样掉进了无底的深渊，就像是一个走运的渔夫的鱼漂一样又浮出水面。无论尤塔绝望的目光落在哪里——石块的灰色脊背都像市场广场上拥挤的人群那样不停地移动。

她又一次从危险中挣脱出来，跳到了一块大公牛一样大的圆石头上。石头嘲笑着她，摇晃着一点儿一点儿地向下沉。

"救命！"尤塔喊了起来。

她几乎无法发出声音。石块晃动着互相排挤。一种让人难以忍受的咯吱咯吱的摩擦声充斥在空气中，仿佛大地本身被热病折磨得咬牙切齿。

"救命啊！"

那块巨大的石头已经一半沉入泥地里。在它的周围许多小块岩石不断沉入又浮出水面，就像是沸腾的大锅里的气泡。

"救命……"尤塔小声说，"来人啊……"

石头已经沉下了三分之二。她慌乱地四处张望，现在已经不可能跳到另一处了。泥沼满意地发出咕噜咕噜的声音，不断地吞下巨石，再把它们像樱桃核一样吐出来。

"啊，妈妈……"尤塔低语，"啊，阿尔曼……"

小石块挤在下沉的大石块旁边，侧面已经被磨成粉末。尤塔跟着石块一起下沉，太阳升起来了，天空对于所发生的一切毫不在意。公主下沉着，被什么东西或什么人拽着，慢慢地被沼泽吞没了，她的死是那么平庸，那么令人厌恶……

"救……"便没有了声音，她以嘶哑的声音继续喊着，"救……命……"

一片阴影遮住了阳光，将尤塔笼罩，冷漠地审视着她的死亡。一阵风吹来，夹杂着一股不同寻常的刺鼻气味。宽大的翅膀拍打着，遮住了天空。小石块已经堆在尤塔的腿上，但就在这时巨大的弯爪抓住了尤塔的肩膀，猛地用力一拉……尤塔感觉脚上的皮肤被扯掉了。大石块沉下去，陷入了地下。但尤塔被带走了，已经看不到这一幕。

VII

在白天，没有人朝着太阳飞去。
翅膀疲惫了。有人在下面等待着
我。

✝

——阿尔姆-安恩

　　　　　✛　✛　✛

　　在仪式室里他变身为人，这时再继续拖着尤塔公主就非常困难了。

　　尤塔挣扎着。她又是挠又是咬，不停地扭动着并发出尖叫：

　　"我讨厌你！臭蜥蜴！可恶的怪物！放开我，吃人的恶魔！"

　　但他还是拖着她经过了隧道，迈过了高高的门槛，迈过了数不清的楼梯，却从来没有想过——为什么。他要带她去哪里？现在他该拿她怎么办呢？

　　为了不对自己提出这些问题，他拖着她走得更快、更坚决了。她几乎停止了抵抗——为了保存体力。

　　当他们终于到达了有壁炉的房间，他将自己已经麻木的手指从她的衣领上松开，公主趴在地上，立即爬到了最远的角落。她从那里叫喊着，她的声音几乎和阿尔曼的声音一样沙哑：

　　"你是一个怪物，一条嗜血的毒蛇！我宁愿死也不愿接受你的帮助……接受来自你那肮脏的爪子的帮助！
你……"她已经找不到什么侮辱他的词了。

他感到疲惫至极。不知为何他将手伸进深深的口袋。
他掏出一块生锈的扣环，扔到了地上：

"听到了吗？"

公主静了下来，感到十分惊讶。阿尔曼捡起铁片，又
把它扔了出去。铁片磕到石头上发出一声沉闷的声响。

"你听见了吗，尤塔公主？我的话对于你来说跟这个
声音是一样的。"

尤塔沉默着。阿尔曼又一次捡起那块铁片，猛地使尽
全力扔到了地上。铁片发出了尖锐的声音，又从地上弹了
起来，砰的一声撞在墙上。

阿尔曼什么也没说。尤塔蜷缩成一团。他们互相对
视了一会儿，阿尔曼的眼睛冰冷而难以捉摸，尤塔则心慌
意乱。

"我给你讲个故事，"阿尔曼平静地说，"想听吗？"

还没有获得公主的同意，他便爬到桌子上，不知为何
用衣服擦了擦手。

"从前，有一位公主，"他声音低沉而平静地开始讲起
来，"那是很久以前了，大概一百五十年前。她苗条如白

杨树，欢快如百灵鸟……虽然我的记忆可能会欺骗我。也有可能，她是个性格阴郁的胖子……但这不是重点。重点是在一个晴朗的早晨……也许是晚些时候，但这也不重要……她被一条龙掠走了。"

尤塔深吸了一口气。

"那是一条年轻的龙，"阿尔曼从牙缝里挤出话来，"可以说，还是一个少年。但正是在那一天他成年了。你在听吗，尤塔？"

公主用双膝托着下巴，坐在角落里。她整个人呆住了，浑身直起鸡皮疙瘩。

"他独自一人，"阿尔曼慢慢地，好像是懒洋洋地从桌子上滑下来，开始在房间里毫无目的地转来转去，"他孤身一人在城堡里，但他的长辈们在死前都坚信他会成为一位英勇的勇士……他的心中充满了勇气与信心，从邻国掠走了同样年少的公主……"

阿尔曼在壁炉前停下来，不知为何朝里面踢了几脚。壁炉里寂静无声——漆黑、空旷而冰冷。

"她站得很近，就像你现在一样，"阿尔曼转过身来，用修长的食指指向尤塔的脸，"她是……"

尤塔的身体向前弓着，突然跪了起来，伸出双臂哀求道：

"别说了……我不想听任何恐怖的事情，我求你……阿尔曼，请不要……别讲了，我快要疯了，求你了……"

阿尔曼听着她含糊不清的话，漫不经心地把一根头发缠绕在手指上。然后，他不假思索地伸手从壁炉架里拿起一根火钩。尤塔话还没说完便呆住了。

"龙就是龙，"阿尔曼以令人厌烦的教训人的口气说，"公主应该被吃掉，被吃掉……他让她背对着铁钉，把她放在仪式桌的中央。她有着蓝色的眼睛和红色的头发。她的一条眉毛稀疏，显然是没有修整好。她的下巴上有一块胎记，脖子上也有一块。他……"

阿尔曼突然使劲儿抡起火钩，摔到墙上。火花从石头上飞溅出来，铁棍立即弯成一个弧形。尤塔连忙塞住耳朵，但已经晚了。阿尔曼失望地瞥了一眼那根被毁坏的火钩，又看了看石头上的凹痕，稍停了一会儿，又打了一下，火钩啪的一声折断了，像爆裂的车轴一样发出剧烈的声响。阿尔曼回头看了看——尤塔恐惧地看到，他的眼睛里充满着歇斯底里的疯狂。

"我不记得那里发生了什么，"阿尔曼平静地说，"但我的牙齿从来没尝过人肉。从来没有。"他将断了的半段火钩扔到地上，突然用拳头猛烈地撞击墙壁。

尤塔尖叫了一声。阿尔曼一声不响地站在那里，墙上出现了一块血迹。他仔细端详着自己新的、好像是别人的、又宽大又笨拙的手。

"从那时起，"他对着自己被打出血的拳头说，"从那时起……"

阿尔曼浑身哆嗦了一下。

……又是这个梦。

闪闪发亮的汗珠流到女孩的上唇。她站立着，背靠着丑陋的铁钉，她脸色苍白，苍白的脸色此时看起来有些发青……略带青色的苍白的脸被红色的粘在一起的鬈发环绕着。她的眼睛睁得那么大，使得弯弯的金色睫毛的尖端触到了皮肤。她那肿胀的、被紧紧咬过的嘴唇半张着，祭献者的呼吸传到阿尔曼的鼻孔里，他那巨大的龙的鼻孔里……传来一阵气味，一股芳香扑鼻的花香，仿佛整个送葬队伍都把花束放在了一个新坟上……他应当完成仪式，这是不可避免的，就像黑夜的降临，就像冬天的到来……

这时，陷入不可避免的仪式和不能完成这一仪式的困境的阿尔曼的意识在痛苦中扭曲。

恐惧。恶心。黏糊糊的石块从湿滑的山上滚下。

他高烧了三天。尤塔像一个彻夜不寐的守卫一样坐在他身边。他那只受伤的手放在他用作被子的斗篷上，尤塔时不时地轻轻抚摸着它，把它放在深色布料的粗糙的褶皱里。

他说着胡话。无论是白天还是黑夜，那个尤塔宿命的前任，一百五十多年前的红发公主总是出现在他的脑海里，与她的相遇让阿尔曼终于意识到了自己的一无是处。

"走开，"阿尔曼咕哝着，没有睁开眼睛，"我什么都没对你……甚至你的一根红头发都没有……我不会……不想……"

尤塔叹了口气，用湿毛巾擦拭他滚烫的脸。

他在第四天苏醒了。从半梦半醒中醒来后，尤塔看到了他仍然充血，但已经完全清醒的眼睛。

"请原谅我，"她说，稍微瞅了他一眼，"我太对不起你了，净给你添麻烦，并且总是用恶行来报答你的好意。"

阿尔曼几乎无法察觉地微微一笑。他动了动嘴唇，轻声说道：

"是啊……有什么比……绑架更具好意的呢。"

✝ ✝ ✝

第二天她跑到高塔的塔顶，阿尔曼送给她的那块移植过来的"花园"已经枯萎了。公主毫不怜悯地把剩下的八朵幸存的花都拔了下来，编成一个精致的花束带下楼去，打算装饰一下阿尔曼的房间。

他坐在自己的箱子上，神情忧郁地盯着受伤的手。他对着尤塔笑了笑——并马上警觉起来。不知为何他的脸色变得阴沉。他转过头去。

公主感到窘迫起来。她又做了什么引起了他的反感呢?

阿尔曼的嘴痛苦地歪斜着，尤塔便认为他又不舒服了。她只知道一种药剂——那就是水，所以她立即把水罐递给阿尔曼，她全心地希望药剂能够起作用。

但喝进去的几口水，看来，并没有起到缓解的作用。阿尔曼呛到了，水溢了出来:

"气味……该死的……尤塔，走开。"

那令人厌恶的花香像糖蜜一样浓，强行窜进了他的鼻孔。他真不想让她看到他的恶心。

公主犹豫不决地换脚站着，在手里搓磨那几枝无辜的花朵。

阿尔曼开始用嘴呼吸，这让他感到好受了一点儿。尤塔瞥了一眼自己的双手——突然意识到自己正在摆弄三根细茎，从根茎上掉落的五个雏菊花瓣已经散落在了地上。

幸存下来的两朵蓝铃花已经打蔫儿了。还有一朵不起眼的淡紫色的有五个花瓣的小花。

受到突然出现的直觉的驱使，尤塔将花朵放到鼻子跟前闻了闻。

啊，是的！那位经常为侍女、公主甚至是王后本人的任性要求效劳的城里的香料商对名声响亮的"慵懒"香水十分自豪，那是他自己用花瓣配制的……

"懒洋洋，"尤塔大声说，"这种小花叫作懒洋洋。人们认为它的香味会使人产生甜蜜的疲惫的感觉，这就是为什么农家女孩会把它别在怀里，高贵的妇人会从宫廷香水师那里订购香水……"

阿尔曼酸溜溜地瞥了她一眼，吸了吸闭着气的鼻子：

"你在说什么？你怎么知道的？"

尤塔用两只手指捏着懒洋洋的根茎——花朵向下垂

着，就像一只死去的小鸟。

"你的那个俘虏身上有'懒洋洋'制成的香水的味道。你不是在做梦，阿尔曼。你不是在说胡话，而是真的感觉到了……"

"我什么都没感觉到！"

他想要从床上一跃而起，但只是勉强站了起来，并且受伤的手碰到了箱子的边缘，疼得他嘶嘶直叫。

"你知道吗？"尤塔低声说，"我的妹妹玛雅小时候曾经梦见过狼。你知道吗，就是童话里的那种可怕的狼。她会在半夜醒来，尖叫着……当时我大约十二岁，天不怕地不怕，我有一根元帅权杖大小的弹弓……我对玛雅说：不要从狼身边跑开。让我们一起面对它——面对面！已经是晚上了，玛雅睡着了，我拿着弹弓随时准备射击……当玛雅开始乱动和呻吟的时候……"

阿尔曼站在屋子中央听着她说话，仍然用两只手指捏着鼻子。当尤塔拉紧想象中的弹弓时，他听得入神松开了手，便马上呛得咳嗽起来。

"我喊道：'玛雅，在两眼之间瞄准！……'当核桃发射出去，烛台便掉在了地上……奶妈惊醒了……而玛雅则继续睡着。直到早上她才高兴地来找我。'它死了，'她说，'狼死了。'你明白了吗？"

阿尔曼将目光从尤塔严肃的脸上转向她手中那朵凋零的花。

"谁教你的？"

"教什么？你说的是用真正的弹弓射一只想象中的狼？没有谁教，就这么发生了。"

"把花烧掉。"阿尔曼要求道。

"不，"尤塔平静而坚定地说，"你有你自己的狼，但你并不是一个小女孩。你总是跟这位古代的公主强调：走开吧，我没碰过你……你不要把她赶走，而是要试着回忆到底发生了什么，那么……"

阿尔曼几个大步走出了房间。他来到楼梯上，那里还没有弥漫着懒洋洋的花香，他朝着门口喊道：

"别像跟孩子一样跟我说话！当我绑架她的时候，你的曾祖父还是个光屁股的小孩呢！我不得不吞掉她，可我做不到！我已经二百三十二岁，我能在一小时之内把五个大村庄烧得精光……我可以顷刻间让三国的首都变为废墟，但这有什么意义呢？"

"石头。"尤塔轻声说。

门外沉默了。

"什么——石头?"

"滚下山的……"

"你怎么知道……"

"你已经说了三天胡话了。"

"你偷听了?"

"那是谁喂给你的水呢?"

"水?"

她听见阿尔曼哼了一声。谈话没有再继续。五分钟后一条龙从塔楼的废墟上沉重地飞起,一只翅膀厉害地颤抖着。

四周寂静,漆黑一片。从蜡烛上淌下的蜡油粘在了墙上。它发出的微弱的光就像是茂密森林里的点点火星。

"快睡吧。"尤塔又一次说。在她的膝盖上放着一个里面塞着懒洋洋花的瓶子。

阿尔曼在黑暗中只能看到她的身影——一个长发披肩的姑娘的身影。她有一头美丽的头发,一绺绺鬈发那么轻柔地散着,那么高傲地垂下……她的脸看不见。不,她的脸甚至很可爱,欢快而若有所思……但现在却看不见。只有她的眼睛和牙齿闪着微光。

"你睡吧,阿尔曼。想想那一天。"

回想那一天……这并不容易——他的一生都在驱除这一记忆,现在却要试图重新召唤它……

"那天早上你做了什么?"

早上灰蒙蒙的,下着小雨,他决定不再等待解救的骑士了。这是他的第一个公主,他马上就要吃掉她。这就是为什么他整个早上都激动地等待着晚上的到来。

他还不习惯一个人。他的父亲长眠于海底,他的祖父也是——当他感觉到了死亡的临近,便飞离岸边,尽可能飞得更远……阿尔曼走进地下密室,重新读了一遍氏族的赠言:狩猎成功。

"怎么俘虏她的,你还记得吗?"

事情发生得简单、迅速而平常。她在一个女仆的陪伴下在花园里散步。他一开始抓到的是女仆,但他正巧看到了她女伴的头发上有一顶装饰的小王冠。女仆被放回草地上,立即躲进灌木丛中,从草丛里喊道:"公主来了! 不是我,不是我! 这才是公主殿下!"

公主没有抵抗。她像一块破布一样无力地垂在他的爪子里,但他仍然很紧张,担心把她掉落或把她抓得太紧。

王冠掉落在空中,她红色的头发披散开了。他把她放在仪式桌的中央，就像祖父教他的那样。

"……你睡了吗，阿尔曼？"

"没有，"他低声说，"给我……花。"

"现在？"

"是的。"

尤塔摸索着拔出空瓶子上的木塞。但是拔不下来，尤塔便用牙咬。终于传来声音不大的砰的一声，一股香味——一种叫懒洋洋的花香味便从狭窄的瓶颈里流淌出来。

阿尔曼感觉自己在黑暗中看到了这股香气的流动。它这就飘散到了他的脸上。他屏住呼吸，准备深吸一吸气。

没有感到恶心。他记忆中的画面一下子复苏了，靠近他，有了色彩，声音，有了血肉。

他看见自己的尖爪贴近她的脸颊。她脸色苍白，毫无生气，但她的嘴唇在动，他甚至能辨认出含糊不清的词……

他很清楚下一步需要做什么。他的钩爪简直就是形状理想的刀。他的门牙像尖刺一样锋利。

她散发出懒洋洋花的香味。"慵懒"香水，或许那时它有另外的名字。还有，她很温暖。即使不碰她的皮肤，他也能感觉到她的温暖。

她长久又时断时续地抽噎着。一只锋利的爪子伸向她的胸部……

"一个年轻的生命……一个处女……戴着桂冠的猎物……让她赋予你强大的生命力，让它赋予你快乐和青春……"

……阿尔曼推开懒洋洋花和尤塔的手。他浑身颤抖，在半明半暗的光线中，他垂下眼睛，端详着自己的膝盖，那膝盖就像沸腾的大锅的盖子一样颤动着——这就是他颤抖的样子。他的脚敲打着箱侧，他已经完全无法控制自己。

"阿尔曼？"尤塔惊恐地问。

他想要回应，但他那绝望的咯咯作响的牙齿差点儿没咬到舌头。

"你想起来了？"尤塔尽量掩饰着自己的恐惧。他在黑暗中摇了摇头。

他像一个落汤鸡，从头到脚都被冷汗湿透了。他听到自己的心脏变换了位置，不知为何跳到了喉咙，惊恐不安地怦怦跳着。

"该怎么办呢？"尤塔强忍住眼泪，"你感觉不好吗？再回忆一下吧，想想吧！"

他紧紧握住她的手腕，尤塔手里仍然攥着那朵花。他把花举到自己面前，又吸了一口气，强迫自己闭上眼睛。

黑色。全都变黑了。红色的斑点。黑暗。

……他的爪子合拢了！合拢起来夹紧了牺牲品，把她拖走……

他带着她飞走了——耻辱！他把她带离了城堡，她不知为何直到现在才决定进行反抗，扭动着身体想要挣脱。他把她带到一个村落郊外废弃的采沙场，把她丢进一堆被雨水冲蚀的黏土上。顺着布满棕色坑洼的斜坡，顺着泥泞、肮脏的斜坡不成形的泥块滚下来。那是一堆堆泥土，仅此而已。

"……阿尔曼！"

尤塔的手里紧紧攥着蜡烛，甚至都没有注意到流淌到手指上的滚烫的蜡油。

"我好害怕……你的脸色如此……"

枯萎的其貌不扬的小花掉落在了地上。

阿尔曼感到很轻松，那种感觉就像在童年的时候，就像在甜蜜醉人的梦中感觉到的那种轻松愉快的感觉。一切都很好，一切都还能变得更好……噩梦将被遗忘。泥团？它们滚下去，滚到谷底，消失在泥土里……他的意识里再也没有那根尖刺了，一个巨大的重量从他的肩膀上卸下来，解除了他对仪式室的恐惧。

阿尔曼傻笑一声，他抱着尤塔的肩膀，像哥哥一般吻了她的脸颊，就在嘴角旁。

她用瞪得圆圆的、充满赞赏的眼睛看着他，但他在黑暗中只看到了两点明亮的星光。

✢ ✢ ✢

尤塔顿悟了。

她在地下密室里的辛苦劳作，在火把烟雾缭绕的微光下度过的日日夜夜，红肿的眼睛，冰冷的双脚，每每破解一言半语所带来的兴奋和陷入绝境的绝望，甚至还有那只不知从哪个洞里突然钻出来的把公主吓了个半死的胖老鼠——所有这些合在一起奇迹般地促成了顿悟。扫了一眼预言书，尤塔突然怀着神圣的恐惧意识到，异族的符号她现在可以理解，能读懂了。

她激动得差点儿不小心使火把从手中滑落。然后，可能是被吓到了，尤塔转身跑开了——她跑出地下密室，来到地面上。

阿尔曼不相信。

他已经习惯于她无边无际的想象了，什么都不想再听了。你都读过了？都破解了？先把你鼻子底下的黑烟擦掉吧，要不你看起来就像烟囱里的老鼠一样脏……

她简直已经处于发怒的边缘了，这时他终于从舒适的椅子上站起来，笑了笑说：

"那就带我去看看吧……"

拿上火把之后他们便一起前往地下室。在路上尤塔变得更加镇定，更加自信了，而阿尔曼则相反，不知为何紧张起来，他责怪自己的喉咙干了，手掌也湿了，心里越来越紧张。

他们到了。

刻着预言的平坦的、立放的石头上投射了两个阴影——来自尤塔和阿尔曼的火炬射出的火光。刻上去的符号很漂亮，但看起来像是难以辨认的连字——至少在一个没有经验的人看来是这样的。

在阿尔曼看来就是这样的。他用讥讽而怀疑的眼光斜眼瞄了公主一眼。

"这里说的不是关于所有人，"尤塔低声说，"首先：'荣耀属于勇敢的萨姆-阿尔'"。

"显而易见，"阿尔曼尽量装出一副漫不经心的样子，努力控制自己的声音不颤抖，"这我也能'破解'。"

"然后，"尤塔换了口气，"然后，按顺序……'第四十三代哈尔-安恩。'"

这是个恶作剧，阿尔曼想，一个玩笑。即使哈尔-安恩的确是第四十三代龙——那又怎样？

"在这里，"尤塔咬着嘴唇，"这像是一个预测……一个警告……你知道这个……哈尔-安恩发生了什么吗？"

"知道。但我不会告诉你。接着读下去。"

"现在……把火把拿近些……也就是说……成功了……还有，勇敢，老年，生活……哦，他可以活到老，如果……"

她的脚被绊了一下。阿尔曼沉默着。火把劈啪作响。

"这就结束了，我的预言家？"他终于笑了笑。尤塔转过头来，他看到她皱起的眉毛之间的两道皱纹——这使公主显得异常严肃：

"这里……我读过了，但无法理解。'龙的祖先。'哈尔-安恩如果不去拜访这位……祖先的话，他就会活到老……"

她陷入沉默，带着关切和一点点歉意。阿尔曼望着她，望着她背后的那块石头，望着舞动的影子——一种敬畏和恐惧的感觉油然而生。

难道是真的？

"龙的祖先，"他听到了自己嘶哑的声音，"是传说中的祖龙。拜访祖龙意味着踏上遥远的朝圣之旅，前往传说中的那个我们的祖先出生的地域。哈尔-安恩，第四十三代龙没能从朝圣中归来，也几乎没有龙回来过……"他深吸了一口气，"现在你告诉我，你是怎么知道这一切的？是我告诉你的，还是你在什么地方读到的？"

"是我读到的，"她小声说，"在这里。"

阿尔曼用疑惑的目光久久望着那块覆盖着文字的石头，简短地要求道：

"继续读下去。"

尤塔清了清嗓子。她向前倾着身子，微动嘴唇，最后终于小声地说：

"就是说，如果哈尔-安恩不……去朝圣，他就能活到老年。然后是第四十九代，利尔-伊尔。他注定不幸。"

一片寂静。

"完了？"沉默过后阿尔曼问道。

"完了，"尤塔点了点头，"他发生了什么事儿？"

"他英年早逝，差点儿在决斗中败给他的弟弟。他撞到悬崖上死掉了。他曾是一个彪悍而莽撞的人。"

"明白了……阿尔曼，你难道知道两百位祖先每位的一切吗？"

他站在那里，放下火炬，他的眼睛没有与尤塔对视，而是越过她的肩膀，看着造型别致的石头。

也就是说，这是真的了。他突然意识到这一点，但为时已晚，他所有的经验都愤怒地抵抗这种意识，但预言就摆在这里。这个女孩的眼睛里闪烁着兴奋的光芒，他还曾嘲笑她在壁炉边的墙上刻满了"天空""不幸""欢乐""死亡"的符号……

"你真的能看懂吗？"他低声说。

"这就是我要告诉你的！"尤塔惊呼道，显然没有意识到自己的发现是多么不可思议，"我们再往下看吧：第五十八代……桑-伊尔。这里有一个死亡的符号……很早……也许是很早就死掉了，过早去世，如果……他对待不敬……他父亲的父亲的父亲……也就是曾祖父，是吗？"

她满脸疑问地盯着阿尔曼，期待一个关于桑-伊尔命运的故事，但阿尔曼沉默着，用手拂过石头上的文字，并用手指重复着这些字迹。终于，尤塔听到了低沉的声音：

"我不相信。告诉我你是怎么做到的。"

她有些被激怒地摇了摇头。然后，她像一位精力充沛的教师一样，指着一排复杂的符号说：

"这些棍子是数字。我一开始就破解了这些数字，在房间中央有一根柱子，上面写着数字，既用我们的文字，也用古代文字……这里——写的是第五十五代祖先……名字都是用相似的风格写的，仔细看，你自己就能认出来：扎尔-阿尔……三个钩——是'将会'，这些环扣是'死亡'。"

阿尔曼的脸看起来冷冰冰的，但已经对他十分了解的公主很容易就看出在他冷静的外表下所隐藏的感情的风暴。

"很有趣，不是吗？"她漫不经心地问道。他所有的嘲弄和鄙视现在都被变本加厉地报复回来了，尤塔正陶醉在她的胜利里，这时阿尔曼突然意识到了什么：

"死亡？扎尔-阿尔——死亡？但他比他的曾孙们活得还要久，是寿终正寝，安详地死去了！"

尤塔呛得咳嗽了一声，更靠近石头，转过头去，嘴唇快速地念叨着。她圆圆的眼睛闪烁着首次发现的喜悦：

"这里有一个条件！扎尔-阿尔会死去，如果……你看到了吗，上面有个连字符——这是如果的意思。如果……在他的翅膀上落着一只……鸟……白色的……这个符号我不认识，难道是海鸥，是吗？白色的海鸥……但是海鸥从来没有落在他身上，这就是为什么他能活到老！"

"继续读下去!"阿尔曼要求道。尤塔频繁地眨眼睛,把火把拿得更近了,她用手拍了拍石头,好像要抖落看不见的灰尘……然后她突然僵住了。他看到她那瘦削的肩膀突然低垂下去。

"阿尔曼,"她说,并没有转过身来,但在她的声音中已经没有任何喜悦和愉快的能量,"这可以连续读上很多天。但是最后一行……"

她犹豫不决地沉默着。他明白了。

"关于第二百〇一代吗?"他的嗓子干了。

她点点头,仍然没有看他。

"你想要现在就读吗?"他小声说。

她慢慢地转过来。不,她并不想这样做——否则,这死一般苍白的面色从何而来,甚至在墨水一般浓稠的黑暗里他也能看得到。

"你自己决定……这是你的城堡,你的密室……你的祖先……命运,也是你的……"

"你之前说,上面也提到了你。"

她舔了舔嘴唇,点了点头:

"如果这里甚至连一只海鸥都提到了的话……龙的死活——取决于一只愚蠢的鸟是否落在他的翅膀上。而我不是一只海鸥。我是一个人。"

"人。"他无意义地重复着，就像一个回声。

公主突然长出了一口气：

"你知道吗，让我们离开这个阴冷潮湿的地方到上面去吧……吃点晚饭……我好像感觉饿了……然后我们再决定……是否应该读这个……我们可以明天回来，或者干脆不再回来……那块石头已经等了我们几千年了——它还可以再等等，对吧？"

他茫然地点了点头。

他们转身背对着平坦的石块，走开了。沉重的，刻着古老文字的石柱就像是某个被施魔法变成石头的怪物一样在黑暗中浮现，又好像立刻便要消失在黑暗中。他们黑色的、颤动着的影子藏在沉重的石头后面，就像传说中森林里的精灵躲在树干后面。

他们两人都沉默着。从前面看不见尽头的走廊里隐约射进来一丝光亮。

阿尔曼停了下来，像是犹豫不决的样子：

"预言有什么意义，尤塔？"

"我怎么知道？"她无精打采地回答，"我知道的并不多……但我知道，人们并不喜欢先知。"

一只蝙蝠从他们头上掠过。

"你知道吗,"尤塔小声说,"预言也有不同种类的……一种命令道:什么什么的一定会发生,不管你想什么办法都无法避免……另一种……另一种则会说:会发生的,如果……那么就是说有一部分也是取决于你的。你明白吗?"

"有什么不明白的。"阿尔曼挥动着他的火把,影子在墙上飞舞着。

尤塔沉默着。然后她突然笑起来:

"我们国家里有个人……好像是个居无定所,住在洞穴里的隐士……他什么都预言:又是瘟疫、又是火灾、又是地震的,什么皇宫会在星期五坠入地下……结果呢,什么都没发生!还是照样的丰收,阳光明媚,天气晴朗。"

下午和傍晚他都在海上盘旋,忧心忡忡的尤塔拿着火把跑到塔顶上……第二天早晨,他带着一丝微笑说:

"我把一位女先知带到城堡里来,这是命中注定的。"

沉默。

"完了?"尤塔问。

"完了,"阿尔曼叹了口气,"龙是不会像公鸡一样把头藏在翅膀下的……"

"像母鸡。"

"像母鸡。并且龙也不会垂头丧气的。龙是……真正的男人。走吧，去看看，那里写了什么。"

他们紧紧挨着彼此，但尽量不相互对视，拖着沉重的脚步走向地下密室——那个堆放着写满古老文字的石头的房间。

文字一直延伸到离石头地面一指宽的地方——尤塔不得不跪下来，几乎是躺着阅读底下的文字。阿尔曼把两支火把举在她的头顶。

"你的祖父……"尤塔以毫无生气的声音开始说，"阿尔德-伊尔……他年轻时会赢得荣耀，然后是考验……他的后代……看起来会给他带来痛苦。他会在年迈时死去，但不会幸福。"

"完全正确。"阿尔曼低声说。

尤塔在石头地上焦躁不安起来，阿尔曼看到她用手盖住了最后几行，不让自己看见，试图看向别处：

"而后是你的父亲，阿克尔-安恩……邪恶的命运……活着的时候饱受痛苦……死于天火。"

"都正确，"阿尔曼声音沉闷地说，"继续读下去。"

尤塔短促地叹了口气，猛一下子把手从石头上移开。

"第二百〇一代，阿尔姆-安恩……"她的语气比自己想象的更加坚定。"二百〇一代……"她沉默了。她低低地趴在地上，浓密的头发扫过冰冷的石板，鼻尖几乎触碰到了石块。

"怎么样？"阿尔曼声音嘶哑地问。

她抬起了那双瞪得圆圆的、疯狂的，但完全是充满着幸福的眼睛：

"快乐和幸福！你是条坏龙，笨脑瓜，长着翅膀的毒蛇，能飞起来的壁炉！寿命很长……在早年——会焦虑和不安，但只是在早年！然后是——爱……这个符号我甚至没有马上辨认出来，吓了一跳，要知道'爱'在这里是如此罕见……爱，好运，安宁，快乐，幸福……完全、完全是很大年纪了才死去，如果……"她深吸了一口气，阿尔曼得以借机让自己冷静下来，插上了一句：

"如果？！"

尤塔不以为然地摆了摆手。

"那当然了，是有条件的……这里总是有条件的……比如海鸥落在身上还是没有落在身上……"

"那是什么呢？！"

"条件是——不要与海中的怪物为伍。等等，我再解释一下……"她又俯下身子来研究那些文字。"不要和他们打交道。不要交朋友。不要争吵。什么都不要分享……海怪——是谁？"

阿尔曼笑了起来。他笑得那么开心，甚至是在小时候也从未有过这样开心，石室用惊讶的回声回答了他。

"这是……尤塔，愚蠢的……这是对于所有龙的一条戒律……要警惕尤克卡的后裔……这也算是一项，条件……"

他抑制不住地狂笑起来，公主第一次看到他大笑的样子。她从冰冷的石头地上抬起头来望着他，在两支火把的照耀下，他看起来突然就像大海和太阳一样永恒而不可摧毁。人类是怎么样的？他们出生了，然后又死去了，但那些能预示自己几千年之后的命运，在他出生之前，就有数不清的同样强大的祖先的生物又是什么样子的呢？对于世界来说她，尤塔，是什么，阿尔姆-安恩——又是什么……任何一个国王，任何一个巫师都不能与之相比，而他却把打猎捉到的山羊带了回来，还写三言诗，现在……

她的思绪被一种极不寻常的方式打断了。阿尔曼扔掉了一支火把，然后用空下来的这只手把她从地板上抱了起来，搂住她的腰，把她扛到肩上。

"那么……我欠你的，公主。我将实现你的一个愿望。

你想要什么？"

他把她扛到门口，火把在他的肩膀上跳动和摇晃，尤塔也在他的肩膀上跳动和摇晃，她抓着他的衣服，用她的小拳头打在他结实有力的背上：

"放开我！"

"这就是你的愿望吗？"

"不！"

"只能完成一个愿望！你想想吧！"

粗矮的柱子不停地闪过，阿尔曼的步子很轻盈，就好像他抱着的不是一个人，而是一只松鼠或小猫。尤塔渐渐安静下来，找了个舒服的姿势，把脸贴在阿尔曼的脖子上……

当他们走到地面上的时候，她对着他的耳朵低声说：

"让我骑在你的背上吧。求你了，阿尔曼！你答应了的。"

✛ ✛ ✛

他几乎感觉不到她的重量，但他背上两侧那骨瘦如柴的脊骨由于不习惯的触碰而颤抖着，几乎失去了知觉。公主拴着三根结实的绳子，坐在龙的肩上。

他慢慢地盘旋着飞起来。这一天风平浪静，但是天空中很冷——他让尤塔用他们在城堡里能找到的所有破布裹住自己。现在，在天空中，他一直感到十分紧张——他那结实的翅膀是不是用力太大了？坚硬的鳞片是不是伤到了公主？她会感到头晕吗？他下意识地时刻准备着在女骑手栽下去之后便立刻向下俯冲。

起初公主很安静。也许她不悦地想起了自己被抓在龙爪里的那次经历？阿尔曼克服着耳边呼啸的风声，可怎么也听不到什么其他的声音。他担心起来，时不时地把长脖子上露出獠牙的头转过来——但只能用余光瞥到一眼小小的公主。她仿佛冻住了，紧紧贴在他坚硬的后背上。

而后他的后背感到了一阵坐立不安，最后，一声长长的欣喜若狂的叫喊声冲破了咆哮的风。

毫无疑问，这声喊叫是欣喜若狂的。阿尔曼总算松了一口气。他不再小心翼翼地警惕着，而是盘旋着越飞越高。

断断续续的锯齿状的海岸线消失在远处。被海浪拍击的岸边看起来就像是一条妩媚的花边，而大海本身在地平线上弯曲成弧形，就像是一个温顺地、懒洋洋地伸展着的动物。远方闪烁着白帆。

阿尔曼调转方向，在他的眼前出现了一座长长的镰刀形的岩石半岛，城堡的废墟就坐落在它的边缘。他又转了个弯——城堡的另一边展现在眼前，残存的几个塔楼绝望地伸入天空中，一个黑洞——便是龙门。又是岸边。再往远处，在尖锐的岩石中间有一具沉船的骨架——光秃秃的桅杆像一个瘦弱的刺猬身上的刺一样，直愣愣地伸出来。

地面有些摇晃。阿尔曼飞离了海岸，向着海面，向着黄昏时分低矮的太阳飞去，沿着夕阳照耀在海面上闪闪发光的光束飞翔。兴奋的叫喊声越来越大。

他从来没有想过一个人第一次飞上天空会是什么感觉。正是第一次的感觉，而被龙爪紧紧抓住的那次疯狂的旅程并不能算……他已经不记得自己的第一次飞行，他认为那是意料之中的，甚至是一种负累。现在，他被一种突如其来的感觉所感动，他仿佛透过尤塔公主的眼睛看到了大地和天空。他看到了，一阵突如其来的喜悦的振奋几乎使他的喉咙喷出一团火来。

他又冲上天空。尤塔被压力挤进了鳞甲里，迎面呼啸而来的风像是一堵紧绷的寒冷的墙，使得她几乎无法呼吸。她的手指紧紧地抓着龙的脊背，三根绳子绷得直直的，将公主拴在骨制的鞍上……大海像盘子一样翻滚着，扑通一声栽倒下去。在翻滚的海浪声中，很久以前听到的几行字在她的脑海中翻来覆去："大地滑落……就像偶然掉落的酒杯……"

刹那间，一切都消失了，天空布满了乌云。尤塔咳嗽了一声，但就在下一刻乌云已经位于下方——那是一团云，一团小小的、圆圆的云。从上面看起来它就像是理发师碗里一团蓬松的泡沫。一转身，龙又钻了进去，就像从上到下钻进了棉絮里，尤塔感到十分惊讶——为什么云彩摸起来既不柔软也不温暖……

龙放平身体，展开翅膀。他的身体僵直着，开始向下俯冲。尤塔又看到了地面，这一次是棕色岩石的地面，到处都长着红色的灌木。在岩石和灌木丛中，野山羊的白色脊背惊慌地四处乱窜。

龙向下滑翔着，他的翅膀轻轻地抖动着，捕捉着温暖的气流。尤塔突然感到她的身体仿佛失去了重量，她像是失重了，头发在头顶上飘扬，她已不再是公主——而是在龙背上飞翔的有翅膀的新生物……

阿尔曼越飞越低，灌木丛和零星的几棵树木在大风中弯着腰，风的强度几乎和飓风不相上下。整块的泥土在空中飞舞，被折断的枝叶在空中飘过，野山羊被风驱赶着在平原上跑向四处，轻盈得就像是纸球一般。一阵刺鼻的龙的味道朝着尤塔扑面而来——那是强大有力而又兴奋不已的龙的味道。阿尔曼飞得很低，他的翅膀几乎碰到了草地，而后他重又飞上了天空。

太阳渐渐西斜。薄薄的、透明的晚霞已经在指定的地点等待着太阳。已经冷却的圆盘将自己裹在粉红色的织物里，渐渐下沉。在尤塔的背后，西边地平线上金色的天空变成了冷冷的淡紫色。随着光的改变，整个世界也都变了。

太阳落山了，从凹凸不平的山脊背后突然射出了最后一束光——暗淡的，绿色的，就像是春天的一根草茎。"这就是晚上了。"尤塔心中默想。

她已经不记得过去了多久。她几乎忘了自己的名字。一想到人不飞上天也能活着，就会觉得很奇怪，简直是亵渎神明。而她自己——一个在皇宫里长大的女孩，一个被龙掠走的女孩，飞上天空之前的尤塔——对于飞上天空之后的尤塔来说好像是另一个人，几乎是一个陌生人。

阿尔曼又在飞向什么地方——公主已经不知道他要去哪里。天空熄灭了灯光，大海也黯淡下来，橘红色的月亮升到了远处弯弯的地平线上。一条小路从月亮那里散落到水中——就像太阳下的那条小路一样，但是更加柔和，更加神秘。

龙在一个只有他才看得见的东西的上方盘旋，然后又盘旋着下降。

尤塔看到下方并不是城堡——城堡的灯塔在远处闪烁，虽然很小，但能够清楚地看到。阿尔曼沿着悬崖下降，但公主已经没有力气去惊讶——她突然感到了完全的空虚。

一个震动——锋利的爪子在石头上发出刺耳的摩擦声。龙下降到了谷底，安稳地落地后，他把双翅收在两侧，用疑问的目光看了看仍然僵坐在背上的尤塔。

她坐在那里，脸色苍白，目瞪口呆，她的手指还紧握着，嘴巴还张着，他不得不摇晃了一下，以表达想让女骑手下来的意愿。

这好像并不那么容易。她甚至没有注意到自己的手指已经冻僵了。现在，她哈气暖手，费力地弯曲着手指，再痛苦呻吟着把手指伸直。她被三根绳子混乱地缠着，她试图松开那些紧紧的绳结，她感到自己被风吹干的脸是多么灼热。

阿尔曼耐心等着她挣脱出来，再从他的背上下来。最后，她的脚滑了一下，寻找着支撑，在龙的侧脊她抓住了突出的鳞片——尤塔公主一下子就滑到了阿尔曼的肚子底下。

他小心翼翼地迈过去，走到一边，变为人身——公主甚至还没来得及感叹一声"啊"。

"喜欢吗？"他问，非常干练地把三根绳子缠在一起。他看上去并不累，也没有气喘吁吁，他的声音也不比平时更沙哑。

公主深深地叹了一口气。她想要站起来，但又坐到了石头上。她挥动着颤抖的双手，不知道该说什么：

"阿尔……你是怎么……你是如此。"

可能她想说的是，直到今天她才真正出生了。也许她想问的是，为什么有翅膀的生物还会回到地上来。也许她想要向他宣告，她已经成为另外一个人——阿尔曼只能猜测，因为从公主的嘴里只发出了断断续续、兴奋不已的音节，双手则不受控制地拥抱着空气，就像是在夸耀自己捕了许多鱼的渔夫。

终于，她所有的感情都发泄出来了，平静了许多。公主环顾四周，用目光扫过环绕峡谷的悬崖锯齿状的边缘：

"我们……在哪里？为什么到这里来？"

他什么都没说，而是拉住她的手。她已经习惯于相信他，或者只是因为她太累了——她什么都没再问，直到两人爬到了悬崖的高处，并重新看到了城堡、大海和初升的月亮。

"看……"阿尔曼指着远处的什么东西。仔细一看，她看到了一个巨大的巢穴，在黄昏中可以清楚地看到里面装满了某种白色的东西。

"这是卡里敦鸟的鸟巢，"阿尔曼笑了笑，"它们都已经飞走了。我从上面看到的，现在巢都空了……一直到春天……"

尤塔站着，已经顾不上惊讶。她很冷，浑身发抖，她双臂抱着肩膀像是控制着自己不颤抖。

鸟巢有一个小广场那么大，是圆形的，四周是连根拔起的灌木丛编成的高高的边缘。鸟巢底部被一层白色的东西所覆盖，在岩石中间到处分布着像雪堆一样的白色的东西。

尤塔舔了舔干裂的嘴唇，并以虚弱的声音问道：

"那是什么……那里？粪便吗？"

阿尔曼气愤地哼了一声。

她费力地跟在阿尔曼身后，从一块岩石跳到另一块岩石。他搀着她坐在鸟巢边上。干枯的树枝发出吱吱嘎嘎的声音，但还是撑得住她的。卡里敦的幼崽不见得比尤塔轻。

再走一步——柔软的、温暖的、耀眼的白色便将她的膝盖淹没了。

卡里敦鸟的羽毛！

尤塔又向前迈步，便跌倒了。羽毛包围了她，裹住她，立即使她暖和起来。她转过身来，看到被她的跌倒而震动得浮起来的羽毛在昏暗的天空中飞舞。

"他们把幼崽都惯坏了，"看不见身在何处的阿尔曼说，"虽然刚孵出的小鸟非常虚弱，光秃秃的……但还有什么比这秋天的卡里敦鸟巢更好的呢？过一阵子就会经常下雨，羽毛都会变得湿漉漉的，粘在一起……"

尤塔想起了玛雅公主的奶娘。那个老太太总是重复地说，那些乖巧的女孩子死去后，将可以在云中漫步……

"也许，我已经死了，阿尔曼？"她困惑不解地问。

他显然被弄糊涂了，过了一会儿才问道：

"什么？"

"的确，我并不是那么听话……"尤塔喃喃地说，闭上了眼睛。

月亮已经升上了天空——尤塔仰面躺着，看得很清楚。天空中布满了星星。长长的云朵排成了蜜路闪闪发光。羽毛还停留在空中不肯落下来，月光使每一根羽毛都像星星一样闪亮。

尤塔早已分不清哪里是梦，哪里是现实。白色的羽毛使所有声音都黯淡下来，每一个动作都会引起一场星光的风暴……尤塔用胳膊肘撑起身子，站了起来。

月亮明亮地照耀着，鸟巢坐落在悬崖山脊的高处，周围的峡谷被暗淡的白月光照亮。远处是曲曲折折的阴影，城堡的轮廓像一个纸板雕刻的剪影，幽暗的天空十分深远……

尤塔转过头去。阿尔曼站在离她几步远的地方。

他是这个梦幻般的夜的世界的一部分，他的身影与远处城堡的轮廓吻合，他一动不动地站着，仿佛在仰望星空。

尤塔迈了一步——失重的羽毛又飘舞起来。公主胆怯地停了下来。

"看到那三颗星星了吗？"阿尔曼站在天空下问，"这是祖龙的光环……看，尤塔，今晚特别的亮……"

他把胳膊举得高高的，用又细又长的手指指着天空。

尤塔想要仰望星空，但只看到了他的手。为了摆脱自己的窘迫，她用沙哑的声音不合时宜地说：

"我们就没有……这些星座……我们只有——蜗

牛……蜜蜂……凤头戴胜鸟……白猫……"

阿尔曼似乎很惊讶。他转向尤塔——她便看到月亮柔柔地映在他的眼睛里。他怀疑地问：

"蜗牛？蜜蜂？"

"还有鸭掌……猫头鹰……"

白色的牙齿在黑暗中闪闪发光——阿尔曼笑了：

"有趣……"然后他又转向天空，举起手臂，好像在召唤别人来见证：

"看……这是'龙的决斗'……那是'燃烧的山脊'……在那里，'尤克卡的征服者'正从海面上升起……只是现在还看不清楚。五颗星已经升上天空，还有三颗还在地平线下面……"

"你会活得又长久又幸福。"尤塔突然说道。

阿尔曼叹了口气，把目光从天空中移开。他严肃地看着尤塔的脸：

"你也会的。"

她想开个玩笑：

"关于我可什么都没说……预言里……"

他仍然十分严肃地看着她：

"说了。"

羽毛落下去了，落在了他们的肩膀上。在巨大的月球圆盘前出现了一只蝙蝠的黑色身影。它振翅一飞，又消失了。

"我们在云朵里，"尤塔说，"我们未经允许钻进了云层。虽然与想象中的完全不同，在云朵里很冷，而且一点儿也不舒服……你认为卡里敦鸟会回来吗？"

"在生命中，"阿尔曼有些取笑意味地回应，"没有什么会简简单单地回来。"

她的膝盖软了下来，整个人又陷入柔软的白色羽毛中。一小团云遮住了月亮，星星发出了更亮的光。虽然尤塔看不到阿尔曼，但有一种不是用眼睛看到的直觉，让她确信他就站在离她两步远的地方，并凝视着大海。

"阿尔曼……现在我明白了……我不应该出生在人类中间……我应该……我应该出生在龙之中……"

他笑了笑，带着嘲笑和悲伤。尤塔看不见他的笑容，但知道他在微笑。

"在龙之中，"他慢慢地说，"已经很久没有谁降生了。"

月亮还没有从乌云后面露出头来。这条长长的蜜路就像是卡里敦鸟的第二个巢——只是是在天空中的。

"我们把这片星云叫作'蜜路'，"尤塔低声说，"你们叫它什么？"

"我们叫它……"阿尔曼沉默了一会儿之后说，"我们把它叫作'火焰的呼吸'。"

他弯下腰，钻进泡沫般的羽毛里——尤塔看不见，但清楚地感觉得到。一片淡淡的云升了起来，在没有月光照耀的时候几乎看不到。

尤塔自己也不知道为什么——她将手臂伸到覆盖着肩膀的羽毛下面。她的左手在温暖而柔软的绒毛里摸索着，突然触碰到了冰冷而坚硬的手指。

公主僵住了。这种突如其来的触碰使她的背上顿时起了鸡皮疙瘩。她本来就已经不安的心一下子就挣脱了锁链，扑通扑通地在胸前乱撞，使得更多毛茸茸的羽毛飞到了空中。不知为何在尤塔看来，这种触碰比骑在龙背上更重要，比所有的卡里敦巢穴和世界上所有的星座都更重要，但她的手麻木了，已经不听使唤。

圆圆的月亮慢慢从云雾中露出头来。

尤塔睁大眼睛毫无目的地望着月亮，她感到阿尔曼的手指小心地握住了她的手掌。

轻微地。非常小心。非常温柔。

而后松开了。

尤塔的手在厚厚的羽毛堆里四处摸索，就像一个迷路的孩子。当她已经失去希望的时候——冰冷的手指又跟她相遇了。女孩呆住了，感觉自己的手掌又湿又热……

尤塔希望这个游戏永远进行下去。但阿尔曼的手比刚才更紧地握了一下她的手指，又像分别时一样突然松开了。他自己呢，寂静无声地躺在她身旁，用一大抱温暖的羽毛覆盖住了她的肩膀：

"睡吧……快天亮了……"

他用手梳理她的头发，好像在抖落纠缠在头发中的羽毛。他的手指轻轻划过她的脸颊……

他的手拿走了。

她忐忑不安、满怀希望地进入梦乡。她看到他的影子一动不动地站在悬崖顶上。阿尔曼望着天上的星星，仿佛在征求它们的意见。

✝　✝　✝

早晨，他把公主带回城堡。他不得不用爪子抓住她——否则，他怎么才能把她放在瞭望塔的塔顶呢？他小心翼翼地把她放在四周围绕着尖刺的平台上，她立刻蹲下，把头缩进肩膀里，以保护自己不受到翅膀扇动出来的飓风的伤害。

他飞到了更高处，公主站了起来，一动不动，孤孤单单，若有所失地站在那里。她仰着头，从下面看着飞翔的龙。阿尔曼看不见她的眼睛。

他朝着龙门冲去，那条通向城堡的黑色走廊在他看来比以往任何时候都要长。他恢复了人身，便立即冲上楼去，但他越走越慢，最后，他停了下来。

高空中的狂风仍在他的耳边怒吼，在他眼前还闪耀着夜空中祖龙的神圣光环，他的指尖并没有忘记羽毛堆里那滚烫的手掌，或覆盖在发热的耳朵上的浓密蓬乱的头发，或像被海水舔净的石头般光滑的脸颊。昨晚的记忆还在他的心里，但他的太阳穴开始痛了起来，在他胸腔的深处产生了一种预感，就像地牢里沉重而寒冷的石头一样，正在压迫着他的心。

他强迫自己继续向前走。在有壁炉的房间里他遇到了尤塔。

她那黑色的宽大袍子粘上了许多绒毛，使公主看起来像一幅布满星星的地图。她仍然是一副孤孤单单又若有所思的样子，她朝他走了一步，停了下来，似乎还没有足够的勇气接近他。

也许她是在等着他说话。或者她更喜欢什么都不说，只是在梳掉头发上的白色羽毛的时候微微颤动着睫毛。

他站在那里默默注视着她，试图弄清——什么改变了？的确发生了某种变化，甚至是现在，在他的眼睛里，也还继续发生着变化——替代慌张的是某种新的感觉，但心慌意乱的他仍然不知道发生了什么……

他深深地叹了一口气，试着微笑：

"你……你冷吗？"

她摇了摇头。阿尔曼不知道接下去该说什么。

然后她把头发从脸颊旁撩开，笑了笑。阿尔曼从来没有见过她这样微笑——这一微笑不仅让尤塔的脸很有吸引力，也让她看起来很可爱。

他突然意识到在他面前的尤塔发生了什么改变。公主只是平静地接受了所发生的一切——认为这是不可避免的、自然而然的、唯一可能的发展结果。

"你，也许，想要休息了？"她温柔地说，"我去拿些早餐来，你呢，先去休息一会儿吧……准备好了我去叫你。好吗？"

"多么轻而易举，"阿尔曼想，"这个小女孩是多么轻而易举地解决了所有的问题。多么坦率而明理，就像……一个女人。"

"好的，"他声音沙哑地说，"你去叫我吧。"

她在他转身走后微笑着。

他在走廊里踱来踱去，在他的耳边还不断回响着那句平静而充满善意的话："我去做早餐，你先去休息吧。"

他们将会一起生活很久——一直到尤塔老去。地下密室里的预言许诺了他将会幸福，甚至把"爱"——这个在古代文献中很少见的词刻在了他的名字旁边……他会带着她在海上兜风……冬去春来，一年又一年，并且，也许，谁知道呢——他们将会……这是一个可怕的想法，但也许这是有可能的？……他们会有孩子……

阿尔曼转过身来，新的走廊突然变成了死路。真想不到，他竟然跑到了北塔，这里几乎是一片废墟，通向这里的路是被砌死的……

他面对着一堵潮湿的墙，这是由粗糙凿成的大石块砌成的墙。这块石头就像是早上在心里压得他喘不过气的那块石头一样沉重而冰冷。

生活中总是如此。满怀着想法和理想，一连串的计划——直到鼻子碰到了一堵厚厚的石墙。

他闭上眼睛，不想看到亮得闪光的巨石。没有法律会允许人类的女儿与龙结合，即使他是龙人。在预言下与他和谐共处的龙人族的两百代先辈，那两百代的凶猛的、毫不妥协的翼龙都会从海底升腾起来禁止这样的联姻。三国也将联合他们的军队反对这样的婚姻。诅咒会把城堡推倒，会埋葬叛变者、不顺从的人、不肖子……

不肖子？他浑身不由得颤抖了一下。

好的，假设他们在一起了，那么那两百代先辈对于最后一代的反叛已经没有任何控制力了……那强壮的树根早已干枯，最后一片叶子已经从树枝上掉落并随风飞走了，阿尔曼喜欢认为风的意志也就是自己心的方向……还可以设想，也许三国将永远不会知道这一切，也许尤塔可以心甘情愿地永远放弃她的亲人们……就算可以这样，但这将意味着她的一生，她整个的生命都将在一个寒冷而凋敝的城堡里度过？这就意味着，除了阿尔曼这个她早已熟悉得不能再熟悉的人以外，她再也看不到别人的脸了。她会在那面昏暗的魔镜前度过数不清的时间，向它乞求所有人都拥有的甚至自己都没有注意到的一点点东西吗？最后，这将意味着她在一个会喷火的龙身边变老，而这只怪兽即使一百年也不会有多大改变……他们不会有孩子，只能自我欺骗……尤塔永远不会有机会哄小孩子睡觉，教他走路。她很快就会意识到自己的孤独……

他转身，踉踉跄跄地像盲人一样走开了。

他是龙，也是男人。他必须要做出决定。他必须要在生活变得无法忍受之前做出决定……

"阿尔——曼！"

她把头发梳得整整齐齐，用丝带把头发扎了起来，腰间围上了一条自己做的围裙，像个女主人一样：

"我到处找你……"

他转过身去，免得看见她那闪闪发光的眼睛。决定吧——就是现在。如果再拖延下去，他就更没有胆量了。

他面朝墙壁说：

"对不起。我得走了。可能要很长时间。"

VIII

我吞下沙子来解渴，

并试图点燃大海。

我幻想着已经忘记了你。

✝

——阿尔姆–安恩

⁜ ⁜ ⁜

第三十九任孔捷斯塔尔国王身材高大，但是一位早已被疾病拖累的老人，他强撑着出席了法庭庭审。他重重地倚靠在他唯一的儿子和王位继承人奥斯汀王子的胳膊上——慢慢地走过铺着地毯的高台，艰难地坐进一把深扶手椅里。

孔捷斯塔里亚国的国王自古以来就担任法官一职。国王经常需要听审诉讼并作出判决。但第三十九任孔捷斯塔尔国王已经无力胜任这一职责，并想把这一职位传给他的儿子，这早已不是秘密。

国王所剩的时日不多了。疾病从身体内部折磨着他，打算毫不留情地夺走他的生命。幸运的是，他的头脑还像原来一样清醒。虽然他的脸因为疼痛而扭曲着，却仍然带着高贵的印记。国王向后靠在椅背上并环视着安静下来的广场。

非常多的人们聚集在广场上，不是因为即将到来的法庭审理，而是想要见到老国王——这可能是最后一次了。

父亲们把他们的孩子们高高举起，为了让他们长大后可以对自己的孩子们说："我在孔捷斯塔尔国王去世不久前见过他！"

奥斯汀生得高大健壮，最近几个月脸上的皱纹越来越多，他单膝跪在扶手椅旁。国王伸出颤抖的手臂，把一块象征正义的干蛇皮披在儿子的肩上。他以这样的方式祝福他的儿子接管今天的法庭会议。

奥斯汀站起来。蛇皮的两条翠绿色的尾巴挂在他的胸前。他手持权杖，站在他父亲的扶手椅后面。这时，市镇广场上爆发出一阵愉快的欢呼声。人们激动地看到，代替年迈、睿智的孔捷斯塔尔的是一位当之无愧的继承人——年轻、强壮而高贵。镇上的女市民们，那些年轻的和成熟的女人都娇羞地脸颊绯红——怎奈年轻的王子是如此英俊！

侍卫将标枪叮当一声扔出去，法庭庭审开始了。

首先走到高台前的是六名德高望重的农民。人群惊奇地低声议论——这样高贵的长者会犯什么罪呢？原来事实是，长者们带来了一份请愿书，他们要求减轻对村社征收的税负。这种请愿并没有什么不寻常之处，即使很少有请愿者成功过，但哪次法庭开庭没有收到过类似的请愿书呢？卫兵们等待着命令，准备把农夫们赶到一边去，但这时奥斯汀王子开口了。

他并没有提高嗓门说话，但全广场上的人都听得很清楚。他提醒大家，就在不久前，由于土匪在这一地区横行肆虐，森林实际上已经无法通行了。他列出了前年遭海盗袭击的所有商船的名字。他问道——为什么森林道路现在又变得安全了？为什么海盗会离开孔捷斯塔里亚国的海岸？难道不是因为武装巡逻队日夜看守着市民们的安宁吗？难道不是因为海岸警卫队抓住并绞死了三个最剽悍的海盗船长吗？

他讲得简明扼要，令人信服。巡逻队和海岸护卫队的钱从何而来？难道从农民那里拿走的钱不是用来保护农民自己的安全吗？或者，也许他们更愿意缴税给土匪——只是要交得更多，而且有时还要付出生命。要知道山里的某个地方还住着龙，海洋里的海怪还没有绝迹……它们也必须被管束！

随着王子说的每一句话，在场的农民们越来越蔫了。最后，他们完全认识到自己是自私自利者和吝啬鬼，认为赶快消失在人群中是最恰当不过的。人群兴奋地欢呼着——王子说得很好。

奥斯汀摸了摸垂在胸前的蛇皮，不由自主地笑了。

接下来是一场诉讼案件。两位男爵争吵起来，两人怎么都不能就各自领地之间的边界达成一致——每个人都想要从邻居手中夺过来一块土地。

两位争论者把一张旧地图带到法庭上。这张地图绣在一大段丝绸上。地图已经严重褪色，折痕处也磨破了，但仍然可以看到精致的边线，右上角那只粉红色的鸽子，还有两座庄园，一座小山，一条小河和一片森林。两个庄园之间的边界已经不在了，撕扯下来的缝线松散地悬挂着。

"请尊敬的殿下注意以下事实……"发黄的卷轴在原告手中晃动，"我祖父的侄子公证了他的权利……"

"但更早前的文件，殿下……安静点，你这只火鸡！"

"我是火鸡？！"

两位男爵扯开了喉咙，用他们的手指戳着精美的刺绣，用各种可能的方式侮辱对方，并不时地恳求国王来主持正义。

奥斯汀似乎有点犹豫不决。两位男爵都有自己的道理。

两位争论者意识到了审判者的困惑，更加倍地努力辩解。又有一些丝线从地图上掉了下去。

人群中有人开始起哄。

老国王虚弱地皱起眉头，并微微地点了点头。奥斯汀靠到国王近旁，老孔捷斯塔尔的嘴唇动了动。他缓慢而清楚地对儿子说着什么，当奥斯汀王子的耳朵紧靠着老国王孔捷斯塔尔的嘴听取意见时，广场上的人们相对安静下来——就连两位男爵也暂时停止了争吵。

奥斯汀挺直身板。他以严肃的目光久久凝视着那两个争论不休的人。他声音洪亮地吩咐人拿上墨水。

墨水马上就送上来了——是从诧异的抄写员那里夺过来的。奥斯汀点头示意，侍卫便把墨水瓶放在高台边上，正对着男爵们的面前。

"用手指蘸上墨水。"奥斯汀命令第一位男爵。

那个人惊讶不已，看着自己的手，然后伸到了墨水瓶里——指甲精心修剪的粉红色小指头小心翼翼地伸到了墨水瓶里。

"好的，"奥斯汀说，"现在画出你邻居领地的边界。"

男爵脸上露出了意欲报复的微笑。他的鼻孔凶恶地颤动着，朝着地图走去——四个仆人把它铺展开来，像一面旗帜一样举着；男爵用蘸上墨水的小指挥动着——地图上便出现了一条新的边界线，这条界线使他对手的领地减少了三分之一。

"很好。"奥斯汀耐心地说。

然后他向另一位看起来有些沮丧的男爵点了点头："现在轮到你了。"

第二个人便乐滋滋地跑到墨水瓶边，把食指用力地插进墨水瓶的深处，差点没把墨水瓶弄翻。然后他赶忙跑到地图跟前对第一个男爵进行了报复，他画出了一条几乎没给对手留下任何领地的边界线。

"非常好，"奥斯汀又开始说话，"法院已经做出了判决。综合听取双方的意见，判决如下，"奥斯汀环视广场一周，两位男爵紧张地喘着粗气，"新的边界将设立在你们自己刚刚划定的地方——每个人都会获得对方给你们划定的领地。双方领地之间的土地将收归政府。判决已经下达，任何人不得违令！"

人群兴奋地喧嚷着，两个出丑的男爵惊讶地面面相觑。其中一个呆滞地用刚刚蘸过墨水的手指搔着鼻孔。

第三个，也是最令人不快的案件是对于一桩抢劫案的判决——一位勇敢的市民在自己家里抓住了入室抢劫的强盗。抢劫犯本应在排水沟中溺水而死，而人群无疑会为这一判决欢呼。然而，奥斯汀迟疑了，用手摸了摸挂在脖子上的蛇皮。

受审者是一个瘦骨嶙峋、看起来毫无长处的小个子男人。他留着稀疏的红胡子，不知什么原因，一边的胡子比另一边浓密很多。他颤抖着，双膝弯曲着，使得锁住他的铁脚镣一直叮当响个不停，弄得大家都想要塞住耳朵。人群怀着蔑视和好奇的心情注视着他。

奥斯汀瞥了父亲一眼——老人沉默着。看来王子要自己做出决定了。市镇广场变得安静。

"判处流放服苦役。"王子叹了口气。

人群爆发出欢快的喧闹声——王子表现得很仁慈。说实话，如果王子表现得严厉果断，城镇上的人们也会同样兴奋。毫无疑问，奥斯汀很受爱戴和欢迎。

最终法庭庭审结束了，市长登上高台。从他那胖乎乎的脸上郑重其事的表情和手里拿着的卷轴来看，这个城市的管理者将要发表致谢辞。

老国王不喜欢听取长篇大论，尤其是那些表示感谢的讲话。如果不是奥斯汀站在孔捷斯塔尔的身后，市长可没有勇气拿着卷轴出现在大会上——什么样的父亲会拒绝听到对他儿子的感激之词呢？尤其是当这位父亲已是一位垂死的君主，而他的儿子则是一位即将登上王位的年轻继承人……当市长向着国王和王子分别鞠躬，展开自己的卷轴并摆出得体的姿势时，他便是这样在心里盘算的。

"尊敬的陛下！"市长开始拖长声调说，"尊敬的陛下！高贵的先生们！善良的市民们！就在刚才，在你们眼前，正义得到了伸张。在这里发表了睿智的言辞，做出了明智的决定，罪恶得到了公正的惩罚，而美德……嗯，美德胜利了。请允许我，代表这里所有的人表达我们的感激之情……"市长的目光与老国王的目光相遇，国王几乎难以察觉地微微皱起了眉头，"让我们对公正无私的陛下致以敬意……"老国王脸上的皱纹更深了，"也让我们对最仁慈、最明智，也是所有王子中最高贵的奥斯汀王子殿下致以感激之情！"

已经开始感到无聊，向四面八方散去的人群重又欢呼起来。老国王的脸上容光焕发，但他努力转过身来，看着他那感到难为情的脸红的儿子。

市长又埋头看着自己的卷轴，所以他没有发现高台底下的卫兵突然躁动起来，他们手持的武器叮当作响，好像是试图挡住什么人，人群的旋涡也旋转起来——从人群最中心的位置突然冒出来一个黝黑的、窄脸的陌生面孔。

"我代表市民，"他的声音有些沙哑，但很是洪亮，"还想代表市民说句感谢的话。请允许我发言，陛下。"

还没有念完稿子的市长被这种无礼和无所畏惧震惊得只顾得上张嘴和闭嘴，像是鱼缸里的一条鱼。然而人群却相反，对这样的转折感到非常高兴，从后面传来令人鼓舞的声音：

"让他说！"

"下来吧，市长，够了！"

"快点儿，先生！"

陌生人推开卫兵的手，跟老国王的目光相遇了。孔捷斯塔尔皱了皱眉，看了看市长，看了看市镇广场，又看了看奥斯汀，然后点了点头。卫兵不情愿地走开了，市长的手里拿着毫无用处的卷轴，像一根柱子一样杵在那里，而陌生人毫不客气地把他挤到一边，走到高台边缘。

"陛下！殿下！老爷们和市民们！"他的声音不大，但就像之前的奥斯汀王子一样，整个广场上的人都听得很清楚，"我代表你们中的许多人表达我的感激之情……我首先要感谢高贵的王子殿下……有人说，三个国家早就没有品行高尚的王子了。你们知道为什么吗？高尚，可能早就把他们推向了危险，使他们为解救半年前被龙俘虏的不幸的公主的生命和自由而战……"

人群骚动起来，不知道是羞愧还是愤怒。站在父亲身后的奥斯汀已经呆住了，而孔捷斯塔尔从讲话的最开始就一直低垂着头坐在那里，没人能看到他的脸。卫兵们把讲话者团团围住，时不时地看着国王，等待着他的命令，随时准备把他绑起来带走。但仍然没有命令。

"人们就是这么说的！"陌生人提高了嗓门，"但我们中没有一个人会听这种胡说八道。当然，在古时候，人们的确是会去解救公主的，而不是把她们留给那个怪物作玩物。但在古时候还曾经有骑士——哦哦！他们救了公主，还会把龙的头挂在长矛上带回家……但这都是在过去！而如今谁敢去责备这位不愿与龙作战的王子呢？没有人，我亲爱的先生们，因为与龙搏斗真的很可怕！"

人群吹着口哨，嬉笑着，叫嚷着，但要笑声立刻停止了，被一片致命的寂静所吞噬。

"也许你们中的一些人，亲爱的先生们，甚至还不知道上孔塔国的公主在半年前被绑架了？我明白，现在每个人都忙着自己的事儿，而那个不幸的女孩可能已经不再等待她的拯救者——她可能已经被杀害，折磨致死，她可能死于痛苦和绝望……所以现在，先生们，我们当然没有理由责怪我们的王子——不仅仅是我们的王子，而是任何王子——责怪他的懦弱……因为这不是懦弱，这是明智的谨慎。难道殿下不是已经证明了他在真正国事上的无上智慧了吗?"

"滚出去,你这个骗子!"人群中一个女人歇斯底里地尖叫着,"滚! 闭嘴! 闭嘴!"

人们向她发出嘘声。

奥斯汀像埋入土里的柱子一样站得笔直。他的脸就像面具一般纹丝不动,被红白相间的斑点所覆盖。他的脸上、脖子上,甚至手指上都有斑点,王子自己并未发觉,用手拽着王座上的褶子边。

陌生人悲痛地挥舞着双臂:

"但我亲爱的市民们,尊敬的陛下和王子殿下,我是来致谢的……为了表达我的谢意,仅此而已! 让我们感谢奥斯汀王子完好无损地活着,和我们在一起。至于年轻的公主……损失并不大,的确如此。并且,她还是另一个国家的。"

广场上的人们不敢正视前方。最愚蠢的人,大部分是儿童和少年,大声问他们身边的人,那个无礼的家伙在胡扯些什么。有几个人悄悄地从人群中走出来,很快就走掉了。人群变得稀疏。高台边的卫兵们眼神阴郁地相互对视着。

奥斯汀听到了低声耳语和窃窃私语。人群中突然的一声讥笑就像打了他一记耳光一样，在每个投向王子的目光中都隐约让人感到些许的嘲笑。几分钟前还崇拜他的人们现在似乎在无声地相互问道：难道我们的王子实际上是个懦夫吗？

不知是愤怒还是羞耻，奥斯汀脸上的斑点被深重的红色取代。他想杀了发言者。现在就径直走过去杀了他。

"公民们！"陌生人的声音盖过了困惑的人群发出的嘈杂的嗡嗡声，"我们的国王有一个当之无愧的继承人！我建议结束这个愚蠢的古老习俗，按照这个习俗，每个准备登上王位的王子都将完成一项英勇的壮举……我们不需要任何愚蠢的英雄功绩，因为没有这些，我们的王子也是完美的！我们当之无愧的，品德高尚的王子！"

笑声响彻整个广场，奥斯汀觉得好像一块烧得通红的烙铁碰到了他的皮肤。发出哄笑的地方争吵了起来，并很快就平息了。王子痛苦地瞥了一眼人群——有些人同情地看着他，有些人嘲笑他，但大多数人的眼睛都在默默地发问："那么，你打算怎么办？"

老国王抬起头来。奥斯汀吓呆了，他发现父亲在这几分钟里一下子苍老了许多。广场上的人也都看见了，都沉默了下来。

"我的儿子……"老国王孔捷斯塔尔费力地说，这是他整个早上说的第一句话，"我的儿子……"他又低下了头。

在父亲的声音中奥斯汀听到了苦楚和羞愧。广场上的人群还没有完全散去，奥斯汀便迈步向前。潮红已经从他的脸上退去，他的脸变成了白色，就像即将投降的城堡上的旗帜。

奥斯汀激动地抓住陌生人系在脖子下的斗篷上的带子。他一把抓过，又猛地一拉，他感到那种虚弱感离开了他的胸腔，取而代之的是熟悉的自信和兴奋。他又摇了摇那个喋喋不休的演讲者，观众们鼓起掌来。奥斯汀推了一下陌生人的胸腔，那人向后跌跌撞撞地退了几步，在高台边缘勉强保持住了平衡。

"闭上你的臭嘴吧，小丑，"奥斯汀挺直身子，单手叉腰，"你的奇闻逸事留着去跟市场上的乞丐讲吧。明天我就要出发去和龙作战，我要解救公主，并把这只可恶的怪物的头用矛刺穿，高高挂在市镇广场上。而至于你，胡说八道的人，我要让你吃掉它的舌头！"

人群高兴地呼喊。人们拥抱着，每个人都忙着对身边的人说："你看到了吧！"奥斯汀像胜利者一样站在沸腾的人海之上，仿佛龙头已经挂在长矛上招摇过市了。

老国王低垂着头，虚弱地坐在椅子上，没看任何人。

陌生人显然是羞愧难当，悄悄地从台上溜下来，走开了。人群嫌弃地躲避着他，一个年轻女子朝他啐了一口唾沫，吐到了他的袖子上。他木然地擦拭自己弄脏的衣服，走到一个无人的郊外，笨重地起身飞向了傍晚时分已经昏暗的天空。

✝ ✝ ✝

尤塔的眼睛又干又红。她在钟楼上度过了一个漫长的夜晚，点燃了一个又一个火把，凝视着漆黑的秋天。

"你走了两天了⋯⋯我⋯⋯我以为⋯⋯"

他避开她的目光。她心慌意乱，不知所措，虚弱地抓住他的衣袖：

"发生了什么事？也许是你又做梦了？"

"不⋯⋯"他勉强说出。

"那是为什么呢？也许，是我又做错什么了吗？"

"不⋯⋯"

他什么都不能跟她说。他做的是对的。即使现在感到难受，但以后一切都会好起来的。尤塔将会得到幸福。

"一切都会好的，尤塔。"他声音沙哑地说。

"那现在呢？"她惊慌地问，"现在一切都很糟糕，是吗？"

他将目光移开。

"听着，我太累了……需要吃点东西，再好好休息一下……之后，如果你愿意的话，我们再谈。"

"我们之后再谈……"她像回声一样应答道，用手掌托住脸颊。

他躺在箱子上，双臂举过头顶，凝视着顶棚。

只剩下几个小时了。也许，就在明天一早……

那顶点缀着帆船的帽子是多么可爱呀。很可惜，它被风吹走了……很久以前。公主像一只发狂的小猫一样……被攥在爪子里……

日光渐渐在布满栅栏的窗口消失。房间陷入一片黑暗，在无法入眠的阿尔曼的眼前出现了多得数不清的卡里敦鸟的巢穴，飘扬在月光下的羽毛，眼睛，手指，头发……他站起身，走到结着蜘蛛网的魔镜前。

蜘蛛还没来得及跑掉，就连同扯断的网被直接扫到了地上。镜子不情愿地从里面发出亮光，映出了一个牧羊人睡在一堆快要熄灭的火堆旁，然后是不知羞耻的一对儿男女，正手忙脚乱地在干草堆里媾和……

阿尔曼歪嘴笑了笑。

他在漆黑夜空下的大海上空飞翔。

蹼状的翅膀沉重地逆风挥动着。从他那宽阔的喉咙里不时冒出一根火柱，这时便照亮了下面的乌云，使栖息在海里的生物吓得瑟瑟发抖。不知从哪儿冒出了一句话，在这个长满獠牙的头脑里反复打转：

"我吞下沙子来解渴……并试图点燃大海……大海……点燃……"

龙咆哮着，不远处驶过的一艘商船几乎快要倾覆了——当班的水手简直被吓晕了头。

拂晓时分他走进自己的房间，在那里他看到了尤塔。公主的头垂在胸前，在亮着的魔镜前打盹。他一声不响地走近她，坐在公主旁边的地上。

镜子的表面闪烁着五颜六色的光斑，奇怪的影子落在了尤塔侧着的脸庞上。

阿尔曼伸出手，又缩了回去，他没有足够的勇气去碰她的头发。但她在睡梦中感觉到了他的存在，伸了个懒腰，便睁开了眼睛。

他们相互看着对方，沉默着。最后，公主问道：

"你……休息好了？"

"什么？"

"嗯，你说的，你休息好了之后，我们就可以好好谈谈了……"

公主的话到达他那里好像是延迟的。如果王子已经像昨天早上计划的那样出发了……

"你想谈什么呢？"

他的话可能冒犯了她，但她忍住了自己的委屈。她沉默了一会儿。然后轻声说：

"昨天晚上，你不在的时候……我以为你不会回来了。"

王子，显然，要带上所有尖利致命的武器，他的坐骑驮着沉重的……但如果他早点出发的话……

"以为……我不会回来了？"他迟钝地重复道。

她不厌其烦地继续说道：

"我有足够的时间去思考，阿尔曼……我感觉，似乎世界上所有的夜晚都融合在了一起……我在塔顶为你点亮了火把，但你离得太远了，没看到。"

"没看到……"阿尔曼重复着。

"我决定，当你回来……如果你回来的话，就一定要对你说……"

她突然停了下来。他盯着地面，没有看到她看到的画面。

魔镜突然变亮了，一匹骑士的马全身覆盖着锁甲，寂静无声地在荒芜的小路上奔跑着。马隐没在镜子的深处，现在它的骑手渐渐变得清晰可见——这个战士戴着头盔和护肩，手里拿着一杆长矛，身侧别着一把沉重的长柄战斧，还有什么武器的杆子从肩膀后边支出来……骑士走在一条崎岖蜿蜒的道路上，镜子立刻把这条路全照了出来——这条路对于尤塔来说再熟悉不过了，当她在西塔守望的时候曾经仔仔细细不知看过了多少遍。

公主一时间说不出话来。一个解救者正骑马向着城堡飞奔。镜中的画面出奇地清晰明亮，她甚至能看见从马蹄下飞溅出的小石头，贵重的马笼头和挡住骑士的脸的精心制作的印有花纹的头盔。

"阿尔曼……"尤塔低声说。

他不情愿地抬起头。就在这时，骑士拉住了马，为了辨别方向，他掀开了面甲。

他的脸年轻而冷峻。一绺浅色头发贴在他的前额上。他的眼睛眯成两道蓝色的细缝。这个人准备前去战斗，誓死不归。

"奥斯汀……"公主深吸了一口气，"奥斯汀！阿尔曼，这是奥斯汀！"

这一切就好像在做白日梦。完全跟尤塔想象的一样，奥斯汀放下了面甲，坚定地向前冲去。

他是她儿时的英雄，他是她年少时的梦中情人。多少次，她乞求命运让他们在宴会上坐在一起！多少次，当她的手不小心碰到他的袖子时，她甜蜜得快要窒息！多少次，她想象着他们遭遇了海难，被抛到了无人居住的海岛上……或者他们两个在森林里迷了路……多少次，她陷入沉思，用墨水、铅笔、棍子在沙滩上写下他的名字——奥斯汀……奥斯汀……

现在她的梦想终于成真了，但她还无法完全相信。他是要前往这里吗？他真的想要解救她并娶她为妻？！

尤塔浑身发热，她的双颊和双耳一下子泛起了红晕。娶她为妻？奥斯汀？娶她？

阿尔曼站在她旁边。她的慌张、害羞、欣喜都逃不过他的眼睛。他克服了最初的一阵痛苦，甚至感觉一下子轻松了下来——他的判断是对的。

"这是奥斯汀……"尤塔又一次虔诚地低声说。与此同时，骑士的马开始爬上高处，清晨的天空真切地衬托了骑手俊朗的轮廓。

阿尔曼费力地摆脱了自己的木然。他搂住尤塔的肩膀，在他粗糙的袍子下隐隐感到公主温暖的肌肤，她仿佛一下子离开了他，越过了高山，越过了大海，越过了一百片森林和一百片湖泊……

"走吧，公主。该出发了。"

"出发？"她困惑地看着他。突然，她幸福的双眼里充满了恐惧。她为奥斯汀而担惊受怕，她以为阿尔曼要杀死王子！

阿尔曼克制住又一次袭来的剧痛。他尽量温和地说：

"不会有事的……我告诉过你，尤塔……一切都会……跟我来吧。"

她跟着他，仍然战战兢兢、小心翼翼地。他把她带到通向塔楼的楼梯上，轻轻推了她一下：

"好了，上去吧……什么都别担心……"

她跌跌撞撞地爬了上去，而他急忙跑到龙门，变身为龙，飞出了城堡。

这时，王子和他的马已经很近了。当阿尔曼出现在天空时，骑士的马退缩了。尤塔在塔顶呆住不动，她的袍子在风中悠扬地摆动着。带上点儿什么白色的点缀一定很漂亮，在阿尔曼的脑海中瞬间掠过这个想法。手帕或围巾……白色的布随风飘动，那会显得更加别致……

在下面的路上，骑士还在和他那匹第一次见到龙的坐骑斗争着。虽然龙还在天空中，而且离他很远。可不要跑掉啊，阿尔曼心里想着。首要的是得把他从马鞍上弄下来……

尤塔抬起她那张苍白的脸望着阿尔曼。他绕着高塔盘旋，向下伸出爪子，试图向她解释他要做什么。然后他向下俯冲，像往常一样把公主抓了起来。

他把她抓到了悬崖上，没有向王子那边张望。他敏锐地感到了她的重量，感到了她那柔软而温暖的身体。这是他一生中最后一次碰她，而且，好像是开玩笑似的，他不是用手，而是用他那可怕的、有鳞的爪子……

一轮苍白的晨月高悬在蓝色的天空中。

他把她放在一座不高的悬崖顶上。从这里她可以俯瞰一切，然后很容易下去……王子会帮助她的。

他最后一次从上空望着她，感到非常难过，因为没有机会在离别时拥抱她。

骑士的马在附近惊恐地嘶叫。阿尔曼把目光从尤塔身上移开，转向奥斯汀。

王子设法控制住了他的马，现在，它像山杨树叶一样颤抖着，但还是听从着缰绳的牵引，驮着骑士准备迎战。

阿尔曼赶到了道路变宽的地方，阿尔曼的先辈们在那里碾碎了奥斯汀先辈们的脊骨。在平坦的地上堆着一堆骨头和头盖骨——阿尔曼叹了口气，把可怕的残骸扫到路边，没留下一点痕迹。没有必要事先吓到王子。

然后他坐在尾巴上等待着。

慢慢地，慢慢地，跌跌撞撞地，骑士的马从悬崖下面爬了上去，并僵住了——战马还是无法克服恐惧。

阿尔曼一动不动地坐着，他的翅膀以一种最平和、最规矩的方式合拢着。然而，王子的长矛还是明显地抖动着，甚至连遮住他的脸的面甲也像白灰一样苍白。

然而，奥斯汀的长柄战斧看起来非常可怕，一根巨大的带刺的狼牙棒挂在他的背后，马鞍上还挂着一把弩。还不错，阿尔曼想着，幸亏他没有带上一百名弓箭手和装在拖车上的大炮。王子还是对游戏规则表示了尊重。

终于，奥斯汀要发动进攻了。

"嘿，你，"从他的头盔下面传来一个几乎是稚气的高亢声音，"令人作呕的怪物……想尝尝淬过火的宝剑的味道吗？"

"他说得倒是漂亮。"阿尔曼想，但纹丝未动。

"接招吧。"奥斯汀说着用他的长矛瞄准了阿尔曼的眼睛。

阿尔曼没有动。

王子发出了一声带有哀怨的勇敢的叫喊声，并投出了长矛——他毕竟是一个出色的投手。阿尔曼稍微靠向一边，用他那布满鳞片的肩截住了长矛。矛的铁头发出一声可怜的叮当声。

王子踉踉跄跄地后退。阿尔曼很遗憾，看不到面甲后面他现在的神情。

"你！"奥斯汀歇斯底里地叫道，"你！有尾巴的癞蛤蟆！现在就去死吧！"

王子的马吓得拉出了粪便。

"现在你就知道我的厉害……我要把你的肠子拽出来！我要用干草塞满你的臭脑袋！我要扒了你的皮……"

王子突然停止了想象，他的话还没说完就呆住了。

尤塔一定很担心，这个想法在阿尔曼的头脑中一闪而过。该结束了。

他展开翅膀——那匹马猛烈地嘶叫着，更确切地说，它已经发了狂，猛地抬起两只前蹄，眼看着就要把身穿一身铁甲的笨拙的骑手摔下来。

阿尔曼就像一只轻盈的蝴蝶，在惊惶失措的王子的上空徘徊，他用爪子轻轻地钩住他，把他拽下了马鞍。获得自由后，骑士勇敢的战马猛冲着飞奔开。这只动物逃跑了，它的锁链格格作响，一路上更是吓破了胆——这匹马以为长着翅膀的怪物还在后面跟着它呢。

王子手握巨大的战斧跳了起来。也许，他是从刀匠那里得到的这把战斧，他真的相信他会把龙头砍下来带回家。现在，那把闪亮的宽刃看上去就像是小孩子手里的一把铅笔刀一样充满着威胁，为了挽救他已经消失殆尽的勇气，他又尖叫起来：

"怪物，你这个发臭的怪物！给我过来！"

阿尔曼照办了，向前移动了一点儿。战斧在空中呼啸而过……深深地砍进了岩石中。王子失去了平衡，但还是站住了没有倒下，并立即从背后拿出那根像玫瑰茎一样布满尖刺的狼牙棒。

他很勇敢，阿尔曼想，心里几乎感到遗憾。他真的很勇敢，换作是别人，十个王子中怕是有九个已经头也不回地跑掉了。

这时的奥斯汀正忙着调整他的头盔——在猛烈的打击下头盔已经歪向了一边，看来，给王子造成了很大的不适。面甲滑到他的耳朵上，一堵坚固的铁片完全遮挡住了他的脸——使他既无法呼吸，也看不到自己的敌人。王子现在像个小男孩，开玩笑似的将锅扣到了自己头上，直到锅卡住了拿不下来，他才真正害怕起来。

阿尔曼耐心地等待着。

最后，奥斯汀用左手接过狼牙棒，用右手巧妙地解开了皮带扣。他摘下头盔，如释重负地叹了口气，然后把头盔扔到了石头堆里。

金色的头发已经被汗水打湿，粘在他的头上。一双蓝眼睛凶恶地直视着前方。他仍然英俊——甚至比在市镇广场上面对仰慕的人群时还要英俊。

希望你幸福，尤塔。

阿尔曼低垂着头，向前挪步。奥斯汀急忙抡起棒子来，正打在阿尔曼的头上——他的眼前顿时火星四射。

阿尔曼踉踉跄跄地倒在地上。奥斯汀又抡起狼牙棒，在脊骨上又是重重地一锤。随着一声可怜的呻吟，龙滚到一边，压在他的鳞片下的岩石嘎吱作响。奥斯汀追了上去，但那个怪物却躲开了，使劲儿站了起来，又呻吟了一声，已经飞到半空。他假装摔了下去，但在最后一刻勉强支撑着没有跌落，左摇右晃，歪歪斜斜地飞向了别处。

　　奥斯汀对着龙发出了某种激昂的、战斗的呐喊。他在原地跳起来，摇晃着他的棍子，直到现在还很难相信自己真的征服了怪物。他邀请阿尔曼回来，大声地表示他很遗憾，没有机会砍掉那可恶的脑袋……而尤塔越过岩石和缝隙，向胜利者奔去。

　　在整个战斗的过程中，她一直站在悬崖顶上。她看到阿尔曼是如何把奥斯汀从马鞍上摔下来的，她把自己的手咬出了血，生怕王子会丧命。之后的几分钟她蹲在地上，眯起眼睛，用双手捂住耳朵，而当她终于鼓起勇气再看的时候，便看见王子把他那根布满尖刺的棍子锤在扑倒在地的龙的头上……这时她又为阿尔曼担心起来，紧张得用指甲划破了脸颊。

　　当阿尔曼飞起来的时候，尤塔才有点放心了，但是她马上就又为王子而惊慌不已。看到阿尔曼在空中迅速地跌落——公主又恐惧地尖叫着，以为他会摔下来。龙在空中稳住了——尤塔无力地叹了一口气。

现在阿尔曼已经飞走了。尤塔并没有完全明白发生了什么，但奥斯汀还活着，还在挥舞着自己的武器，风传来了他那威武的呼号……龙也活着，在飞翔。那么是谁战胜了谁呢？

她拼命地跑过岩石，不时地看不见奥斯汀，而阿尔曼的翅膀在远处拍打着……

为了最后看一眼公主，阿尔曼费了好大的劲儿保持平稳，没有继续向下跌落。他的任务已经完成了，现在他必须尽快消失，飞走，躲藏起来……他不能再打扰那两个人，不能再窥探，不能……

他们必须尽快回到人的居住地去，而那匹马已经跑掉了，尤塔现在也许也饿了。她几乎光着脚，那里的岩石十分锋利。他们可千万别陷进沼泽地里去，他曾经把她从那里解救出来……但是他们已经见面了，无论是帮助还是阻挠——都已不在他的权利范围之内。

月亮已经在蓝色的天空中渐渐消融，他迎着苍白的残月展开自己的翅膀，飞走了。

IX

几百个夜晚过去了，我渴望着最后的早晨。

不要召唤我。没有召唤

我也将现身。

✝

——阿尔姆-安恩

✢ ✢ ✢

一个月后，一列婚礼车队驶过孔捷斯塔里亚国的首府。

在庆祝活动前一周，主要的街道上就已经铺上了用金色稻草编织的地毯。附近房屋的居民用盆栽装饰他们即将接受检阅的窗台——各种花卉植物争奇斗艳，整个街道现在就像是一个绿植店。在高空中拉紧的绳子上挂着多面旗帜——这是上面绘有一只棕色螳螂的孔捷斯塔里亚国国旗和绘有一只猫脸的上孔塔国国旗。偶尔有一些床单和衬衫在这些旗帜之间摇摆——通常绳子是用来晾晒刚洗过的衣服的……

穿梭在屋顶上的男孩们拼命的喊叫声通知了游行队伍的临近。

走在队伍最前列的是二十三只训练有素的白鼠——它们驾着马车，套着笼头，庄重地拉着玩具四轮车，车上按照传统载满了剔掉刺的玫瑰，一罐蜂蜜和一捧种子——这是对于新人美好的祝愿：祝愿他们婚后亲密无间没有争吵，生活甜蜜，多子多孙。

"荣耀！荣耀！"镇上的人喊道，从窗户里，房顶上和灯柱上垂下一串串装饰物。"荣耀！相亲相爱！"

接着迈着庄严步伐走过来的是背着手风琴的乐师组成的乐队。经过精心调音的手风琴奏出了同一种旋律——婚礼进行曲。手风琴手们为自己的使命感到幸福和骄傲，他们不停地转着头——不知他们的朋友和熟人能够看到他们吗？

在乐队后面行进的是一辆两轮轻便马车，一个打扮成螳螂的年轻男子和一个打扮成猫的女子在上面跳起了皇室联欢舞。他们俩几乎已经累得气喘吁吁，因为整个游行的过程中一直在跳个不停！但这对他们来说是莫大的荣幸，以至于跳舞的人忘记了自己的疲惫，跳得更加起劲了。

卫兵们跟在他们后面威严地高昂着头，脚步声清晰而整齐。孔捷斯塔里亚人穿着鲜绿色的制服，上孔塔人穿着红白相间的制服。从剑鞘中抽出的宝剑在阳光的照耀下闪闪发光——那是孔捷斯塔里亚人的弯刀和上孔塔人的窄刀。他们设计精巧的头盔顶端燃烧着熏香，看上去就像侍卫们在芬芳的蓝色云雾中移动。

同样仿佛飘浮在云朵之上的还有新婚夫妇的敞篷马车。

王子和公主坐在天鹅绒垫子上。奥斯汀穿着军服，显得英俊无比——按照传统，他一出生就被授予了近卫军上校军衔。他右手拿着一支长矛，上面插着一个用纸浆做的小小的龙头。

"怪物的征服者！龙的征服者！"人们喊道，"荣耀！荣耀！"

人们从未见过这样的尤塔。

她异常光彩照人，眼睛闪闪发光，也不再显得那么小了，所有认识她的人都熟悉的那种阴郁、尖刻的表情从她脸上消失了。她微笑，她眉开眼笑，她哈哈大笑。十二个最出色的裁缝辛苦缝制了一个月的婚纱掩盖了她身材上的缺陷，从尤塔内心流露出的幸福感使她不美的容貌也变得柔和了。

人们在屋顶上低声说："看呀！曾经被龙俘虏了……多么幸运呀……被爪子抓着……太可怕了……但是你看看，看看吧！"

奥斯汀王子的手放在尤塔戴着蕾丝手套的手上。他们刚刚举行了婚礼。

"荣耀！荣耀！相亲相爱！"

一长列皇家马车跟在新婚夫妇的后面。在国徽下，尤塔幸福得泪流满面的母亲拥抱着两个小女儿——欢快的玛雅和陷入沉思的维尔特兰娜。尤塔的父亲小心地用胳膊扶着老国王孔捷斯塔尔——这位老人有幸活到了今天。两国喧闹的朝臣和显贵们满满登登地挤在马车上，眼看着差点儿要弄翻了车。阿克马利亚国则只派了一名官方大使——国王和奥利维亚公主在山上度假。

行进队伍的末尾是一群蜂拥而至的市民，他们杂乱地抛起帽子和手巾。一个男孩从屋顶上掉了下来，裤子被铁钩钩住，倒挂在墙上。

游行队伍向王宫走去。大门敞开着，守卫们手里举着带条纹的枪杆，纹丝不动。在宽阔的宫廷院子里，人们把老鼠从马车上卸下，把它们放进一个布满小孔的盒子里——那里美味的黄糖在等着它们。跳舞的那两个人现在已经筋疲力尽，终于跳下了马车。乐队和近卫军位列两排，组成了一条走廊，奥斯汀和尤塔沿着走廊朝铺着地毯的楼梯走去。

她扶着王子的手从容得体地缓步向前。四位少年侍从托着她长长的裙后摆。公主高傲地昂着头，在无数双眼睛的注视下走进了她丈夫的家。

还有一个人目睹了这一切，他呆坐在魔镜前目不转睛地盯着尤塔。

他看到婚礼仪式是如何准备就绪，摆好餐桌；看到新娘和新郎如何为婚礼盛装打扮；看到他们是如何在众多市民和达官显贵的见证下被宣布结为夫妇；看到婚车是如何沿着各个街道行进；看到尤塔是如何踏上宫殿的一级一级台阶……一大堆男仆指引客人们进入宴会厅，将他们安排在各自的位置上。在许多来回穿梭的花边和蝴蝶结之中阿尔曼一时间找不见了尤塔。

镜子闪了闪，像是被错综复杂的纹路覆盖……渐渐暗了下来，接着又亮了起来。阿尔曼看见奥斯汀正在帮助尤塔在御座上落座，而尤塔也许是表示感谢，也许只是不经意间摸到了他制服的袖子……

阿尔曼的手紧紧抓着扶手，手指上突出的关节已经发白。

从早上他就想要喝醉——但酒仿佛没有流进他的喉咙。就像昨天，就像一个星期前，就像这一个月以来都是如此。强行灌进嘴里的这些珍贵的酒既没能让他入睡，也没能让他遗忘——只是带来了恶心。

几个星期以来，他一直试图通过破译这些古老的文字来分散自己的精力，他把尤塔写在壁炉旁边墙上的那些符号又用尖刀刻在了深色桌面上。他一开始弄错了，又从头开始，但这项艰巨而乏味的工作并没有给他带来丝毫的缓解。备受打击后已经变得愚钝不堪的他将"海"与"死"的符号弄混了。

而后他离开了城堡，在外飞行了很久。有一次，他抓了一只野山羊作为午餐，但他突然想象自己的爪子里抓着的是一个女孩，那只山羊便幸存了下来。

有一两次他飞到卡里敦鸟的巢里去，但头几场秋雨已经浸湿了里面的羽毛，使它们变得黑乎乎的，收缩在一起。现在它更像一块肮脏的破布，而不是一张白色的羽毛床……

这段时间以来他经常一连几个小时呆坐在镜子前，希望可以看到尤塔。

他只看到她两次，都是一闪而过——一次是和她的母亲，一次是她自己一个人——脸色苍白，若有所思，但明显是幸福的。他为此而感到高兴——但他的快乐却是微不足道、勉强和虚伪的。

但在婚礼那天镜子表现出了从未有过的慷慨。

阿尔曼疲倦地前后摇晃着身子，他看着人们为这对新婚夫妇准备了传统菜肴——海鸥翅和黄鼠舌馅饼。他看到了市长代替说话困难的孔捷斯塔尔国王发言，这位市长开始了庆祝活动——当初就是这位市长的讲话被阿尔曼蛮横地打断了……他看到号手们拿起铜管，烛光在乐声中摇曳，鲜花和金币雨点般地撒向门口的人群……他看见奥斯汀轻轻地把手放在尤塔已经摘下手套的手指上……他看到尤塔……

奥斯汀用手掌握住尤塔的手。尤塔脸红得像火炬一般炙热。一阵麻酥酥的热流涌上了她的脸颊和耳朵，使她本来已经醉酒的脸庞更红了。

第一个新婚之夜即将来临。

上一个月在尤塔看来像是一个童话，是如此令人不安又不可思议。习惯了躲在暗处的她突然发现自己成了一个英雄，一个得救的祭品，所有人关注的焦点。她获得自由的那一天在她的记忆中并不清晰，只是一些支离破碎的片段。她怎样遇见奥斯汀，奥斯汀怎样遇见她，他们是如何疲惫至极地走到离龙堡最近的那个村子，途中和之后所发生的事情——都被蒙上了一层厚厚的迷雾。她的父母和姐妹的面孔在她的记忆中闪过，她的双臂还记着那痉挛得使人疼痛的紧紧的拥抱。奥斯汀就在她身旁，奥斯汀一直都在她身旁，伸手可触，是不是要检验一下——这不是梦吗？

然后她被自己的王国迎接，人们流下了感动的眼泪，在奥斯汀面前鞠躬，仿佛他是一位活生生的神……已经不再有人注意到尤塔是否漂亮——看着她，人们不再看到笨拙的肩膀和长长的鼻子。他们看到的是龙的地牢，一个悲惨的被囚禁的女孩和把怪物消灭的骑士。

当然，人们不时地会偷偷问她——那龙呢？但就好像是热蜡封住了尤塔的嘴唇，国王亲自下令停止问询：这可怜的姑娘已经饱受折磨。

与此同时，对于龙堡的记忆在一连串事件的冲击下变得暗淡了：从孔捷斯塔里亚国派来使团，按照一成不变的古老习俗，代表奥斯汀王子向尤塔求婚。国王，尤塔的父亲，甚至没能保持必要的冷静——马上就高兴地同意了，但没有任何人想到要指责他的作为。现在尤塔是一个准新娘了，接下来的日子则是色彩斑斓的。

奥利维亚无法鼓起勇气正式祝贺尤塔。更糟糕的是，现在在宫廷里很流行对高傲的人说一些刻薄的风凉话。

对于尤塔来说，整个月都是一个漫长而不间断的节日。公主已经不喝自醉，有时，当她在父亲宫殿的豪华卧室里醒来时，已不知自己身在何处。有时她会掐自己，戳自己，她无法相信——难道这一切都是真的？她不是在想象，不是在做梦，不是产生了幻觉？

有一段时间她觉得心绪不佳，但适应好的处境总比适应不好的处境要容易得多，很快，她如果想起自己曾经不被所有人爱戴，也没有筹备婚礼，那么她会感到惊讶。

光彩照人的王后一直对她的侍女重复说："她变化有多大呀！现在是多么快乐随和啊！"

仆人们则在私底下议论道："公主啊…真是没的说！甚至比原来变得漂亮了，虽然还是个丑姑娘……"

玛雅幸福地跳舞，维尔特兰娜也很高兴，但还是矜持的样子。

现在这一天终于到来了……

尤塔的手掌感觉到了奥斯汀的手，她像被困在网中的蝴蝶一样颤抖着。演讲和祝词传到她的耳边变为了嘈杂的喧闹声，桌旁人们的脸混杂在一起像是五颜六色的拼盘。当她不时短暂地合上眼睛的间歇，黑色的光斑在微红的黑暗中跳跃……奥斯汀低语了几句什么鼓励的话，有人抬起上浆的袖口把酒倒进她的高脚杯里，在她面前用金色的大浅盘盛着精美的菜肴，但尤塔一口也没动。

最后，奥斯汀站了起来，尤塔也随之站起。庆祝活动将一直持续到清晨，但这对新婚夫妇该上楼去了。芳香四溢的床单正静候着他们的到来，锦缎的床幔在床上轻轻飘动，夜灯里的火苗燃烧着……

奥斯汀和尤塔最后一次向客人鞠躬。客人们酒足饭饱，萎靡不振，他们微笑着，鼓励地眨着眼睛。幸运的是，尤塔专注于自己的内心感受而没有注意到这些提示——她倚着奥斯汀的胳膊，像个梦游者一般，慢慢走进了皇家卧房。

接下来发生的在尤塔的记忆中是模糊的。

侍女们把她从礼服裙子、裙摆和胸衣的束缚中解放出来。布料沙沙作响，有人发出低沉的声音，好像在发布什么指令。公主发现自己站在一个浴盆里，笑呵呵的女仆们用热水给她淋了水，又用僵硬的浴巾擦拭她的身体，而后又给她淋了水——这次是用浸有香草的水。而后一条柔软的被单裹在她的身上——她高兴极了，她因自己的赤裸而感到非常羞愧。尤塔的身体被擦干。她还隐约记得一间憋闷的小房间，她在那里等候了几分钟，不知道将会发生什么。然后是卧房，一片漆黑，渐弱的低语，呈现在她眼前的是锦缎床幔，厚重的金色流苏，还有一个火炉般炙热的人从黑暗中出现……

她曾经梦想过这一切吗？曾经想过吗？奥斯汀在她的耳旁大声喘着气，她闭上了眼睛，已经再也看不见那些锦缎的褶皱，床边的蜡烛，或是垂在她头顶的那张脸了……

尤塔公主陷入到了痛苦呻吟的、灼热黑暗的昏迷中。

阿尔曼，可幸的是，也已经什么都看不到了。他往喉咙里灌下两瓶酒，头垂在胸前，沉沉地睡着了。

✛ ✛ ✛

他们决定在首都度蜜月——要知道老国王孔捷斯塔尔已经灯枯油尽，国家大事的决议都需要奥斯汀出席。并且，婚礼一结束就组织了一次皇家狩猎，这对新婚夫妇在森林里度过了两天。

喜欢冒险的尤塔怀着极大的热情参加了这次狩猎。她戴着一顶饰有羽毛的帽子，骑着一匹温顺、肥硕的马，感觉自己就像是一匹烈马的驯服者，一位出色的骑手和天生的猎人。胜利的号角吹响。在她的左右两边，古老的皇家森林粗壮的树干快速闪过，她的马奋力追赶着前面那些矫健的快马——在某一刻,尤塔好像有一种似曾相识的感觉。
她也是骑在背上,但在她的周围是云和天空,而下面的树林和马蹄下的青草一样高……记忆烧灼了她,她不由自主地拉起缰绳。但就在这时,突然传来树枝折断的声音,一只高贵的鹿后面追着一群猎狗,飞奔到队伍前面来。

幸运的是,尤塔并没有看到鹿是如何被杀死的。她的马还是落在了后面,而当公主冲到那片沾满血污的草地时,这只美丽的生物已经断了气,它长着鹿角的头笨拙地向后仰着。

他们在猎人的小屋里过夜。宽敞的木屋里摆着一张长桌,整只鹿都在叉角上烤着,骁勇快活的猎人们像往常那样大口喝酒,扯着嗓子大声唱歌。带斑点的鹿皮被送给了尤塔,但是公主被上面的血迹吓到了,拒绝了这个礼物。

奥斯汀把她拉到一边,以责备的口气小声问道:

"你为什么要辜负人们的好意?"

尤塔感到发窘,不知道该怎样作答。

"记住,"王子摇了摇头,"现在每个人都在盯着你,想要弄清楚,你是谁,你是一个怎样的人……我希望他们像爱我一样爱戴我的妻子。要知道很快你就会成为他们的王后!"

尤塔使劲儿地点头。

整个晚上和深夜她都尽力好好表现——虽然她困得不行，但并没有离开，一直坐在奥斯汀身旁。她感到王子不时赞许地看她一眼。

第二天下午他们回到城里。死鹿的头挂在奥斯汀马鞍的一侧。当鹿角拂过身侧时，他的马颤动了一下，像是感到不安。尤塔也不知为何感到不舒服，虽然她尽量使自己提起精神。

庆祝活动又持续了一周——市民们把圆滚滚的酒桶推到大街上，江湖艺人们表演斗龙的场面，每晚天空中都升起烟花……而后一切都渐渐平静下来，生活又回到了正常的轨道，这时尤塔才发现，自己住在了别人家里。

孔捷斯塔里亚国国王的皇宫丝毫不比上孔塔国的皇宫逊色，但是没有皇家花园——只有一块四周拦起篱笆的平整的草地。房间和大厅的位置也是不习惯的——尤塔总是迷路。但最重要的是，在这里她谁也不认识。

陌生的侍女们对尤塔露出亲切而恭敬的微笑，陌生的男侍从们随时准备满足她的任何意愿。尤塔试图与他们建立良好愉快的关系——但好像，这件事是跟许多其他事情相关联的——一个公主，未来的王后，一个位置显要而令人不解的人来到另一个王国的王宫中……

尤塔告诉奥斯汀，她想从家里带几个仆人过来。奥斯汀则扬起眉毛：

"为什么呢？你的仆人还不够吗？"

公主又一次感到发窘，她不愿意让奥斯汀以为她被宠坏了。

最近这些日子尤塔很少见到王子，他总是忙于国事。奥斯汀整日都待在书房和皇家议事厅里，当他出现在卧室时，总是一副疲惫不堪、若有所思的样子。尤塔试图弄清困扰王子的问题的本质——但却被毫不客气地拒绝了：

"尤塔，你什么时候见过公主，或甚至是王后插手国家事务的？比如说你的母亲？"

他说得对，尤塔的母亲在皇家舞会上光彩夺目，还整日绣花，但是从来没有人见她坐在办公桌前。

"法规、法律、税收……"王子咧嘴笑了，"这跟你有什么关系？"

"你是对的。"尤塔红着脸在心里责备自己：怎么能这么笨呢……

宫廷里的每一天都有严格的日程安排。每天早上，侍女们都把尤塔的头发梳成同样的发式。早餐是在一个宽敞的大厅里进行的，王子和公主坐在一张桌子相隔甚远的两端。用过早餐后，奥斯汀走进书房，尤塔走进自己的房间——奥斯汀建议她做些针线活。

公主既不会针织，也不会刺绣。然而，为了让王子惊讶于她的创意，她花了几个星期的时间做了一个造型奇异的乱蓬蓬的花束——这些花是用铁丝和粗麻布做成的，每朵花中间都粘着一小片镜子。在阳光明媚的日子里，这束花会亮闪闪地投射到墙上和天花板上。

当尤塔把自己的作品拿给奥斯汀看的时候，很不幸，那恰巧是在一个阴雨交加的夜晚。也许这就是为什么王子无法欣赏它的原因：

"是谁教你的……这种东西？"

"没有谁。"尤塔感到十分窘迫，并因他那种几乎是嫌恶的口气而感到伤心。

"公主怎么能做这种手工活呢……如果这也能叫作手工的话……用这种粗糙的麻布？粗麻布是用来装糖和蔬菜的，而花应该绣在丝绸和天鹅绒上！你想要我给你找一个最好的刺绣老师来吗？"

尤塔摇了摇头，并毫不迟疑地把花束扔了出去。

"为什么我们不去什么地方旅行呢？"几天后尤塔怯生

生地问，"一起……"

奥斯汀深深地叹了一口气，并没有回答，但尤塔仍然没有放弃：

"或者至少晚上散散步也好……也许，你能找出半个小时的空当？我们可以谈谈关于……"

"我不属于我自己，尤塔。"王子已经懒得解释了，尤塔低下头去。

从这一次谈话中，奥斯汀得出了结论：公主感到无聊。不久后尤塔便得到了一个宫廷女伴。

这是个身材矮小、脸颊红润的胖女人，简直就像个长腿的毛线团，精力充沛，喋喋不休。她一刻也不离开公主——她笨重地跺着脚跟在尤塔后面，坐在她身边，不停地讲着有趣的故事，并询问尤塔的梦境：

"梦到帽子意味着会偏头痛，梦到手套意味着会有新消息……我祝愿您，尊敬的殿下，梦见一只白色的独角兽！"

尤塔整晚都在梦见臭虫。

"请把她从我身边带走！"一周后，尤塔恳求奥斯汀。

王子耸了耸肩。他看起来似乎有点生气：那个也不满意，这个也不合心……

"公主，尤其是已婚的公主，是应该有个女伴的。"他语气温柔地说。

"是的，但这个女伴简直是……"

奥斯汀叹了口气：

"你知道吗，尤塔……有时候很难理解你想要的是什么。"

他走了，将公主独自留在窘迫和慌张无措中。

的确，王子的愤怒是很容易理解的，因为尤塔确实可以得到她想要的一切，有时甚至她的愿望在表达出来之前就已经实现了。一大群恭敬的仆人，古老匠人制作的精美首饰，安宁和富足——所有这些都应当能够帮助公主在一定程度上克服娱乐的匮乏。

一天晚上，尤塔坐在锦缎床幔下，对王子讲了一个她不久前在什么地方听到的笑话：

"一位公爵问一位伯爵：'阁下，您能帮我把这只死掉的猎狗抬到我的城堡里去吗？'伯爵不能拒绝他，所以他们俩就费力地把死狗拖进了公爵的城堡，把它丢在了盥洗室。伯爵擦去脸上的汗水，对公爵说：'阁下，您为什么要在盥洗室里放一只死狗呢？''咳！'公爵回答说，'是这样的，想象一下，客人到我这里来，他们想要洗手的时候——便会尖叫着跑出来：那里有一只死狗！'而我就会这样微微一笑，并无所谓地说：'那又怎么样？'"

尤塔默不作声地等待着回应。

"那又怎么样？"奥斯汀问道。

"嗯……这很可笑。"尤塔尴尬地解释道。

奥斯汀叹了口气：

"真是一个既奇怪又傻气的故事……哪儿来的公爵？哪儿来的伯爵？为什么他们不叫仆人来抬这条死狗呢？"

尤塔不知该如何作答。

这时秋天已经离去，一天晚上下起了雪。

早上，尤塔走到凉台上，眯起眼睛很长时间地看着那覆盖着白色雪花的晶莹闪烁的草地。然后她环顾四周，才发现并非只有她一个人。

凉台的不远处有一辆轮椅；椅子上坐着一位裹着毯子的虚弱的老人。尤塔好一会儿才认出这是孔捷斯塔尔国王。

自从婚礼之后他们就没再见过。老人从不离开他的卧室，医生只允许奥斯汀一人进入他的房间。现在国王正目不转睛地看着呆住的尤塔。

一群乌鸦落在白色的水坑里。一个站在凉台上的侍卫朝鸟儿扔了块石子——那群乌鸦便鸣叫着飞向空中。

老人的嘴唇微微颤动，公主马上就看到而不是听到了老人的声音：尤塔……

尤塔抑制住羞怯和不由自主的害怕，走到老人跟前。

"嗯，你好啊，"国王说，为了听懂他的话，尤塔不得不把耳朵贴近他的嘴，"你好，尤塔。"

孔捷斯塔尔望着她，尤塔惊奇地注意到他有一双特别清澈、生动、有见识的眼睛，他看着她的眼神也是温暖而友好的。

"您好，尊敬的陛下。"尤塔礼貌地说。

两人都沉默着。

"奥斯汀爱你吗？"孔捷斯塔尔突然问。

"是的，当然。"她很快地回答道，甚至有些急促。

"很好。"国王试着微笑。

尤塔感到有些不知所措，她不知道该和一个垂死的人谈些什么。

"我记得你，"国王以微弱的声音说，"在一次儿童节日上……你在长颈瓶里藏了……一条小蛇……你还记得吗？"

尤塔脸红了。

她当然记得小时候的这件事。那些小男孩侍从们帮了她，一切都进行得很顺利。水罐被放在桌子上……已经被吓坏了的小蛇发狂地从水罐里钻了出来，沿着桌子飞快地窜过去，把烛台和高脚杯都弄翻了……她受了罚，但这件事却留在了她的脑海里。孔捷斯塔尔国王当时在那里，带着他的儿子奥斯汀——他也是记得的！

"你一直都是个……胆子大的姑娘，"垂死的国王说，"也许，龙没有……白白把你抓走……"

尤塔站在轮椅前，用冻得通红的手指抓着暖和的毛皮手筒。

"你是个好姑娘，尤塔，"国王低声说，"我希望，奥斯汀……能够明白这一点。"

"陛下……"尤塔脱口而出。

"你……在这里很难。跟我说说吧……你们……过得怎么样。"

尤塔渐渐克服了羞涩，精神十足地讲了起来。当然她没有讲她自己，而是关于奥斯汀，自己那温柔体贴的丈夫。她说得越久，便越是激动，越是备受鼓舞。

"谢谢，"孔捷斯塔尔最后说，"谢谢你，尤塔……明天早上……再来这里吧……我现在……感觉好多了，他们还会把我推出来……呼吸新鲜空气。"

整个第二天早上尤塔都是在凉台上度过的，但却只有她一个人。没有人把轮椅推到户外。公主站在那里看着长长的影子变得越来越短……接着，宫殿里出现了一阵忙乱，砰砰的关门声，许多人急促的脚步声在走廊里回响……

三天后，孔捷斯塔尔国王被隆重地安葬，人们真切地感到万分悲痛。然而，又过了两个星期，悲伤被同样深切而真诚的喜悦所取代——奥斯汀王子加冕了，现在他被称为"陛下"。

军队和皇家卫队向这位新国王宣誓效忠，其他王国的大使向他呈递国书，王室会议集体鼓掌称赞，城市和村庄的代表也都纷纷宣誓效忠。

尤塔也受到祝贺——她成为王后，但却一点也不为此感到高兴。如果由她来决定，她会更长时间地为刚刚死去的老国王哀悼，但是国家的状况迫使奥斯汀将传统的五个月哀悼期缩短为一个月。

哀悼期结束后，这对王室夫妇对邻国进行了正式访问。

奥斯汀现在跟上孔塔国的君主有着亲属关系，因此王室像迎接他们的孩子一样欢迎年轻的国王和王后。整整一个星期，尤塔都沉浸在幸福之中。她住在父母的家里，兴奋地打听着熟人的近况。然而，她的妹妹们却使她感到伤心。好像是一下子就疏远了似的，远远坐在下面的她们在跟尤塔说话时难以克制自己的局促不安。甚至连玛雅也是如此！仿佛戴在尤塔头上的王冠毁掉了某些重要的东西……

告别是感伤的——也许还因为他们的下一站是阿克马利亚国。

奥斯汀和尤塔在阿克马利亚国的首都受到了冷淡的官方性质的接待。国王，奥利维亚的父亲，礼貌地为他的女儿不能出席孔捷斯塔里亚新国王的欢迎宴会而道歉——说是她着凉了，在郊外休息。

这让尤塔很高兴，因为她不知为何害怕见到奥利维亚。

他们在宴会桌前就座。大厅里显得异常安静，让人觉得不舒服。在尤塔的餐盘下压着一张折起来的小纸条。她吃了一惊，然后展开了纸条。

"长鼻子婊子狡猾地把可怜的王子骗到了手。"

尤塔觉得天好像要塌下来似的。

有人在致辞，奥斯汀在她身旁聚神倾听——尤塔则吓坏了，她怕他会注意到她手里的那张纸并问她："这是什么？"

一定有人在暗中注视着她。他们就是在等着她羞愧难当或是大哭起来。她必须要保持镇定。

她该拿这该死的纸条怎么办呢？揉成一团，扔到桌子底下，再让仆人们看到？

她保持着微笑，嘴唇都抽搐了，而桌子底下的手则一直在蹂躏这张纸条，这帮助尤塔熬过了这场游戏。

仿佛过了一个世纪，这漫长的让人难熬的宴会终于结束了。整个宴会中尤塔滴酒未沾，也没吃任何东西。奥斯汀责备地看着他，甚至还小声问：

"王后，您在做什么？"

王后又忍不住一阵抽噎。

这次访问接下去的行程还包括在冬季花园散步，以及奥斯汀与阿克马利亚国王家议会成员的会面，但是尤塔上了马车，说她想马上回家。奥斯汀的脸色看上去比乌云还要阴沉：

"怎么回事儿？发什么神经？"

尤塔整个人像杨树叶一样颤抖着。她的情绪非常激动，如果现在奥斯汀问她："你怎么了，亲爱的？"她会忍不住把一切都告诉他的。

但他并没有问。

访问的行程被尤塔王后的突然生病打断了。奥斯汀不愿跟她一起坐在马车里，便让人给他备了一匹马。

尤塔在闷热的天鹅绒笼罩的昏暗中颤抖着，她忍住眼泪，心想着：这不是真的。奥斯汀娶她是因为爱情……她会向所有人证明，她配得上做他的妻子！

她拉开帘子，看到了星星。祖龙的光环高高挂在天顶，闪闪发光。

✝ ✝ ✝

在他昏暗而模糊的童年时代，他不知从哪里听到的——也许是从父亲，也许是从祖父那里——一句古老的话："龙永远寻找着通向大海之外的路。"

只有最强壮或最绝望的那个才能够跨越大海。或者，也可能是最狂热的——因为为了获得看到陆地的幸福的龙的祖先们有时不得不付出生命的代价。第二百〇一代后裔阿尔姆-安恩以前从未考虑过朝圣。

现在，在城堡上空盘旋的时候，他第一次想起了这件事。"参差不齐的峭壁，是祖龙的脊背。炫目的太阳，是祖龙的喉咙……"阿尔姆-安恩意识到，继续以前的生活——意味着他的一生都将是苦闷而长久的死亡。

"龙永远在寻找着通向大海之外的路。"

他走进地下密室，跟所有的祖先告别，他们中的一些为了寻找氏族圣地而献身。无论他们现在身在何处，他们都会为他们最小的、一无是处的后裔的高尚行为而感到高兴。

然后他回到壁炉前，静静地坐了一会儿，凝视着灰烬。

现在尤塔过着平静而幸福的生活。他没有她生活了两百年，和她一起生活了不到一年。随着时间的推移，她离开时留下的空虚和裂痕会渐渐愈合。日子会一天天过去，他会慢慢变老，也许会允许自己偶尔回忆一下……偶尔。他想起尤塔的日子，会从漫长的、单调的日子里脱颖而出。但这会在之后发生，当这种……这种失去的痛苦过去之后。

是的，人们称之为失去的痛苦。时间会流逝，渐渐地不会任何一件小事情都让他想起尤塔。但他需要等待，需要忍耐。

太阳初升。

这时阿尔曼起身，毫不迟疑地飞离了城堡。他朝着弯曲的地平线飞去。

风呼啸着，仿佛要斩断他强劲有力的翅膀。海鸥灰色的翅膀在他下面慌乱地拍打着。他稍微放慢了速度——谁知道他要不停歇地飞上多久呢?

然后海鸥从视野中消失了。阿尔曼飞得离陆地越来越远。他头顶上的天空依然晴朗,但左右两边都延伸着大片的云。他飞得更高,看见了云朵的背脊——那是粉白相间的,像堆在一起的卡里敦鸟的羽毛。蓬松的云层叠在一起,变幻着颜色和形状,一望无际的云排一直延伸到大地与天空的交汇处……他又飞得低一点,便看到了蓝灰色云朵像鞋底一样平的腹部。

世界真是极大的,只有不慌不忙穿过云层的太阳才能一下子看到它的全貌……但太阳早已厌倦了在天空中无休止地漫步,以习以为常的冷漠姿态注视着这个巨大的世界。瞧,一条龙正飞过大海,就让他去飞吧……

那指引他的祖先们直接奔向目的地的本能力量在阿尔曼这里却是模糊不清的。他只知道应该继续向东飞。

白天过去了,深沉的黑夜降临,地平线从他的视野中消失了。他的翅膀缓缓地、吃力地扇动着。令他感到痛苦的是,在他无数次扇动翅膀后,四周仍然只有水,只有一片黏稠的、变幻莫测的水面。

早晨来了,令他惊奇的是,他仍然没有偏离路线。鼓起的地平线在东方蒙上了一层深红色，向着天空投放出一个沉重的粉红色的太阳。云像被牵着走的盲人，一直伸展到天空的边缘处。

过去阿尔曼从来没有连续在天空中待上几天。他又渴又累，在他的视线里出现了一个倾斜的小岛，他感到很高兴。

他绕了一圈，确保岛上没有人居住，然后开始轻松地下降。他飞得越低，扑鼻而来的难闻的恶臭味就越浓。

小岛只是一条巨大的死鱼鼓起的腹部。微小的海洋生物搅动着它周围的海水，争相享用如此慷慨馈赠的腐肉。虽然阿尔曼已经筋疲力尽，但他并没有停下来在尸体上休息，而是重又升到高处，像一个疯子一样倔强地朝着在他耳边悄声絮语的本能指引的方向飞去。

第二天晚上是一场噩梦——他在飞行中陷入昏迷。他身下的海水微微发光，浮游生物的头在磷光闪闪的海水里上下浮动，一些奇异的生物凝胶状的身体从水中露出，而后又沉入海底。阿尔曼一时间仿佛感觉，在黑暗中他可以看穿这片水域。有一种生物闪闪发光，沉重地摆动着，身上长满了触须和鼓起的白眼睛，并且所有的眼睛都在注视着他，想要知道这条龙是如何飞去天边的……他想吐出一团火焰来驱散这噩梦，但只有一颗孤独的火星从他干枯的喉咙里喷出，并且立即就熄灭了，仿佛被黑夜舔去了似的。

早晨醒来时他发现自己躺在结实的地面上。他不记得是如何到达这个小群岛的——记忆一片模糊。一定是祖龙可怜他。

他陷入沙子里的钩爪突然颤动了。他像是全身抽搐了一下，随即陷入沙子里的便是人的手指了。强壮有力的长满鳞的尾巴砰的一声拍在地上之后也消失了。现在躺在岸边的不再是一条疲惫的龙，而是一个疲惫的人。一只看到变身过程的蝎子惊奇地翘起了尾巴，差点儿刺痛了自己的后背。

第一个小岛是圆形的，像个脚后跟一样光秃秃的；第二个小岛从咸咸的海浪中突立出来，似乎是两个粗粝的悬崖之间的裂缝；第三个小岛是斜坡的，布满岩石，里面还积蓄了雨水。

阿尔曼贪婪地喝了好久。现在他身上的人类部分渴望休息，但龙的本能却想要补给食物——他需要抓点什么可以吃的。阿尔曼无助地环顾四周。

没有鸟能飞到这个大海中孤立的小群岛上。即使是最小的陆地生物，也无法在光秃秃的岩石和滚烫的沙子中找到食物。小小的灰螃蟹警觉地用它们圆圆的眼睛注视着阿尔曼，随即又爬回了海里。

阿尔曼决定钓鱼。龙并不喜欢水，所以他不得不以人身捕鱼。他蹚进齐膝深的海水里，盯着透明的海水，希望能找到一些可以吃的东西。在某一刻，他刚好位于一群银色的鱼群中间，但他的运气并不好，好不容易抓到的一条疯狂挣扎的鱼也滑落了。

既饥饿又虚弱的阿尔曼躺在沙滩上。太阳晒得厉害。裂缝的小岛的影子转了半圈，落在阿尔曼的脸上。

就在这时，一个浪头在两座悬崖的底部猛地掀起。两半岩石就像害羞的花瓣，颤抖着露出水面。一个长脖子上的三角形脑袋从海水退去后渐渐浮现的裂缝里探出来。

有那么一会儿，阿尔曼和悬崖里的居住者面面相觑。这时，原住民对群岛上出现了一个人感到非常吃惊，猛地把它那长长的身体从看不见的深处拉了出来。

看来，它也被同样的问题困扰——在只有岩石和沙子的贫瘠世界里寻找食物是十分困难的。这只饥饿的野兽兴奋而急不可耐地吞下流得长长的、浑浊的口水，急速穿梭在两个小岛之间的狭窄海湾。水从它那布满条纹的爬行动物的腹部下面溅出来。螃蟹惊慌地四处逃窜。

阿尔曼看着那只野兽不断接近。它的头已经到达了沙滩，而尾巴还在从悬崖间的裂缝中伸出来。

悬崖上的原住民做着最后的冲刺，它张开嘴，伸出一条长满刺的黑舌头。它早就知道人肉的味道。而当这个软弱、无可依靠的生物突然无缘无故地变成一条长着翅膀、披着鳞甲的龙时，就更让它惊讶和恼火了。

原住民好像撞上了隐形的障碍物，完全呆住了，在沙土上留下了长长深深的脚印。尴尬的对峙持续了片刻。阿尔曼揣测着这位新相识的朋友，想知道这东西能不能吃。而这位新相识的朋友也从龙凶狠的眼睛里看出了对方的心思。阿尔曼未必能克制住自己强烈的反感把悬崖上的野兽吃下去——但是这个野兽却感到惊慌和失望，急忙跑到它的藏身之处去了。岩石间的缝隙砰的一声合上了，就像是谁愤怒地关上了门。

在这次相遇之后阿尔曼立即飞离了这个小岛。

✝ ✝ ✝

回到都城后，尤塔向丈夫表示了最真诚的歉意。当然，这只是一次神经衰弱，一次生病。她确信这种事以后不会再发生了。

奥斯汀点了点头，但这对夫妇之间的紧张气氛在很长一段时间里还在继续。

为了取悦丈夫，尤塔尽全力去满足他对一个称职的王后的期待。她想学刺绣，于是一个头发花白的老绣女被专门带到王宫里来教刺绣。老妇人带来了她那令人惊讶的各种尺寸的刺绣箍，一个装满针线的盒子，还有一大堆刺绣样品。

几天来，尤塔整天坐在那里照着这些花样学刺绣。必须小心翼翼，一针不差地照着花样来绣，如果心思散漫或是胡思乱想使尤塔出了错——老太太就会噘起嘴，失望地摇摇头。

到了傍晚，尤塔的眼睛和手指疼痛难忍，僵硬的肩膀也酸疼得不行，她还要强迫自己尽力对奥斯汀一成不变的爱抚作出回应。国王比以前更累了，要知道他也工作了一整天。毫不奇怪，在匆忙做爱之后，他很快就沉沉地入睡了……

不久，王后送给她心爱的丈夫一块她亲手绣的手帕。国王奥斯汀矜持地表示感谢，接受了这个礼物。夫妻俩的关系也缓和了一些。

最重要的冬日节临近了。尤塔希望，就像在她父母家里一样，会建一座冰宫，打雪仗，建溜冰场，堆雪人，还会让它们手里握着火把——但奥斯汀说，他们会再举办一次大型狩猎。虽然尤塔直到现在一想到那只死去的小鹿空洞无神的双眼还吓得发抖，但她还是装出高兴的样子。

当猎人的骑马队伍进入田野时，开始下雪了。

雪下了又下，这漫天飘舞的雪花并不像冬季的头几场雪那样——那时大地还光秃秃的，雪花还可以好好地选择自己的落脚点。不，这是隆冬时节的雪，当所有地方都已被白雪覆盖，雪花已经没有什么选择的余地了——它们便落在了本该落下的地方……

当第一片雪花落在尤塔的肩膀和睫毛上时，她想起了卡里敦鸟的羽毛。

那些羽毛也落在她的肩膀、头发和睫毛上，但它们是温暖的，不会融化的……她闭上眼睛，想象着雪花落进了被秋天毁坏的、废弃的卡里敦鸟的巢穴。

她的马一开始还跺着小快步，而后渐渐变为行走。尤塔松开了缰绳。她想下马在雪地里散步，但是猎人们已经远远地走在前面。尤塔怕落在后面惹得奥斯汀生气，便拍了拍马屁股。

他们射中了二十几只肥兔子。

在木屋内有四个壁炉在燃烧。醉醺醺的猎人们拍打着彼此的肩膀，大声唱着吵闹的歌，开怀大笑着。尤塔安静地坐着。奥斯汀喝得酩酊大醉，显然很高兴，这是许多天来他第一次有放松和休息的机会。

一位年纪轻轻的王公贵族讲述了他是如何跟一头发疯的野猪一对一搏斗的。他激动地比画着，一会儿扮作自己，一会儿扮作野猪，表演了打斗的场面，并且他扮演野猪是更为出色的。尤塔低垂着头。奥斯汀一边哈哈大笑，一边咀嚼着食物。

"野猪！"远处角落里有人轻蔑地喊了一声，"我们的国王都已经在决斗中战胜了龙，谁还在乎什么野猪呢！"

所有的谈话声都静默了。一个醉汉嘴里还在咕哝着什么，人们很快就叫他闭上了嘴。所有的猎人们都一齐以恳求的眼光盯着国王，并不时地斜眼看看王后。

尤塔哆嗦了一下，胳膊肘碰到了一只铜高脚杯，高脚杯便倒了下去，发出了低沉的声响。

"陛下，"有人谦恭地说，"请您赋予我们荣幸，给我们讲讲那场伟大的战斗吧！"

奥斯汀清了清嗓子，沉重地、好像不太乐意地站起身来。

他身材高大，有着宽阔的肩膀，几缕金色的头发被汗水打湿，粘在他的额头上，太阳穴上也有几缕鬈发。现在的他是英俊的，有着一种男性粗犷的美。

"我们都是战士，"奥斯汀变得庄重起来，"我们都知道一场血战意味着什么……因为要与龙作战，先生们，这可不是简单的狩猎。这是一场战斗，我的勇士们，是一场以生命……"

他整个人失去重心，打了个趔趄——尤塔现在才注意到他喝得有多醉。

奥斯汀突然张开双臂，重重地碰到尤塔的肩膀上。他所展示的不知是自己可怕的对手翅膀的跨度，还是令人恐惧的身长。屋子里的人们乱哄哄地嚷起来。

"龙！"奥斯汀喊道，"一个庞然大物！它的兽皮可以覆盖整个广场……它突然扑过来，从天空中，喷着火……这时我猛地闪到左边，右边——就这么——握着矛……杆子已经像煤块一样烧起来了，但那个矛头……可真是经得住火烤的！那个怪物又飞到空中，又向我扑过来，但是我……"

尤塔的心倏地一紧。阿尔曼城堡脚下的那场决斗的记忆在她的脑海里再次浮现。

她已经好久没有想到过这场战斗了——说实话，她对此的记忆并不多，那不可思议的一天里所发生的事情在她的意识中仿佛蒙上了一层雾……可是现在，听着奥斯汀醉醺醺地吹牛，她清晰地忆起了城堡、大路、阿尔曼和骑马的王子……

从阿尔曼把她放到的那座悬崖上，可以很好地看到下面所发生的一切。她一直呆在那里，她清楚地看到龙一瞬间就飞腾上天，而且完全没有喷出任何火焰！

这早已被遗忘的细节就像一个新发现，突然使她震惊不已。她盯着那张洒满酒的桌布，听着奥斯汀的话，竭力想弄明白，为什么直到现在她才想起来呢？为什么当时她没有马上就感到吃惊呢？

"我的战斧砍到龙鳞上，结果被打碎了……它的鳞片比铁还要硬，我感到已经很难取胜了……但幸运的是，我唯一的这一击正中要害，使怪物失去平衡，倒在了地上！我抽出我的狼牙棒……"

尤塔闭上了眼睛。

不，不是这样的，是奥斯汀跌倒在地。阿尔曼用爪子抓起他，把他从马鞍上拽下来，就像主人从藤上摘下熟了的番茄一样轻而易举……而她那时，像个傻瓜一样，闭上眼睛，塞住了耳朵！她害怕龙会杀死奥斯汀，并且他已经有二十次机会杀掉他……只要呼出一口气就足够了，她以前不止一次见过阿尔曼喷火的样子……

奥斯汀的确拿出了他的狼牙棒，当她终于聚集足够的勇气睁开眼睛的时候，王子正将那长满刺的铁棒锤向龙头……锤向那驯服的、趴在地上的脑袋……

石像鬼啊，为什么她之前……奥斯汀，归来，婚礼……阿尔曼离她远去，成为一个传说，几乎是一个童话……

"我用尽最后的力气抄起狼牙棒，勇士们！"奥斯汀处于兴奋的顶点，他的眼睛狂热地炯炯闪烁，"我把它举过头顶……我说的当然是，举到龙的头顶上！但是它在沙滩上乱窜，嘶吼着，用它恶毒的唾液向我喷来喷去……"

"不是这样的。"尤塔突然自言自语道。她的话引起的反应使她立即惊慌起来。

奥斯汀哼了一声，不再说话了。坐在近处，听到她的话的几个人都惊讶得目瞪口呆。坐在远处的人们不断相互大声询问着，王后刚才究竟说了什么，为什么国王突然不作声了。

奥斯汀非常缓慢地、一点点儿地转过头，看着妻子。在这一目光的注视下，尤塔颤抖着把双手按在胸前，站起身来，一句话也没说，也没有看任何人，走上楼去了。

✢ ✢ ✢

阿尔曼已经在海上飞了五天。他的翅膀猛烈地、不均匀地扇动着，他已经几乎在贴着水面飞——并还在不断下降。他既看不到天空，也看不到地平线，他朝下看，在深深的海水中他看到了幻象，使他难以区分这是幻觉还是现实。

他看到许多船，这些都是有着又高又结实的桅杆的宽阔的大船。船帆扬起，冲向一个未知的目标，但最令人惊讶的是，它们并不是在水面上，而是被海水所吞没，在水下航行。这些船都是大海的俘虏。大海似乎有意把它的祭品都列队展示在已经精疲力尽的龙的眼前。

阿尔曼在干净的甲板上看到了小小的人的身影——他们多半是男人——水手和渔夫，但在一艘最大的船上有许多女人和孩子。他们穿着华丽的节日服装，都站在宽阔的甲板上，明亮的遮布的碎片在甲板上猎猎作响。所有人都一齐抬起苍白的脸，对着阿尔曼，直直地望着他，茫然地、冰冷地望着他，如果他不拼命转个弯的话，这些目光会把他逼疯的。

有一次，他仿佛在水中看到了蹼状翅膀和后背上突出的脊骨——但是那条龙，如果它是条龙的话，立刻就掉进了深渊。阿尔曼感到心里一阵剧痛，有多少根龙骨躺在黑暗的海底呢？

有多少次他都想要收起翅膀，扎进大海里，加入自己的两百个先辈的行列。然而他还是不停地飞。

这时，阿尔曼的目光艰难地离开水面，吃力地向着前方瞭望。

在他的面前已经没有了地平线——取而代之的是一堵无边无际的黑暗而陡峭的墙。阿尔曼从来没有想到世上会有这样的悬崖。

他更猛烈地扇动翅膀，但是墙在慢慢逼近，那么慢，似乎故意要让人对它的宏伟而感到惊讶。它的顶部挡住了半边天空，阿尔曼突然意识到他无法越过这堵高墙——他是飞不了那么高的。

他被从喉咙里冒出的干烟呛得咳嗽起来，他积蓄起最后的力气，猛地向上飞。这堵陡峭而几乎光滑的墙正在从又黑又圆的洞中冷漠地注视着他——那既不是动物的巢穴，也并非山洞。

大海向下退去，打在悬崖山脚下的海浪看起来就像是尤塔笑吟吟拨弄的那块带流苏的手巾。

尤塔……他的翅膀终于还是冲破阻力穿过了厚厚的空气。但那座悬崖的顶部还是遥不可及，阿尔曼只好放弃了，慢慢地向下滑。

当他下降到快要碰到波涛汹涌的海浪时，他用眼角的余光看着悬崖，一个洞口突然张开了。阿尔曼转过头来，谁正从黑暗的深处望着他，他全身上下都感到了这一目光。

"年轻的龙……"一个低沉的声音从厚厚的岩石里发出，不知是叹息声，还是说话声，"你在寻求死亡，年轻的龙……"

"完全不是。"阿尔曼想回答，但龙的嘴是不会说话的。从洞旁的悬崖里凸出一块石头，阿尔曼使劲儿用爪子去抓它。

"你们所有的龙……都很像。"那个从洞里传来的声音说。

阿尔曼设法抓住岩石——就在那一刻他变为了人身，他纵身一跃，一下子就拖着沉重、麻木的身体跳进了洞穴里。这是一片坚实的土地，一个不用扇动翅膀就能活着的地方。

"你在寻求死亡，年轻的龙。"那个声音坚定地重复着刚才的话，虽然他的不速之客已经恢复了人形。

"我早就已经不再年轻了，"阿尔曼声音嘶哑地回应，"我不求死，只是想要找到龙的祖先，我的先辈们的故乡。"

"那个男孩，"声音变得柔和了，"那个长着翅膀的有趣的小伙子……我总是忘记，从他学会飞翔以来已经过去了多久……"

"祖龙？！"

"是的，是的……他是在我的眼前长大的，我一直反对他要飞到大海以外去的疯狂想法……但是他的故乡不在这里。"

阿尔曼静静地躺在尖锐的岩石上。这个注视者所说的话使他感到恐惧。这种凝视来自黑暗深处的某个地方，压迫和束缚着他。阿尔曼一次也不敢正视这一目光，但即使他的脸埋进沙子里，他仍然能感觉到这一目不转睛的注视。

"他的故乡不在这里，"那个声音继续说，"他是个弃儿……他是从哪儿来的，没人知道——也许是从天上的星星上来的……"

"祖龙不可能是一个弃儿。"阿尔曼声音低沉地说。

"有可能，有可能，"那个声音轻易地赞同了，"谁又能保证我们所有人不都是被抛弃到这个奇怪的世界里的弃儿呢？"

"你是谁？"阿尔曼的声音仍然低沉。

"这是一个可以回答的问题吗？"那个声音感到惊讶，"那你是谁呢？"

"我的名字叫阿尔姆–安恩。"

"名字有什么意义吗？你的名字说明了什么？"

"我是一个伟大氏族的第二百〇一代后裔。"阿尔曼屏住呼吸，从空洞的黑暗中发出的那种凝视越来越难对付了。

那个声音似乎冷笑了一下。

"这个男孩的后代可真不少……你很像他，年轻的龙。"

"也许吧，"阿尔曼慢慢地说，"他是氏族里的第一个，我是最后一个。"

"一个圆圈。"那个注视者说。

"什么？"阿尔曼没明白。

"一个圆圈。第一个——也是最后一个。圆圈闭合了。"

有一会儿阿尔曼躺着，思忖着他的话。然后他从牙缝里挤出一句：

"你是个哲学家……你能转过身背向我一会儿吗？我……我一直被你盯着看很难受。"

"我怎么能不看着你呢？"那个声音惊讶地说。

他们都沉默了。

"我想离开。"阿尔曼说。

"完全地离开？从这个生命里离开？"

阿尔曼的胸中一阵悸动——可能是恐惧，也可能是喜悦。

峭壁因海浪的拍击而微微颤动。但海浪有节奏的声音并没有被海鸥惯常的鸣叫所打断——周围既没有野兽，也没有鸟类。

"不……不……"他艰难地说出，"我还……没有决定。"

凝视变得更加强烈——阿尔曼已经被压迫得喘不过气来。

"做出你的决定吧，年轻的龙。那个男孩也曾艰难地做出决定。"

"转过去。"阿尔曼双手捂着脸，呼了一口气。

接着是一阵短暂的类似干笑的声音。

"你还需要做出一个决定。在等待着你……不。先做出选择吧。"

又是一阵短暂的笑声。目光消失了。

阿尔曼抬起头来——在山岩深处传来了离去者沉重的脚步声。

✝ ✝ ✝

在狩猎木屋里发生了那件事，也就是尤塔小声打断奥斯汀的自夸之后，他们夫妻俩的关系突然变得疏远起来。国王去卧房的次数越来越少了。皇族夫妻之间的不和并没能逃过别人的眼睛。

女仆们低声议论。她们的窃窃私语传到了尤塔的耳朵里，使她的耳朵羞得通红。她有时真想把她们搬弄是非的嘴堵住。但表面上她仍然保持镇定，装作什么都没听见。

一天晚上，她试图和解。

"奥斯汀，"她在用餐这一成不变的宫廷仪式进行的时候漫不经心地说，"我想和你谈谈。"

他没有任何表情地看了她一眼，至少在她看来是这样的，然后慢慢点了点头。她请他到白雪覆盖的草坪上散步，但国王坚持要在书房里谈话。书房使尤塔感到拘束和压迫——她总觉得隔墙有耳。

奥斯汀坐到书桌前，无精打采，神情冷漠而疲惫。他用拳头托着脸颊，凝视着窗外。

"奥斯汀，"尤塔仍然站着，身子靠在墙上，"奥斯汀……如果我错了，请原谅我。你知道，有时候即使是最微不足道的小事也会让两个人之间产生裂痕……但我不是故意的……"

他猛地抬起头：

"微不足道的小事？！你怎么敢……横在我和我的……勇士们之间！我的人民之间！"

国王站起身来，将一些被遗忘的文件碰掉，这些纸张散落在地上。尤塔吓得缩成了一团。

"你的所作所为就好像……一个村妇！人们已经在嘲笑你了……而如果他们也开始嘲笑我呢？！"一想到可能会发生这样的噩梦，奥斯汀的脸色变得惨白。

尤塔看到他的嘴唇是如何激动地颤抖，他的双眼是如何闪烁着愤怒的光芒，在这一刻她突然感到，在她和国王之间仿佛隔了一堵厚厚的冰冷的石墙。突然间疏远的感觉是如此的强烈和明显，以至于尤塔打了一个趔趄，几乎要倒下了。石像鬼，他们已经形同陌路。童年、青春、梦想……

奥斯汀烦躁不安地在房间里踱来踱去，他的脚踩到了一张白纸，仿佛在一张白纸的一角用力印上了一块印章。

"在阿克马利亚国那次歇斯底里的发疯……还有这一次的僭越……"奥斯汀举起手来，在空中乱砍一气，"难道按照这个你现在寄居的国家的规则生活真的有那么难吗？"

"寄居？"尤塔小声问道，眼睛一直盯着国王鞋跟留下的黑色脚印，"比如无家可归的人的避难所？我以为，你是爱我的……"

奥斯汀深深叹了一口气，停住脚步，朝窗边走去。他站在那里，差点儿拽掉了天鹅绒窗帘。他转过身来说：

"是的……当然……现在回去吧，我还有许多事情要做。"

两天后，国王要到阿克马利亚国进行正式访问。

不知道为什么，但尤塔打从心里对奥斯汀的这次出访感到不悦。倒不是因为她无法忍受和奥斯汀的分离——现在他们两人之间的隔阂就像一只巨大的冰兽。然而不知从什么时候起，一想到阿克马利亚国，她就感到恶心。

奥斯汀对此可能持有不同的意见。皇家卫队已经整装待发。告别之时，奥斯汀严格遵守宫廷礼仪，用嘴唇碰了碰尤塔的手。那只手颤抖着挣脱了回来。

没有奥斯汀的日子一天天地过去——王后惊讶地发现，奥斯汀是否在她身边，对她的生活并没有什么影响。相同的午餐和晚餐仪式的循环往复，永远同一样式的发型，严格规定好图案的绣架……没有了一成不变的爱抚她也并不感到难过——这同样让她感到惊讶。

她极其认真地穿针引线，把别人设计好的图案绣到精致的布料上。在大门紧锁的寂静得令人窒息的房间里，她的脑海里出现了各种奇怪的想法和幻象。

她看到了奥斯汀，一个面带微笑的男孩，一个矜持的少年。他正走在宫殿的林荫道里，那是她的王国的宫殿，她父母的家……那种早已被遗忘的感觉又不由自主地涌上心头，她的耳朵充血变得通红，脸上也无法控制地傻笑。要知道周围还有其他人，如果他们注意到的话……尤塔笑了，弯下腰来对着她的刺绣，但几乎同时另一种记忆也在她的脑海里闪现：血淋淋的鹿头挂在马鞍上，丈夫冷漠的脸，空洞的、陌生的脸……尤塔咬了咬她的嘴唇，然后垂死的孔捷斯塔尔国王试图微笑着说："你是一个好女孩……我希望，奥斯汀会明白的。"紧接着便是另一幅画面——在一根带刺的铁棍的打击下，龙恭顺地低下了头……

阿尔曼！尤塔扎破了手指，鲜血染红了刺绣。

两周后奥斯汀回来了。宫殿里顿时充满了说话声、喧闹声和笑声。国王前来问候妻子，碰见她正在绣花。

"你好啊，我的美人！"他高兴地大声打招呼，热情地拍了拍尤塔的肩膀。

尤塔瑟缩不安。她感觉到了他话中的嘲讽意味。过去奥斯汀从来没有称她为美人，并且也没有任何人这样称呼过她，为什么现在要这样称呼她呢……

奥斯汀走了，她不再喜欢刺绣了。

✝ ✝ ✝

波浪在悬崖脚下拍打着。突兀嶙峋的巨大悬崖裹着白色的碎泡沫，看上去又硬又滑。阳光穿透了它们笨重的身体。

悬崖的顶端被云层覆盖。云彩膨胀起来变得臃肿，而后又变得稀薄，溶解得无影无踪，汇入邻近的一团团缭绕的云团，翻滚着，吞噬和被吞噬着……阿尔曼可以一直看着这一瞬息万变又惊心动魄的游戏。

他突然想到如果尤塔看到的话，会多么喜欢这一奇观。他无法摆脱这一使自己痛苦的习惯——想象着尤塔和他用同一双眼睛一起注视着这个世界……更确切地说，如今的他试着用尤塔的眼睛去看一切，体验着她的快乐、惊奇和恐惧……

那平滑而陡峭的悬崖将云团劈成两半，向上伸展，一直延伸到天空。他知道没有人能飞得那么高——无论是鸟还是龙。

悬崖的世界就像他城堡里的世界——有许多像洞穴一样的黑暗通道。那个从悬崖里注视他的目光再也没有出现。

引导龙的先辈们一直奔向目标的那种神秘的本能，现在在阿尔曼身上也变得更强大和威严。遵从着这一直觉，阿尔曼在黑暗中向前移动。

他不需要思考或做出什么决定——因为一种无名的力量吸引着他。在悬崖里还隐藏着更多的注视者——但他们的目光与阿尔曼最开始遇到的那个相比要弱了许多。他感觉到他们分散在左右两侧，他们盯着他的背影——但是由于某种原因，他们不想或不能和他的目光相遇。

他跟跟跄跄地向前行进，尽量不去想头顶上的不是天空，而是历尽千年的石堆，风和云的葬身之地。时间慢了下来——每走一步，都有上百个想法在他的头脑中掠过，但却没有一个是完整的⋯⋯

他在许多目光的注视下，在一片漆黑中行走。仿佛过去了一百年，他突然意识到上面的拱顶已经消失了。黑暗并没有退却，好像反而变得更浓了，但是不知为何阿尔曼十分确信，这只是暂时的。他在自己站着的地方坐了下来，盘起双腿，开始耐心地等待。

他的耐心很快得到了奖赏。

起初，他看见头顶上方有一个苍白的折线。然后，这条线上面的一切很快就充满了光，而这条线下面的一切都保持着丝绒般的黑色。天空的裂缝越来越亮，阿尔曼觉得身处世界的尽头，天空就像一面古老的魔镜一样裂开了⋯⋯

但光亮越来越多地涌入，折线断裂了。阿尔曼屏住呼吸，小声地、不知不觉地说道："看，尤塔！"就在他面前，一个圆碗状的山谷四周被难以想象的高山包围着，里面充满了阳光。

黑色的阴影在裂缝中蔓延——起初，阿尔曼以为它们是活着的动物，但那只是影子，虽然实在是很丑。太阳把它们推到裂缝里更深的地方，在它上面，在蓝色的苍穹里冰冻的山峰闪着耀眼的白光。

阿尔曼惊呆地看着这一切。刹那间，他仿佛看见了一个巨大的下颚，半圆形的下颚上露出了耀眼的、凶恶的牙齿。他面前的画面既恐怖又壮观——这些山像是对某个人永恒的纪念，像是对时间的嘲弄，像是对世间所有力量的挑战。

遗憾的是，尤塔永远都看不到这样的景象……

阿尔曼活了两百多年，也从来没有见过这种奇景。群山是他的故乡，有时他在山里狩猎，也许对于在岩石上晒太阳的蜥蜴来说那些悬崖也同样是十分可怕的……现在阿尔曼觉得自己就像一只蜥蜴，一只不知为何长着翅膀的小野兽。

也许，这就是祖龙的山脉？

他暂且忘却了寒冷和饥饿，变身为龙，飞升到被山顶封闭的狭窄的天空中。

他现在才知道什么是真正的寒冷。

他避开半透明的、浑浊不清的云团，在被厚厚的冰层封冻的山峰之间穿梭。他在自己的直觉和预感的指引下竭力向前飞。空气变得稀薄，似乎是空的。为了能够浮在天空中，他必须更快地扇动翅膀。他现在的呼吸十分急促，喉咙也冻伤了，无法再喷出火焰。日华的每一面都棱镜般地反射着阳光，并且，由于天气寒冷，它十分耀眼，使阿尔曼几乎无法睁开眼睛。他觉得自己在飞的时候已经被烧焦了，但却还是没有暖和过来。

从群山的后面又不断出现新的连绵不断的山脉，无边无际的山的王国。阿尔曼时而下降到结冰的雪地上短暂休息，在冰上打滑……他在旅途中不止一次遇到四方的冰块。

他没有力量飞得更高，飞到高峰之上，只能绕过山峰。他感觉好像在天空灰蓝色的深处看到了一个黑影。

预感命令他返回。他的头贴近冰壁，抖动着折起的翅膀，久久凝视着里面。

他辨认出一条长长的脖子和巨大的脊背，脊上延伸着厚重的脊椎骨。他长满鳞片的爪子迈着小步——爪子总是陷进光滑的冰壳里——他小心翼翼地左右走动，想看得更清楚些。

冰峰突出尖锐的一角。绕过尖角,他的目光跟一只从面甲下露出的睁得大大的、暗淡无光的眼睛相遇了。阿尔曼站了起来。

被冻在冰块里的龙似乎想要从石化的冰块里挣脱出来。他的脸在离边沿几步远的地方凝结了,他面向阿尔曼的这一侧脸连小小的鳞片都清晰可见。他身体的轮廓消失在深处。

这是谁呢?难道是哈尔-安恩,第四十三代后裔吗?但他已经在这里站了多少个世纪?他被抓获和俘虏,被剥夺了生命之火,并以一种对于龙来说如此可怕的方式死去已经多久了?

阿尔姆-安恩聚集自己的所有力量,克服他冻伤的喉咙的疼痛,向着冰块呼出了火焰。火焰伸出两簇无力的火苗,舔舐了一下冰面,便立即熄灭了。死去的哈尔-安恩的头附近的冰面布满了冻结的纹路,就像布满雨点的玻璃。

✟ ✟ ✟

一个星期以后,奥斯汀又走了,然后又回来,又离开。他每次回来都是兴高采烈的样子。组成他的随从和卫队的亲兵和宫廷侍卫们大喊大笑，朝着尤塔深深地鞠躬，她似乎觉得他们的胡子里暗藏着讥笑。当她看到一位男爵在她背后咯咯窃笑，还对皇家卫队的一个中尉使眼色时，她开始被自己心中升起的一种愚蠢的猜测和模糊的、缺少根据的怀疑所折磨着。尤塔从桌子上的一只银杯里看到了他做的鬼脸，之后很久她一直被一个令人羞愧的问题折磨着：他为什么做鬼脸？为什么在她背后？

尤塔想起了国王的卫队走进王宫大门时，她从窗口看到奥斯汀身姿挺拔地坐在马鞍上，向前来迎接他的朝臣们挥手致意……然后他前来问候他的妻子，他严肃得就像一本宫廷礼仪教科书，以机械的动作拉起她的手，语气平和地对她表达合乎礼仪的问候：

"尊敬的殿下，我的王后，我是多么想要再次见到您。"

他的随从们也跟着鞠躬。尤塔点点头，走向窗边。奥斯汀也点了点头，便转身离去了，他的随从们都跟在后面，推推搡搡地挤过门口……就在这时尤塔看到了男爵的讥笑，这种讥笑当然可能与任何事情有关，而完全不是针对她的，也不是针对奥斯汀那冷漠和规范的、完全官腔的问候而发出的。而且谁能阻止朝臣们发笑呢！

然而，毒药已经泄漏，尤塔一生都极其鄙视议论她的流言蜚语和暗中交换的眼色。

她感觉每个侍女都在嘲笑她，甚至是男侍从，甚至是那个教刺绣的老绣女，所有人都知道什么，这让他们意味深长地撇着嘴，在他们彬彬有礼、恭恭敬敬的声音中隐藏着讥笑的腔调……尤塔又一次意识到了自己的丑陋，但比少年时还要敏感许多倍。

她和奥斯汀已经好几个月没有好好交谈过了——他们只是例行公事，平心静气地说了几句话。国王过着与尤塔完全不同的、看起来舒适无忧的生活——他向阿克马利亚国派出和接待使臣；他更频繁地出去打猎，将国家大事抛在一边，一连好几天都不见人……

在一阵愤怒之下，尤塔扔掉了刺绣箍，把那位老绣女和她那一大堆刺绣图案都撵出了门外。然后她找来了纸和写字的用具。

她坐下来给母亲和妹妹们写信，可是却找不到合适的字眼，羽毛笔不停地在纸上乱涂乱画。纸上写下的都是些毫无意义的抱怨。尤塔的怒气越来越大，她把单词划掉，可越是划掉就越是生气，直到她陷入沉思。她并没有意识到自己已经不是在写信，而只是在毫无意义地乱画。

在白色的页边上勾画着线条，圆圈，曲线和弧线……尤塔不会画画，但从她的笔下突然浮现出一只毛茸茸的鸟的轮廓。尤塔咬了咬嘴唇，在旁边又画了一只这样的鸟和三只小鸟。她想了一下，又画上了一个巢鸟。

她还记得，那时她问道："你觉得，卡里敦鸟会回来吗，阿尔曼？"而他回答："在生命中没有什么能够简简单单地回来。"

他是对的。现在什么也回不来了。

王后又把羽毛笔浸入墨水瓶里。她的手在所画的卡里敦鸟间移动：一个月亮诞生了……一只珍珠般闪亮的爪子……最初的龙……

又是一个墨水点，像一只吃饱了的臭虫一样圆鼓鼓的，从她的羽毛笔尖掉落，遮住了最后一个字。

有一次，王后偶然听到谁无意中说的一句话："……是他的错吗？他又不是自愿成婚的……"

皇宫里可以谈论的话题还少吗？许多人娶妻嫁人，但为什么那一夜尤塔整宿都没合眼？

她独自躺在一张宽敞冰冷的床上，在锦缎的幔帐里，在床头闪烁的小夜灯的映照下，被富足和奢华所包围的王后紧紧咬着枕头的一角。

不是自愿的。他是被迫的。娶她是在完成义务。所有人早就明白这一点，一直都清清楚楚，只有她……

她辗转反侧，把床单扭作一团，责备起阿尔曼。她回想起他和王子的对决，在她的脑海里不停地重复着当时的画面，最细微的细节都从她记忆的深海浮出水面，她清楚地明白了，在那个晴朗的日子里，阿尔曼将她送给了王子。

送给……她让愤怒的泪水顺着脸颊肆意流下来，大片浸湿了枕头。为什么？

她茫然地盯着幔帐，想起了很久以前听到的一件事儿：就在奥斯汀与龙搏斗的前一天，一个陌生人出现在法庭上……没有人想重复他到底说了些什么，但就在第二天，当时的王子便跨上战马……

阿尔曼，你是一个奸细。你所做的事是不正当的。演员，一个草台班的演员，一个古怪的小丑……

这时，尤塔感到一阵灼热。她痉挛地绷紧身体，双手紧紧抓着床单。

当她在魔镜中看到奥斯汀，差点儿高兴得要死。她真切地感受到幸福。她为王子担心着，像一只野山羊一样跳过岩石，迎着他飞奔过去……她像一只野山羊一样，扑在解救者的脖子上，等待着婚礼的到来，经常在预感到的甜蜜中陷入昏迷……但也许这一切都是一种考验？阿尔曼是想让她通过这一考验？

她无法再在令人可憎的床上挣扎，便一下子跳起来，仅穿着睡衣，跑到房间中央。

她背叛了阿尔曼。

她罪有应得。

快到早上的时候她终于睡着了。

在她的梦境里充满了云彩和卡里敦鸟的羽毛。

白色和粉色的云朵，就像糕点师稀奇古怪的杰作，将她包裹着抬离地面。尖锐的，一种无与伦比的自由飞翔的感觉像千百根针一般扎入尤塔的皮肤里，吓得她头发都竖了起来……在梦境里她是一个长着翅膀的生物，也许她是一只卡里敦鸟，而给她这一切的人就在近旁。那个赋予她飞翔的权利的人，就在她的身边盘旋。

尤塔扎入颤动的云侧，它们看起来就像是白色的火舌——如此卷成一团，互相渗透，舔舐着天空……淹没在这无言的天火里，淹没在这冰冷的天空壁炉里，既可怕又有趣。

那个让她飞起来的男人穿过卡里敦鸟厚厚的羽毛伸出手来，她触摸到了他冰冷的手掌。

"阿尔曼……我出生在人族之中是错误的……我应该出生在……龙族之中……"

她醒了，在床上躺了很长时间，没有眼泪，眼睛直直地盯着前方。

阿尔曼希望她能获得幸福。他尽其所能安排了她的幸福。以自己的失去为代价……只是那个曾经骑在龙背上飞翔的人，再也无法按照皇家的仪式生活了。

她会死于忧愁。

✢ ✢ ✢

据说封冻在冰里的哈尔-安恩的后代翻山越岭，活了下来。

严寒退却。翅膀已经无力载着阿尔曼沉重的龙身，所以他慢慢向前拖着步子走，已然忘记了变为人形。

起初他的爪子在岩石上留下又长又深的划痕，而后他并未发现，他的鳞片状的脚掌开始越来越深地陷入细碎的石头里。当山脚被抛在身后，一个宽阔的黄色山谷展现在他面前时，他的双脚几乎动弹不得。

这仍然是一片海，但是一片填满无限细沙的海。它的表面泛起波澜，巨浪起起落落，猛烈地相互撞击，又变换位置。在沙海的深处，在那层厚厚的金色下面到底发生了什么呢？阿尔曼永远也不会知道。所以他只是站在那里看着，沙子不停地从他那覆盖着鳞片的弯曲的爪子间漏出来。

太阳升得越来越高，沙子从金色变成白色。阿尔曼感到火焰在他早已冷却的喉咙里重新燃起。他喷出火来，脚下的沙子融成一块饼。

而后，重获力量的他张开翅膀。

一切都在重复——他又在无边无际、波涛汹涌的沙面上飞行，但这一次不是危险的、充满敌意的海面。他每扇动一下翅膀，都在靠近什么东西，现在他确信前面一定有什么在等待着他。

他的影子像一只黑色的鸟，在堆积的沙山上滑动——上去又下来，飞驰，转弯，好像是倒映在水面上的幻影。空气在沙漠上颤动，汩汩流淌。强大的上升气流把翅膀下面的阿尔曼托起，他在空中盘旋着，平躺着，对这种新奇的感觉感到惊讶……

一天就这样过去了，到了晚上，天空布满了深红色的光芒。夜晚降临，冷得像一个山口，但阿尔曼继续飞行，没有在冷却的沙海上停留。

又过去了一天，又是一个晚上，一个个日日夜夜过去了。太阳给夜间消耗得筋疲力尽的龙注入了新的力量，沙漠对他也很友好——他的目光落在松软的沙丘上，阿尔曼喜欢看流沙，就像他过去喜欢看壁炉里的火一样……他隐约有一种回家的感觉。

而后前面出现了像是山丘，又像是沙土覆盖的废墟的景观。阿尔曼颤动起来，以最快的速度向前冲去。此刻他的两百代先辈的本能在他的头脑中形成了一个具体的词——那就是"目标"。

目标！阿尔曼停落在沙海上，在他周围立刻腾起了一片热滚滚的乌云。风立刻把乌云吹到一边。

风。阿尔曼不知从何得知，在这个地方，风从来没有改变过它的力量和方向。这也就是为什么沙土表面的波纹是结块的，整齐得完美无瑕，就像窗户上的栅栏。

阿尔曼……不，阿尔姆-安恩一动不动地站着，风朝着向上竖起的鳞片轻声吟唱。

一块漆黑的悬崖碎块立在他面前。甚至不是碎块，而是一大块融合体，凝结块——低矮的，极度弯曲的，就像是隆起的圆锥。在它那向下滑落的峰顶处有一个漆黑的洞口。

这是一座古老的火山，曾从那可怕的火山口喷出的一团团火焰早已平息和冷却。大大超越于自身火焰力量的某种力量扭曲了他虚弱的身体，最后一座火山像一片冰冷的废墟矗立在最后一条龙面前。

阿尔姆–安恩怒吼。

几千年前，他的先辈们就是这样咆哮的。听到那令人毛骨悚然的吼叫，任何身为人类的勇士都会失去理智。在沙脊的远处，黄色的表面上露出一个长脖子上丑陋的脑袋。它升起，然后又消失不见。

阿尔姆–安恩向前迈了一步。只稍微挪动了一下，漆黑的火山口就位于跟他眼睛齐平的位置了。一股强烈的龙的味道从山岩深处散发出来——阿尔曼辨认出了他自己的气味——那闻起来像是烧焦的味道。

哦，祖龙，一切的始造者，我愧疚地跪在你面前，把最后的希望寄托在你身上。听我说，无论你在哪里，我都站在你的大地上，我，阿尔姆–安恩，来到这里，颤抖着，等待着。在我面前现身吧，我的始祖。

他闭上眼睛，向熄灭的火山口喷了一口长长的火焰，仿佛向一个垂死的人的口中注入新的生命力。

地面颤动，风突然改变了方向，那些早已安定下来的沙堆如今慌乱四散，孤苦伶仃地飞扬在空中。

阿尔曼再次喷出火焰。他的喉咙里充满了烈火，他准备毫无保留地使出全部力气。

弯曲的锥形火山战栗着。火山口仍然是黑暗的，但在它的深处有什么东西裂开了。阿尔曼感觉他听到了猛的一声喘息。

然后便向他扑过来。

他的神志十分清醒，但几乎呆住了，他看到了沙漠的内部——它充满生命，就像大海一样，就像海底一样，可怕而无情的生物潜藏在沙漠的底部……而后他看到了抬起这片沙漠的大海，看到了沉入水下成为海底的群山……圆环，圆环已经闭合——海里的贝壳被太阳晒干了，像制陶窑里的黏土一样被烤着……另一些生物寄居在另一些山岩上，然后发生了变迁，悬崖下沉，为大海让出了空间，大海里生存着不同的生物，他们活着是为了死去，给后代让出位置……

他看到了被封在山脚城堡下山岩里的沉睡者和水下宫殿里可怕的尤克卡……

他看到的星空与他祖先和他自己记忆中的星空都不一样。这一片天空中的祖龙光环发出更加耀眼而多彩的光芒，而火焰呼吸炽热的星云有两团……黑色的星云旋转着，互相吞噬着，在无尽的空旷中盘旋，旁边新的星星闪烁着白色和黄色的光芒……

阿尔姆-安恩不停地向死火山冰冷的火山口喷火。他在心里提出想象的问题——但一连串闪现的幻象未必能视作答案。许多他所看到的异象他都无法理解，然而，它们毫无疑问地都散发出智慧、自信和宁静。

阿尔姆-安恩这么多天以来第一次平静下来。熄灭的火山并没有死去。他日渐凋零的家族并非必定灭亡。第二百○一代后裔回到家，回到他祖先的摇篮里，没有任何力量能阻止他永远留在这里。

他没有注意到自己已变为人身。他伸直身子躺在灼热的沙地上，听着天空和荒漠的声音，不再为父亲悲伤，因为他知道总有一天他们会重逢的。

他在星空下的沙地上倾听着荒漠的声音，平静地入睡了。

✟ ✟ ✟

一件不可思议的事情使上至皇宫下至村落的所有人都陷入恐惧之中：已经多年不骚扰海岸的海怪即将再次出现。

所有的占卜者都预言即将发生灾难和不幸。航行在大海上的船只的罗盘像孩子们的陀螺一样飞速旋转。

渔船什么鱼都没有捕到，人们都陷入恐慌中。有些人看到了什么东西，或听到了从水中传来的声音，有些人干脆消失得无影无踪。

一部分海岸护卫队已经处于备战状态，但勇士们组成的队伍人数每天都在变少，而国内四处游荡的逃兵却越来越多，他们散布着这样的谣言：即使是最受人尊敬、最富裕的老爷们也都准备丢下一切逃跑了。

奥斯汀一遍又一遍地发表同样的演说：国王和他的大臣们不允许一个怪物恐吓和平的民众……有一两次传来消息，说有个渔夫用渔网捕获了这只怪物，不久就会把它带回来让所有人看，但没人敢相信这样的传言。相反，当

| 他是龙 | 339

有人声嘶力竭地大喊"水下怪物"昨天吞噬了两个村庄以及所有居民、牲畜和家什的时候，所有人都立刻瞪大了双眼，牙齿直打战地盯着他……动荡不安的时代已经来临。

"你已经战胜了龙，为什么不再去征服海怪呢？"王后高声问自己的丈夫。

这发生在早餐时，长长的桌子把这对王室夫妇隔开了，他们几乎要大声喊才能听到对方说话。

奥斯汀哆嗦了一下。一个仆人差点儿把白葡萄酒洒在桌布上，在场的管家、男仆和厨子同时转过头来，仿佛有人用绳子牵着他们一样。

"你可是个勇士！"王后冷冷地说。

国王的脸上泛起了红斑，但他什么都没有回答，只是默默地低头去吃他的食物。

早饭后，尤塔回到她的房间。奥斯汀也跟着闯进来。他愤怒地瞥了妻子一眼，只见她坐在桌旁，墨水瓶上插着一支羽毛笔，一堆纸上写满了文字，还有许多地方划掉了。他打了个响指，让沉默的侍女走开。然后他咬牙切齿地说：

"如果你再敢未经允许张开嘴……

是的，国王真的发怒了。礼仪课的谦逊教养从他身上脱落，就像老蛇脱去了身上的皮。

"如果你再敢胡说……"

尤塔站了起来，依然冷冷地，甚至略带嘲讽地说：

"然后呢？你要把我再还给龙吗？"

奥斯汀哼了一声：

"这么说，他们说的是真的……"

尤塔抬起头：

"他们说什么？"

帷幕后面两个男侍从在鬼鬼祟祟地偷听。

"龙是你的媒人——他们就是这么说的！一条毒蛇，一条恶龙，一只黏糊糊的孽畜……"

尤塔向前走上一步，轻蔑地抿了抿嘴唇，无情得像决斗前的剑客：

"他比你高贵一百倍！"

"是吗？！想想吧，你的龙臭得像一只发臭的山羊！"

尤塔仿佛撞上了一堵看不见的墙。她深吸了一口气，然后像扔石头一样劈头盖脸地朝他说：

"蠢货……我看到了你的整个决斗。我看到你是如何退缩的。"

帷幕后面掉落了什么沉重的东西，接着是跑走的脚步声。奥斯汀用一双充满仇恨的白眼珠盯着尤塔。

他离开房间时绊了一跤，脸撞在门把手上。那天晚上，咯咯笑着的仆人们口口相传：王后修理了国王一顿，瞧他那鼻青脸肿的样子。

奥斯汀还是等来了最可怕的：被众人嘲笑。

✝ ✝ ✝

沙漠接纳了阿尔曼，几乎可以说收养了他。

他的身体一天比一天强壮，死火山坑下面出现的幻象也有了新的色彩和意义。祖先们对他说话——毫无声响，但很清楚，没有人责怪他离开城堡听凭命运的摆布，或责备他没有完成仪式……

城堡。仪式。

破败的塔楼，龙门漆黑的缝隙，上锁的房间，空荡荡的大厅……那是一个死气沉沉的建筑，而那个笑声使他重新振奋的她，却离得那么远，那么遥不可及……

当他捕捉到自己的类似想法，便强迫自己把尤塔推开，把她驱逐出去，将她忘掉。但日子一天天过去了，重新获得的平静在他手中像冰块一样融化。

有一次，他半夜醒来，浑身是汗。声音，悠长美丽的声音出现在冷却的荒漠——沙漠里充满着各种声音……但在阿尔曼的梦中，沙漠上传来的是一种古老奇特的乐器的声音，是那些堆在乐器室的乐器的声音。乐器在鸣奏，一个古怪，相貌平平，意外被绑架的公主站在他面前，固执地高高仰起头。

中午，他坐在一个阳光直射的地方，把沙子从攥紧的拳头里倒到手掌上。金色的流沙对阿尔曼有一种魔力，像火，像海，像变幻莫测的云……阿尔曼重又抓起一把沙子，又洒下，直到在他的脑海里出现了这句话：

"我吞下沙子是为了解渴……"

他抿了抿干裂的嘴唇，迟疑地低声说：

"并试图点燃大海……我幻想着……"

沙子从他的手掌滑落。

"我幻想着忘记你。"

"又是你，年轻的龙。"那个悬崖上的注视者说。

阿尔曼吸了一口气，重重地落到岩石上。

"你从那里回来了？通常没有人会从那里回来。"

"你知道我去哪里了吗？"阿尔曼冷淡地问道。

那个声音发出一声短暂的干笑，但没有作答。这个洞似乎是圆的，封闭的，阿尔曼并没有看到以前的那个出口。

"年轻的龙，你要回到大海那边去吗？真是个疯狂的想法。如果你的后代两千年后出现在这里，我该对他说什么呢？"

"我不会有后代。"

"可惜了。那你为什么要飞越大海呢？"

这时阿尔曼终于集中了全部力量，直视着那个注视者：

"听着……我不知道你是谁，但也许你可以告诉我……"

他犹豫了。对话者的目光使他呆住了，就像一记重拳打在脸上。

"我不知道该怎么问……你又怎么能知道呢？但也许……"

"关于那个人类的女儿？"那个声音直截了当地问，甚至是很平常的口气，"我知道。而你——不，你不知道。年轻的龙，不要越过大海。死亡在那里徘徊，那个女孩和你的死亡……近在咫尺……"

凝视消失了，洞的深处发出砰的一声巨响，就像一个巨大的软木塞从瓶颈里拔了出来。洞穴像一张大嘴一样张开着，阿尔曼从洞口看到了大海。

X

我是一只被令人窒息的仪式之网缠住的蝴蝶。

我生而自由，但没有你，

我无法获得自由。告诉我，何处是天空。

✛

——阿尔姆-安恩

✝ ✝ ✝

无忧无虑地度过许多个世纪的海岸之滨的三国现在都在恐惧中颤抖。只有在编年史上才有记载的古代海怪从海底深处浮出水面——这还是几百年来的头一次。

漩涡在海面上盘旋，来自海水深处的吼声清楚地传到岸上，吓得人们毛骨悚然。涨潮把一艘海盗船的残骸抛到岸上——这艘结实的船被咬成了两半。一个海盗得以幸存，他的手指紧紧地抓住破碎的桅杆，不得不让四个壮汉把他的手指撬开。他刚刚二十多岁，就已经头发花白，他已经疯了，什么都没法告诉大家。

理所当然，海岸护卫队甚至还没来得及考虑如何抵抗，就像一群兔子一样四散逃跑了，但谁又能怪他们呢？一个村庄已经被冲进了海里——是的，没有哪个居民来得及事先逃离。通航和捕鱼业都已荒废。这头猛兽翻起巨浪猛击岸边，威胁要把它击碎，卷到海里，摧毁海岸数公里内的居民点。稍微了解一点这类怪物习性的人都在恐惧中等待这只怪兽将会要求人类作出的牺牲。

　　三国的统治者召开紧急会议。不管愿不愿意，做出主要决定的职责落在了奥斯汀国王的肩上，因为这个怪物正是定居在他的领海里。

　　会议在半夜时分在完全保密中进行。尤塔的父亲，年迈的上孔塔国国王提出了一个完全是异想天开的计划：用所有可能搜集到的铜制造一门巨大的大炮，发射一个山那么大的石弹，从三国的军队中收集所有的火药……然而，即使是国王自己也不相信计划会取得成功。

　　奥利维亚的父亲，阿克玛利亚国的国王一下子就提出了两种方案，一种是将大量鼠药投放到海里，另一种是与怪兽进行谈判。

　　奥斯汀眉头紧锁，沉默不语。一个不起眼的穿着灰色斗篷的小个子男人在宫殿门口等着他——他是三国最有名的巫师。

　　会议没有达成任何决定便结束了。奥斯汀微微点头示意，那个身穿灰色斗篷的小个子男人便听从吩咐，跟在国王身后，悄悄溜进那个铺着地毯的房间，门在他身后紧紧地、牢牢地关上了。

✝ ✝ ✝

在大海上飞翔返回的路程要短得多。

大海呈现出喧嚣混乱和躁动不安的迹象。像是发生了什么，习惯于生活在永恒黑暗中的巨大的盲鱼不知为何浮上了水面，而那热爱阳光的小鱼群则消失在深海中不见了踪影……海水沸腾着，像冒着蒸汽的大锅在冒泡。有几次，有毒的水汽几乎吹到了阿尔曼跟前，但他还是继续向前飞，坚信自己即使在海底也能到达目的地。如果他死了——那又怎么样，他还会继续飞，在尤塔从未知的危险中逃离之前，哪个坟墓都不会接受他。

海岸出现在前面，在它上面是那座被遗弃的城堡，现在看上去更加破旧和陈腐了……阿尔曼想继续飞行，但是他的直觉、他的祖先赋予他的本能命令他降落。

服从命令的阿尔曼明白自己为什么要这样做。覆盖着一层厚厚的蜘蛛网的魔镜很乐意并立刻对他的出现做出了反应。

表面闪现着波纹……阿尔曼咬着嘴唇等待。他必须要看到一些重要的事情。

✝ ✝ ✝

三国面临着前所未有的巨大灾难的威胁。海岸的一些地方已经开始裂开，海岸附近的废弃村庄土崩瓦解，致命的龙卷风席卷田间，水井干涸，所有人都处于危险之中。

杀死或吓跑怪兽是不可能的——唯一的办法就是取悦于它。用献祭品。

按照习俗，活人祭品必须用铁链拴在岩石上，让怪兽可以安心不受打扰地、津津有味地品尝。过去的怪兽，那些在编年史上经常提到的有血腥行径的怪兽，通常要求处女——一个或三个，或者一下子十几个。其他一些怪兽则没有那么挑剔，它们只是需要献上祭品，任何祭品都可以。当下的这只怪兽却是爱挑剔的，有选择的。这只怪兽想要吃掉的是王后，准确地说，是孔捷斯塔里亚国的王后。

谣言像野火一样很快传遍了三国。一些人吓呆了；一些人哭泣着同情尤塔，还有许多哭泣的人并非可怜尤塔——而是为自己感到难过，因为很明显，奥斯汀国王不会牺牲他的妻子，怪兽的期待将会落空，那么这些平民们将会怎样呢？

春天来了，百花盛开。田野空荡荡的，一片漆黑——没有人愿意耕种。只有黑色的龙卷风每天都有丰盛的收成，把笨拙的和不幸的人搅在一起。然而，春天却满不在乎这一切——绿色的小苗从铺砌石子的道路的石缝中钻出来，唧唧喳喳的鸟儿们飞了回来，尽管恐怕它们最好还是留在过冬的地方。

在一个阳光明媚、气候温暖的春日，奥斯汀国王来到广场上向他的臣民们发表演说。

成千上万双眼睛打量着他的脸，试图解读国家的命运和自己的命运，但他的脸在过去几周明显消瘦了许多，似乎是无法琢磨透的。母亲们把婴儿紧紧地抱在胸前，准备哭泣和哀求。老人们怀疑地摇着头——让一个丈夫，法定的、作为亲人的丈夫把自己的妻子作为祭品献出去？从来都不可能……

奥斯汀走上高台，成千上万的人大口大口地呼吸着新鲜的、混合着泥土芬芳的春天的空气。

"我的子民们，"奥斯汀说，他的声音颤抖着，"人们，我的孩子们……我的兄弟们……"

有人抽泣着。奥斯汀仰起头，几十个站在近旁的人清楚地看到他的眼中含着泪水。

"我们的王国正受到可怕的威胁……敌人出其不意地出现，而现在……海怪要我们献上祭品。这是多么可怕的牺牲，人们！让我们每个人都问问自己——准备好献出自己的……儿子？兄弟？母亲？妻子了吗？让我们每个人都扪心自问，人们……"

一块沉重的恐惧的巨石压在广场上的人们身上，他们几乎可以确信：不，他不会献出……

"我的臣民们……兄弟们，"奥斯汀的声音颤抖了一下，但很快变得坚强起来，"孩子们……现在我——你们的父亲……听着，我必须做出选择……"

鸦雀无声，没有一丝声响。人们半张着嘴。

"我已经做出了选择，人们……我将对自己的选择负责……我……"

奥斯汀将颤抖的双臂伸向天空，仿佛在寻求上天的庇护。

"我要拯救你们，我的子民！"他拖长声音有力地大声喊道，"为了拯救国家，我将献上我所拥有的一切当中最珍贵的——我的妻子！"

沉默持续了许久，差不多有十秒钟。然后，空气中爆发出狂喜的尖叫，其中混合着逃离的喜悦，希望，苦楚和惊讶……但效忠的呼声是最响亮的——效忠奥斯汀国王陛下，人民的父亲和救世主。

阿尔曼看到并听到了国王的整个演讲，从开始到结束。

他应当奔向何处，做些什么——但是他无法把腿从地上抬起。他从不可思议的遥远之地赶回来救尤塔——而现在他瘫痪地站在那里，凝视着魔镜。

魔镜执意继续跟踪在随从的伴随下返回王宫的奥斯汀国王。阿尔曼木然地望着他上楼去——这就是不久前尤塔穿着婚纱嫁给的那个人！好像几个世纪过去了……奥斯汀钻到一个帷幕后面，走进一个没有壁炉的小房间——以免被从烟囱里偷听。一个身披灰色斗篷的不起眼的人在等着他。

阿尔曼又留下来继续盯着魔镜看，虽然他应该尽快行动了。

"恭喜您。"那个穿灰斗篷的小个子男人小声地、讥讽地说。

奥斯汀愤怒地瞥了他一眼：

"闭嘴……一切都按照约定的安排好了吗？"

"这是一场清白的交易，"那个矮个子男人奇怪地笑着说，"您遵守承诺，我们的……伙伴也会信守承诺。"

"好了，"奥斯汀喊道，"你可以走了。"

那个穿灰斗篷的矮个子男人又一次温柔地甚至甜蜜地笑了：

"还没有完全结束，我的国王……还有一件小事儿。我们商定的是五根金条。"

"第五根你将会得到金币作为代替。"

"哦，可是陛下……谁能比您更清楚代替金条的钱币有多少含金量呢……您的侧面像，毫无疑问，棒极了，但黄金还是更……"

奥斯汀颤动了一下说：

"别跟我讨价还价，巫师。但也许你会对皇家占星师的职位感兴趣？"

小个子男人哈哈大笑：

"很诱人，我的国王……"

他的脸突然没有任何征兆地变得冷酷起来：

"玩笑话放到一边儿吧。我为您所做的没人能够做到。

和海怪对话，讨价还价，商定价格——你去试试吧，找个愿意做这件事儿的人！它并不需要您的妻子，相信我，它只想吞掉一个人，完成自己的仪式……要解释清楚，弄清楚这件事儿有多难吗：就说，是国王自己要献出妻子的，可好啊？"

"闭嘴，你！"脸色苍白的奥斯汀压低声音说。

巫师又冷笑了一声：

"这和您的金子无关……对我来说原则很重要：你承诺的——就要兑现！"

"你会得到应得的，"奥斯汀从牙缝里挤出，"但有一个条件：明天，只要一切一结束，你就离开这里，滚得远远的，消失很久……"

穿灰斗篷的巫师哼了一声，夸张地弯下腰鞠躬，很快溜走了。

✛ ✛ ✛

春天的天气晴朗而温暖。

深夜里，一辆黑色马车在夜色的掩护下从首都悄悄驶出。人们闪到一边，躲避它，没有人想看它。马车按照古老的仪式建造和装饰：车顶覆盖着国旗，每扇小门上都绘有一只献出献祭品的手掌。白兰花在马车前头恭顺地枯萎。

马车缓缓地向前行驶，在颠簸中摇晃着。不久，大海的气息弥漫在空气中，可以隐约听到前面海浪沙沙作响的声音。车夫打了个寒战，车厢紧紧地关闭着，从里面没有发出一丝声响。

稍远处与可怕的马车一同前行的是国王和他的卫队军官，所有人都骑着马。灰衣服的小个子男人骑着恭顺的骡子，几个吓坏了的石匠坐在大车高高的车帮上，而躲藏在灌木丛和缭绕的雾气中的则是当地最勇敢和好奇的居民。

马车缓缓驶到岸边，其狭窄的车轮立即深陷进沙地里。车夫毫不留情地鞭打那几匹马，但受惊的动物们却打着鼻响，斜眼看着大海，尽管大海异乎寻常地平静，像玻璃一样光滑。

费了好大的劲，马车终于前进到了平坦的悬崖绝壁上停了下来。车夫从座位上跳下来，跑到马匹那里，好像在寻求它们的支持。

躲在岩石后面的勇敢的人们看见守卫军官打开马车，放下台阶，看见国王几乎用双臂抬出了一个盛装打扮、穿着白色长裙的女人虚弱的身体。石匠们拿着工具下了车。仪式用的金链子叮当一声掉到沙子里。

马车夫把脸藏在马鬃里，对动物耳语着什么，用颤抖的手抚摸着它们的脸——也许是想让它们平静下来。国王挥手叫他走开。车夫立刻跑到座位上，驾着马车离开海边，马就拼命地跑走了。沙地上留下了马车轱辘深深的车辙印。

穿白裙子的女人被带到悬崖边。好奇的旁观者们从远处相互推挤着。国王有些紧张，时不时地抬头看一眼明亮的天空和平静的大海。那个站在旁边的穿灰斗篷的小个子男人不慌不忙地向国王解释着什么。

石匠们紧紧地站在一起，看守的长官不得不对他们大声喊叫，挥舞拳头好长时间，最后他们才肯拿起手中的工具，仍然彼此紧紧挨着向悬崖边移动。

那个穿灰色斗篷的小个子男人吩咐他们该在悬崖的什么地方凿洞，该把钩子钉在什么地方。响起了锤子的声音，起初石匠们很不情愿，后来越来越快，越来越慌乱——太阳就要升起来了。穿白裙子的女人坐着，更确切地说，是半躺在沙滩上，国王时不时不安地朝她瞥上一眼。

最终，悬崖边的工作完成了。军官们避开彼此的目光，用胳膊把那个女人抬起来。她没有反抗。他们一起把她扶到悬崖边，她的手臂向上伸展着放在两侧，手腕上锁着两个钩子，脚踝上锁着两个钩子，胸前捆着金链子。

"捆成这样它怎么吃她呢。"一个和其他人一起躲在崖穴里的十五岁左右的男孩悄声说。站在旁边的人重重地打了他一记耳光作为回应。

工人们扔下十字镐和锤子，飞快地跑开了。侍卫军官们也急忙跨上马鞍撤退了。国王面对着被锁在岩石上的女人站了几秒钟，然后快速地瞥了一眼大海，便奔向他的马。

太阳正在升起。

他使劲扇动着翅膀，心里清楚他来不及了。

该死的所有的阻碍和耽搁！该死的刻在石墙上的传说和世界上所有的预言！

"这是一场声势浩大的战斗。在尤克卡的攻击下，他的儿子们、侄儿们和同族喷吐着烈火，都纷纷倒下……萨姆-阿尔环顾四周，看到了巨大而恐怖的尤克卡再一次从水中升起……他们继续战斗，太阳遮住自己的面庞躲避恐怖，星星也逃到远处，浸漫着火焰气息的风渐渐变弱，散落在地上……"

现在风就像一堵石墙一样，把阿尔曼向后推，甩到后面去，仿佛在以此警告他……

"尤克卡来自大海，他的孩子们，子孙后辈们都来自无边的深渊……珍惜自己的火焰，它会保护你不受到可怕的尤克卡以及他的子孙后辈们的侵害……"

伟大的尤克卡的孙子或是曾孙想要吃掉尤塔公主。现在阿尔曼飞着，他的翅膀僵硬了，因为预言中已经说过："第二百○一代将会快乐地度过长久的一生，如果他可以警惕海中的怪物……"

他仍然希望能够在公主行刑的路上截住她。但春天的夜晚变得越来越短，而尤克卡的后辈会遵守氏族法规，在日出时去寻找祭品……

上一次前往奥斯汀的王国，阿尔曼花了一个晚上和半个白天的时间。而现在只剩下一个晚上了，而且还刮着逆风，还有一种令人作呕的、可恶的恐惧感：害怕会来不及。他来不及从海怪的面前把尤塔拽出来，来不及抓住她，来不及把她带到很远很远的地方……尤克卡的后代会在日出时出现，而他，阿尔曼，会见到……

他的翅膀垂下来，好像瘫痪了。这种恐惧在他所有的祖先身上都根深蒂固，从高贵的萨姆-阿尔开始，他输掉了那场伟大的战斗，在临死前，他祈求幸存下来的为数不多的子孙们：一定要谨慎防备！

阿尔曼费了好大劲儿才重新控制住自己没有继续下落。他还有时间。海怪行动迟缓，他会把尤塔救出来，从押送者……或者说是刽子手手中。

他想象着奥斯汀的脸，仇恨几乎和之前的恐惧一样强烈，把他的意志力拧成一股绷得紧紧的绳子。

叛徒……刽子手，杀人犯……不，以后再说。以后再算这笔账。先要救尤塔。

他就这样向前飞着，一阵阵恐惧夹杂着一阵阵近乎绝望的希望和痉挛的决心朝他袭来。风把他吹走，使他偏离了方向。不久已经很清楚，他来不及了。

✝ ✝ ✝

她时而陷入昏迷中，而这对她来说是最好的——她被厚厚的黑色波浪裹挟着，完全听任潮水的摆布，茫然地在黑黝黝的海水上漂浮着。那时她就感觉不到，也不去理解正在发生的事情。然而，不时地，或是笨拙的动作，或是与悬崖突然的碰撞，或只是不幸的偶然事件，都会把她从昏迷中拽出来，这时被前所未有的恐惧所包围的她，便在锁链中挣扎，恐惧地尖叫。

一阵歇斯底里之后，便会进入到一种完全的麻木状态。尤塔望着像被一层透明薄膜覆盖着的平坦的海面，望着曙光初照的天空，在疲惫的等待死亡的这段时间里，她产生了幻觉。

不知道为什么，她看到了喷泉，喷泉里有清澈的水流和金鱼，还有雨水中的水坑和一个穿着皱巴巴围裙的厨师。她完全不明白一个十五岁左右的陌生女孩从哪里来，也不知道她为什么要在一件白色的婚纱上缝上黑纽扣。

婚礼……奥斯汀……对了，这个人是谁呢？啊，那英俊而性感的双唇张开又合上，但是一个陌生的声音，好像不是从他的嘴里，而是从别处传来：为了国家……巨大的牺牲，巨大的损失……子孙后代们永远不会忘记你，尤塔……

"后代……第二百〇一代……地下密室，火把从黑暗中照亮那些粗壮的、刻满文字的柱子……第二百〇一代——寿命很长……而那些图画就没有必要回忆了……都是粗糙的小孩子式的涂鸦——有什么从水中浮现……”

尤塔瑟瑟发抖，望着大海。水面还是十分平静，太阳还没有升起来。

还有时间，尤塔激动地想。还有三分钟。几乎是永远……应该好好想想关于……之类的……

我们会为你竖立纪念碑，尤塔。

石像鬼啊，不是关于这个！

“我在塔楼上为你点亮了灯塔，但你离得太远了，没看到。”

“没看到……”

在她卑微而苦命的一生中，曾经有过一盏为了龙的生命而点亮的灯塔……她的身体失去了重量，头发在她的头顶上飘动……最后一缕阳光是绿色的，就像是春草的嫩茎……已经升起了五颗星星，还有三颗在地平线下面……但现在这一切都不再重要了，好在老国王孔捷斯塔尔已经去世了，他没有看到奥斯汀是如何……

有多少次她的生命危在旦夕，但覆盖鳞片的爪子把她从死亡面前又拽了回来。大海依然平静，任何勇敢的人都能……都可以……

她的眼睛徘徊在每一片云彩上，开始在潜意识的希望中搜寻海面上的天空，每看到一只昏沉沉的海鸥都能让她睁大双眼……在某个时刻，对于获救的信念完全占据了尤塔的意识，但随之扑面而来的失望则完完全全地夺走了她最后的一点儿力量。她咬紧牙关，召唤着记忆中飞上天空的画面——但取而代之的是她看到了一条死去的龙。

它的双臂展开，躺在碎石子上，头扭曲地转向一边，浑浊的眼睛瞪得大大的。呆板无神，一动不动的眼神直直地望着尤塔，草从他蹼状翅膀的裂隙里长出来，一只秃鹰立在覆盖着鳞片的脊背上。

尤塔摇晃着头，撞向山岩，试图摆脱这种幻觉……为了再次听到他的声音她愿意献出自己的生命……但生命已经不再属于她，就像嘶哑的人的声音不可能属于一条死去的龙。

然后，永远失去希望的她看了一眼大海。

它光滑润泽的表面更加平静了，在这漆黑的平原上突然有什么东西在涌动。

波浪缓缓地回旋，好像在悠然地跳着圈舞。海面上形成了一个圆圈，中间陷入海面之下，四周泛起白色的浪花，而后水杯突然翻了个底朝天，溅起了白色的泡沫——好像一个粗心大意的主妇把牛奶煮沸了，溢出了铁锅外……

尤塔目不转睛地盯着眼前的景象。

圆圈越来越大，海浪向四面散开，第一波浪花已经冲向岸边，翻腾到尤塔的脚边，水花飞溅到尤塔的脸上。

一个不大的、低沉的声音从深处传来，就像是透过棉絮传来的众多吼声……当它传到尤塔的耳朵里时，她开始拼命地挣脱，几乎要把石头上的铁钩拽下来。

一个白色的喷泉在大海上旋转上升，在第一缕阳光的照射下闪闪发光。它喷出的一股股水流闪着不同的颜色，直冲云霄，然后又哗啦一声落下，激起一簇簇新的水花。在这瀑布喷洒水流的壮观景象中出现了一个黑色的头。

尤塔没有马上意识到这是一个头。她盯着看了几秒钟，眼睛几乎要从眼眶里瞪出来。然后她紧紧地闭上眼睛，祈求昏迷，祈求拯救，祈求幸福，祈求最后的仁慈。

但并没有昏迷！

拍打着沙滩的海浪越来越高，越来越暖。那个来自海底深处，奔向自己祭品的生物正在不慌不忙地向岸边移动。

昏迷吧，尤塔祈求着。

她用后脑勺撞击岩石，能够救她免于痛苦的黑暗开始在她的眼睛里变得越来越浓，但剧烈的疼痛把它驱赶走了。

王后十分明亮的双眼注视着，在那颗脑袋后面，从水中又升起了颈关节，肩上的翅片，然后是某种缠绕在一起转圈扑打着的尾巴……

水在漂浮于水中的怪物面前分开了，不，它已经在沙地上行走。水面泛起两道长长的，一直延伸到地平线的波浪。尤塔看到这个生物投向她的目光，整个人瘫软在锁链里。

划动的鱼鳍冲破海浪，海怪终于来到了浅海，现在已经完全露出水面，十分引人注目。它的触须左右摆动，向前迈步，将它的第一排螯伸向尤塔。一只螯上挂着一缕湿漉漉的长长的海草。又是一步……

一群惊恐万状的螃蟹蜂拥上岸，四处乱窜寻找庇护，纷纷跑到岩石之间的缝隙里。这一切尤塔仿佛是透过模糊的胶片看到的。

怪物又迈了一步，水从它分节的躯体里流出来，它疙疙瘩瘩的皮肤看起来像是涂了一层漆。

又迈了一步……

另一排螯在第一排螯之后也贪婪地伸出来。

又是一步……

"啪"一声鞭子抽动的巨大声响仿佛把天空劈成两半。天空发出爆裂的声音,一双翅膀的影子从悬崖后面飞了出来,在被锁住的祭品身后盘旋上升。

影子落在怪物那张不成形的脸上,王后的吞食者有点不知所措地停了下来。与此同时,龙朝着它从天而降。

龙用爪子夹住它本应长着眼睛的地方,同时喷出白色的火焰柱。一阵狂怒的、震耳欲聋的吼声从深海怪物的喉咙里发出,它的螯飞腾了起来,但是龙没有迟疑,触须抽搐着向下俯冲……一股浓浓的、令人作呕的烧焦了的气味飘浮在海岸上空。

一阵热浪向尤塔袭来,海怪的螯四处乱抓,试图抓住天空中的龙,但没有成功。相比之下,这条龙要小得多,也更加脆弱,但他拥有奇袭的优势和一件可怕的武器——火。

海怪又咆哮起来,但不再是痛苦和惊讶的吼叫。这一叫声中包含着愤怒和尊严被侮辱的意味。一记重击,龙就像被踢了一脚的小猫一样飞到了一边。

藏在悬崖峭壁里的那些颤颤发抖的勇士们突然听到了一个嘶哑的声音说出了十分清晰、异常愤怒的话:

"国王! 国王! 这是什么?! 是你自己要把她献给我

的！指定是她！现在呢？！你违背了承诺！国王，你是个骗子！"

但龙又扑过来，怪兽不再说话了。

藏在悬崖洞里的勇士们睁大眼睛面面相觑，躲在裂缝里的奥斯汀吞下一口沙子……幸运的是，尤塔没有听到海怪说的话，因为她自己也在尖叫：

"阿尔曼，不要！阿尔曼……预言……"

龙似乎失去了理智。他的一只翅膀几乎不听使唤，整个身体栽向一边，但从喉咙里喷出的火焰却是迅速而无情的。海浪被泡沫覆盖，嘶嘶作响地翻滚着，滚滚的蒸汽从海面上升起，弥漫在战场上，遮蔽了观众的视线，让他们无法得知谁占据了上风……一道道火焰穿透升腾起来的蒸汽，升起后把天空和太阳都笼罩了起来。这时，黑暗降临了——厚厚的黑云在敌对双方的头顶上闭合了……

当一阵大风吹过尤塔眼前烟雾弥漫的海面时，战斗已经转移到了更远的海域。火焰不再那么频繁地闪烁。黑色触须像茂密的森林一样根根竖起，尾端带刺的、紧紧缠绕在一起的分成两叉的尾巴——是海怪致命的武器。一声巨大的吞咽声，海怪黑色的身体沉入水中，拖着被尾巴紧紧包裹缠绕着的龙。

轰隆一声巨响,海浪闭合了。水汽越升越高,海面又重新出现,地平线也变得清澈,太阳又出来了。

每个参加战斗的战士都必须做好赴死的准备。

但每一个战士,即使是最不计后果的勇士,也会珍惜活下来的希望。

当阿尔曼从悬崖后面跃起时,看到了正在伸向被锁住的女人的螯……

在他隐藏着无限秘密的记忆深处,在继承自先辈的最初记忆中,扎根着生命法则:跟尤克卡后代搏斗的龙必遭失败。阿尔曼所有强烈的本能都命令他立即拼命地跑掉。但在那一刻,他不再屈服于本能,甚至不再顺从于常理。

螯伸向尤塔。

这时他明白,自己注定死去。因为他不会允许海中的怪物玷污尤塔,即使是轻轻碰一下也不行,一根头发都不能从她的头上掉落,为此,阿尔姆-安恩,即将献出生命。

最无所畏惧的勇士怀着活下去的希望开始战斗。在头顶上空降落的龙在海怪看来显然是疯了——好像他坚定地想要死在决斗中。

突袭和火攻是阿尔曼忠实可靠的帮手——要知道海怪是要准备用餐，而不是准备进行一场殊死之战。慌乱和愤怒的海怪在最初的几十秒内遭受了重大打击。

阿尔曼一次又一次地进攻，丝毫不吝惜自己，他把所有关于英勇战斗的古老训导都忘在了脑后——他并不在乎是否英勇，而只想尽可能地削弱敌人。他又是喷火又是乱砍，海怪的慌乱很快被极度的愤怒所代替。

"萨姆-阿尔是不可战胜的，他已占据上风，但尤克卡诅咒着他的名字，狡猾而卑鄙地将萨姆-阿尔引入自己的圈套，并将他拽到漩涡的深处，熄灭了他的火焰，使他失去了武器……"

阿尔曼并不是不可战胜的，尤克卡的后裔即使在地面上也能战胜他。如果阿尔曼不把这次决斗当作他最后一次战斗的话，也许还有取胜的希望。事实就是如此。

粗壮而紧绷的触角鞭打着他的翅膀，一次又一次。龙的翅膀无力地垂下来。一只螯抓住龙的爪子，把它紧紧夹住，阿尔曼的鳞片碎裂了，由于难以想象的痛苦他的意识也变得模糊起来。浓厚的、令人窒息的蒸汽从沸腾的海面上升起。阿尔曼猛地挣脱开，喷出一团火——那怪兽疙疙瘩瘩的皮肤烤焦了，发出嘶嘶的声音。咆哮。阿尔曼觉得他的脖子快要像一块干木头一样断裂了。

两条尾巴紧紧勒在他的脖子上，还有三条紧紧地把翅膀捆在身侧，翅膀断裂了，发出噼啪的声响。被活生生的绞刑架紧紧套住、拖拽着的阿尔曼并没有立刻意识到即将要发生的事情。

纵身一跃。那只怪兽的躯体像石头一样沉入水底，阿尔曼立刻就看到海浪在上空闭合。

他的火熄灭了，另一个世界，带来死亡的自然力包围了受伤的龙。这里的太阳不再是太阳，而是浮于海浪上的模糊的圆盘，取代可以呼吸的空气的是无数成群的小气泡——在阳光的照射下色彩绚丽地闪烁着，捕捉着紧绷的肋脊上的光斑，一直向上，向上，追寻着太阳和风……

"全能的萨姆–阿尔就这样死去了。请记住，子孙后代们……"

怪兽越陷越深，把阿尔曼抓得越来越紧，透过在他眼前浮动的闪闪光亮，一个简单而无助的念头突然出现在阿尔曼的意识中：这一切都是徒劳的。怪兽会把他淹死，然后回去找尤塔。

那时，海中的居民都在恐惧中飞快地逃窜。所有有壳的生物都藏匿在紧闭的壳里，有鳍的鱼都游走了，其余的则紧贴着海底，想要融进沙子里……

这条失去了武器、窒息的龙以前所未有的努力挣脱了死亡的拥抱，与海中的力量之王展开了殊死搏斗。在尤克卡的后裔漫长的一生中还从未遇到过这样的敌人。

他疯了，这是为什么？难道那个被锁在悬崖上的牺牲品值得他付出生命吗？龙不能在水下呼吸，他本应竭力爬到水面上来的，结果却鲜血淋漓、喉咙撕裂地扑向对手，从左从右发动猛烈的攻击，他已经喘不过气，但却还在猛击、乱砍、啃咬……

海怪十分困惑，因为毕竟对于它来说生命是最为宝贵的。该死的龙，疯狂是有限度的！

沙云从底部升起。珊瑚枝在漩涡中折断、旋转。一具人的头盖骨上的牙齿从深深的海沟里露出，闪闪发光。

这条疯狂的龙要战斗到死。推动他前进的不是愤怒——这是某种比愤怒更强大的力量，已经超出了怪兽的理解力。意识到这一点，尤克卡的后代有生以来第一次感到了恐惧。

它不怕龙——龙几乎已经断气了。它害怕的是推动龙的力量。它害怕的是把对死亡的恐惧——神圣的、笼罩着每个人的恐惧——化为笑柄的力量。

这时，心慌意乱、困惑不解、不想再徒增烦恼的尤克卡的后代让步了，将龙的生命交给了大海。

太阳升得更高了。至少过了一个小时，头几个胆大的人才敢爬出他们藏身的崖洞。

尤塔渐渐恢复了意识。她淡漠的目光扫过那些胆怯走近的人们，又重新凝视着波光粼粼的大海。

越来越多的人走过来——有农民和渔夫，有把尤塔拴在悬崖上的石匠，甚至还有守卫的军官。其中一个人垂下的拳头里攥着逃走的巫师的灰斗篷。

最后一个走出来的是奥斯汀。

他的脚陷在沙子里，慢慢拖着脚步走过来，他的嘴唇干裂，一下子苍老了许多。人们快速地躲开他，就像躲避瘟疫，就像躲避麻风病人——他试图引起谁的注意，但都无济于事。有个人掉头离开时朝他的脚下吐唾沫。

"尤塔……"奥斯汀说，他的眼神忽左忽右，"尤塔……"

风把一捧海水吹到她的脸上，大滴咸咸的水珠从她的脸颊上滚落，但她的眼睛还是干的。她的眼睛一直盯着那吞噬了海怪和龙的海面。

他在水下。现在他已沉入了海底，海水包围着他。他那蹼状的翅膀被水淹没了，他那沙哑的声音、责备的眼睛和冰冷的手掌也被海水淹没了。永别了！

一名侍卫军官朝奥斯汀走了一步，不客气地将巫师的灰斗篷扔给他。他试图徒手将锁着尤塔纤细脚踝的铁钩从岩石中拽出来，但没有成功，他垂下手臂，走开了，眼睛望着沙子。

"尤塔，"奥斯汀的声音颤抖着说，"别相信。这不是真的……"

她没有听见。站在周围的人对她来说仿佛不存在一般，她一直盯着大海。

"你们看什么？"奥斯汀几乎尖叫着，转向人群。

没有人看他。

"是不是应该把她解开……"奥斯汀嘟哝着，好像是在对自己说，"侍卫……把她解开吗？或者它还会再回来？"

众人投来的凝视的目光使国王畏缩了，他佝偻起腰，立刻变得委屈和可怜。石匠们开始慢慢地，好像是费尽了力气，取下捆在尤塔胸前的锁链。王后仍然无动于衷。

涨潮冲上海岸——此时的海浪是绵长的，不会带来危险的，与海怪引起的波浪大不相同……人们站在齐脚踝深的水里却浑然不觉。海水的泡沫已经淹没了尤塔的脚。

太阳升得更高了，不知从何处飘来的稀薄的云彩就像一层面纱，隐约遮住了太阳。太阳光的倒影在波浪上闪闪发光，柔和而轻盈，好像不是太阳，而是月亮的倒影。

这时尤塔的嘴唇微微颤动。人们看到她的眼神，全都一齐转过身来望向她看着的方向。

当大家看到有什么东西在水里时，全都惊叫起来。不一会儿岸上又空无一人了。人们都吓得躲到崖洞里，只有尤塔仍然站在她的岩石旁，伸出被锁住的双臂。

下一波浪潮又过了很长时间。当海浪再次袭来时——尤塔的眼睛睁得大大的。

一波又一波浪潮袭来。尤塔直直地、纤细地站立着，就好像刻在了岩石上。

一只手抓住了陆地和大海交界处的一块石头。他无助地滑了一跤，又伸出手来。

尤塔站立着。可以隐约听到人群那里传来的惊讶的叫喊声。

第二只手伸出来——然后他跌倒在潮湿的沙滩上。一波新的潮水把这个饱受折磨的人向前拖动，然后又拖了回来，周围被染成了红色。

他用胳膊肘支撑着自己，又用力抬起头。

他们的眼神相遇了。

被海水拍打的小石子在阳光下闪闪发光。一股巨浪像掷骰子一样，一会儿将它们聚拢，一会儿又把它们卷起来，抛到沙滩上。变得勇敢的海鸥们在海面上尖叫着，变得勇敢的人们也慢慢从崖洞里走出来。

躺在沙滩上的男人看着被锁在石头上的女人。在高高照耀的阳光下，她美得无与伦比。

Дяченко, Маринаи Сергей
Ритуал
Copyright © 1996 Sergey and Marina Dyachenko
Published by agreement with Hannigan Salky Getzler Agency.
Simplified Chinese edition copyright:
2020 SHANGHAI TRANSLATION PUBLISHING HOUSE (STPH)
All rights reserved.

图字：09-2018-1142 号

图书在版编目（CIP）数据

他是龙/（乌克兰）玛丽娜·迪亚琴科,（乌克兰）
谢尔盖·迪亚琴科著；刘溪译.—上海：上海译文出
版社,2020.7
　　ISBN 978-7-5327-8385-4

　　Ⅰ.①他… Ⅱ.①玛…②谢…③刘… Ⅲ.①长篇小
说—乌克兰—现代 Ⅳ.①I511.345

　　中国版本图书馆CIP数据核字（2020）第105665号

他是龙
［乌克兰］ 玛丽娜·迪亚琴科　谢尔盖·迪亚琴科　著　刘溪　译
责任编辑 / 刘晨　装帧设计 / 千巨万工作室

上海译文出版社有限公司出版、发行
网址：www.yiwen.com.cn
200001　上海福建中路 193 号
上海信老印刷厂印刷

开本 787×1092　1/32　印张 11.75 插页 11　字数 141,000
2020 年 8 月第 1 版　2020 年 8 月第 1 次印刷
印数：0,001—5,000 册

ISBN 978-7-5327-8385-4/I·5143
定价：62.00 元

本书专有出版权归本社独家所有，非经本社同意不得转载、摘编或复制
如有质量问题，请与承印厂质量科联系。T：021-39907745